高校事変13

角川文庫
23583

1

間もなく高一になる、まだ十五歳の優莉凜香《ゆうりりんか》は、神社というものに詳しくなかった。信心深くもない。

脆《もろ》い春の陽射しが照らす、江東区《こうとう》の閑静な住宅街に埋もれるように、小ぶりな阿宗《あそう》神社がある。周りには古い家屋が多い。鳥居をくぐってみると、敷地はそれなりに広かった。真正面にある社殿には、そういえば誰もいない。寺なら仏像があったりするが、社殿のなかはなにもない和室のはずだ。ほかの神社で初詣《はつもうで》のとき見たことがある。

参道のわきには、瓦《かわら》屋根の平屋建てが存在する。社務所というらしい。ここで働く人はふだん社務所にいるようだ。外にリヤカーが置いてある。かなり使いこまれていた。木製の荷台の底には茣蓙《ござ》が敷いてあった。運搬作業などは自分たちでやるとわかる。

境内には二階建て民家もあり、増築したとおぼしき廊下により、社務所とつながっている。こちらは住宅だった。規模は大きくないうえ老朽化も著しい。名もない神社はこんなものだろう。

中学を卒業するものの、千葉県をでるときには制服を着る義務があった。凛香は井《い》野《の》西《にし》中のブレザーにスカートを纏《まと》っている。まだ高校の制服が手もとにないからだ。普段着で現れるよりは礼儀を感じさせるにちがいない。けれども社務所の和室に通され、座布団に座るうち、嫌な汗が滲《にじ》みだした。

ずっと金髪に染めていたショートボブを黒髪にしてきている。メイクも薄めに留《とど》めた。傍目《はため》にはまともに見えるかもしれないが、じつは不良の極みどころか、凶悪犯という自覚がある。いつぼろがでるかわかったものではない。

一緒にきた連れがまたひどい。大きめの座卓を前に、凛香と並んでふたりが座布団に正座している。どちらも足を崩しぎみだった。ひとりは濃い化粧のせいで、実年齢の四十代より老けた印象の女だ。名は岸本映見《きしもとえみ》。かつて六本木《ろっぽんぎ》オズヴァルドのホステスだったころから、痩《や》せた体型だけは維持できている。いまは鶯谷《うぐいすだに》でスナック経営に勤《いそ》しむ。アップにした茶髪と、ラメの入った黒のワンピース、いずれもお里が知れる。

もうひとりは映見の娘だった。岸本弘子《ひろこ》。凛香と同い年だが、中学を不登校のままにし、勝手気ままに生きている。本来なら氏名は優莉弘子になるはずだった。匡太《きょうた》の五女だが、長いあいだ死んだことになっていて、もう戸籍もない。優莉匡太の血筋においては、さほど突飛な人生でもなかった。長男の架禱斗《かいと》が緊急事態庁を仕切っていたとき、岸本母娘《おやこ》の戸籍が捏造《ねつぞう》された。弘子は労せず第二の人生を手にいれた。

　そんな弘子はまともに就職も志さず、母のスナックを手伝うのみのせいか、すれた外見になっていた。メッシュの入った巻き髪が丸顔を縁取る。田代《たしろ》ファミリーに監禁されていたころは、げっそりと痩せていたものの、いまは太りぎみだった。レザージャケットがはちきれんばかりになっている。このまま毎日のように菓子を食いつづければ、ほどなく次男の篤志《あつし》の体形に迫るだろう。

　いかにも胡散臭《うさんくさ》い来客三人に対し、この神社で育った六女は、きちんと居住まいを正し座っていた。育ちが根本的に異なる。気弱な性格らしく、不安のいろとともに視線を落としている。

　広口袖《そで》の白衣に緋袴《ひばかま》姿、長い黒髪を背中で一本に束ねた垂髪。幼さが残る一方、大人びたところもある小顔。透き通るような色白の肌に、二重まぶたの大きな瞳《ひとみ》。はっきりした目鼻立ちは、匡太の子に共通する特徴といえる。

　杠葉瑠那《ゆずりはるな》は極度の人見知りだった。緊張に身を硬くし、あまり目を合わせたがらない。虚弱体質っぽくもある。なんとなく不健康そうで、ときおり息を殺しながら咳《せ》きこむ。そのたび申しわけなさそうにもする。恐縮すべきはこちらのほうだった。急に押しかけてきた三人を、いったい何者だろうと訝《いぶか》しがっているにちがいない。

室内にはもうひとり、四十代半ばの男性が座っていた。杠葉功治《こうじ》、神主たる袍《ほう》と袴の斎服姿だった。温厚そうな面立ちで眼鏡をかけている。襖《ふすま》が開き、もうひとり斎服が現れた。功治の妻、芳恵《よしえ》だった。年齢もおそらく夫と変わらない。

芳恵は盆に茶を載せ運んできた。座卓の上に湯飲みを三つ置き、芳恵は深々と頭をさげた。「わざわざどうも……」

凜香は頭をさげた。正座におじぎ、まったく慣れないしぐさだった。弘子と映見もぎこちない。

「あのう」凜香は世間話から入った。「いつもそんな服装なんですか」

「いえ」功治は笑った。「きょうは近所で地鎮祭があって、いま戻ってきたばかりなんですよ。ふだんは区役所勤めですし」

「区役所……。そうなんですか？」

「こんな小さな神社では、それがふつうなんです。公務員は休みがとりやすいので」

弘子が口をはさんだ。「お賽銭《さいせん》じゃ食えないってことですか」

母親の映見が咎《とが》めた。「弘子」

「いえ」芳恵が笑った。「いいんですのよ。奉職ですので、お金のために働いているわけでもありませんので……」

夫妻に育てられた巫女《みこ》、瑠那は沈黙していた。ただ畳ばかりを見つめている。

功治が当惑ぎみに映見にきいた。「きょうは、そのう、瑠那のことでしょうか」

映見に話しかけた理由は、来客の三人のなかでただひとりの大人だからだろう。しかし映見は優莉匡太の子を産んだ、大勢の母親のひとりにすぎない。瑠那とはなんの関係もない。単なる付き添いの映見はへらへらするばかりだった。

頼りにならない大人だ。凜香は功治にいった。「弁護士さんからきいてると思いますけど、瑠那さんも義務教育が終わるので、生い立ちを知る権利が……」

瑠那が気遣わしげに目を瞬《しばたた》かせた。けれども顔はあがらない。たずねるようなまなざしも向けてこない。

神職の杠葉夫妻は戸惑い顔を見合わせた。功治が凜香に向き直った。「たしかに義務教育期間が終わったら、出生について伝えてくださいとはいわれてましたが……」

芳恵も困惑のいろを濃くした。「いまじゃなきゃいけないんですか?」

功治は三人の来客をあらためて眺めた。どういう素性だろうと猜疑心《さいぎしん》を抱きだした、そんな心境にちがいない。探るような目で功治がきいた。「さっき凜香さんとだけおっしゃいましたよね。失礼ですが……」

「……優莉凜香ですけど」

紅葉夫妻は揃って表情を曇らせた。瑠那が親代わりのふたりに目を向けた。不安を強める一方、どこかおっとりした性格ものぞく。優莉という苗字《みょうじ》には、まだぴんときていないようだった。

功治と芳恵のふたりは、瑠那と対照的な反応をしめした。難しい顔で功治は唸《うな》った。「なぜこんなに急いで声をかけてこられたんでしょうか。私たちにまかせておいてはいただけなかったのですか」

予想された反応だと凜香は思った。正直なところ、ほっときゃいい、凜香はきょうだい会議でそう主張した。

けれども篤志や次女の結衣《ゆい》は異論を唱えた。知らせるだけ知らせておくべきだ、どうせ保護者の大人たちは、率先して知らせようとはしないのだから。ふたりはそういった。

なぜ優莉匡太の子であると自覚しておくことが重要か、凜香には理解できた。小学校に通いだすや理不尽ないじめに遭った。教師も辛《つら》くあたってきた。誰もそのわけを語りたがらない。ただ凜香を冷遇し爪弾《つまはじ》きにするばかりだ。理由もわからず迫害されて生きる日々。あの苦しみは想像を絶する。

凛香や結衣はよくわからないまま優莉姓を選んでしまった。そのせいで隣近所の住人からクラスメイトまでが敵意を剝《む》きだしにしてきた。一方で杠葉瑠那は、優莉匡太の子であることが公にされていない。マスコミがカウントする十二人の兄弟姉妹のなかにも、瑠那の名はなかった。よってこれまでは問題なく過ごしてこられただろう。

しかし架禱斗のせいでシビック政変が起き、多くの犠牲者がでた昨年以降、優莉家への風当たりはいっそう強まった。いちおう表向きは、兄弟姉妹のなかで凶悪犯罪者は架禱斗のほか、同じく命を落とした長女の智沙子《ちさこ》だけとされる。本当は智沙子の背負った罪の大半は、次女の結衣のしわざだ。

結衣について武蔵小杉《むさしこすぎ》高校の関係者などは、暗黙のうちに見方を変えてきている。だが広く社会にとっては架禱斗の妹だ。母親が恒星天球教《こうせいてんきゅう》の元教祖、友里佐知子《ゆうりさちこ》であることも報じられた。依然として脅威は継続している、国民の大半がそんな警戒心とともにある。凛香も人権派団体の支援により、かろうじて高校への進学を認められたにすぎない。

優莉家の四女が瑠那を迎えにきてしまった。杠葉夫妻はそうとらえたのかもしれない。けれども真意はちがう。凛香はいった。「架禱斗のこともあって、マスコミは隠れ優莉探しに躍起です。ネットでも無責任なパンピーどもが、優莉匡太に顔が似てるからって、関係のない人を叩《たた》いたりしてる。でも世間の情報力は半端ない。すぐに嗅《か》ぎつけてきやがる」

映見が硬い顔でささやいた。「凜香。言葉遣い」

「ああ……。すいません。ちゃんと喋《しゃべ》るのが苦手で。でも本当のことです」

功治が迷惑そうな面持ちになった。「いちおうの取り決めでは、義務教育後に優莉姓か私たちの杠葉姓か、本人に選ぶ権利があることになってますが……」

「そんなのは求めてません。優莉姓なんて……」どんなに辛いことか身に沁《し》みてわかっている。凜香はそう思った。「ただ瑠那さんには、前もって心がまえができてたほうがいいと思うんです。ある日突然、理不尽な風当たりに晒されたりするんで」

芳恵が弱り果てたようにいった。「わたしたちがあくまで黙っていれば、誰にも知られないのでは……」

凜香は首を横に振った。「瑠那さんのことをきいたのは、わたしが小三か小四のころです。児童養護施設で職員が話してくれました。そのときはわかってなかったんですが、たぶん公安から通達があったんでしょう」

ほかの兄弟姉妹にも同じく通達がなされた。じきに十歳になる瑠那が、江東区の阿宗神社に引き取られたと。神主の杠葉夫妻が里親となり、のちに養子縁組を結んだともきかされた。みな母親の異なるきょうだいについては、そのように伝聞で情報を得てきた。

瑠那とはきょうが初対面になる。六本木オズヴァルドにいなかったからだ。だが公安からの通達だった以上、当局は確証を得ている。瑠那が優莉匡太の子であると。司法や行政が承知しているのなら、いまは秘密事項であっても、遅かれ早かれマスコミに漏洩《ろうえい》する。

功治はあきらめたように肩を落とした。「寒い朝、妻が境内を掃除中、木立のなかに女の子が寝ているのに気づきましてね。服もぼろぼろで、ひどく衰弱していて、痩《や》せ細っていて……。救急車を呼んで、警察にも通報しました」

凜香は功治にきいた。「なんで神社にいたんでしょう……?」

「身寄りのない人が夜を明かそうとすれば、公園か寺社ぐらいしかありません。家出した子だと思いました。退院後も近くの児童養護施設は満員で、行く当てがなさそうでしたし、いったんうちで世話をしてあげることになりました。子供もいなかったので」

里親から養子縁組。しだいに情が移っていったのだろう。凜香はささやいた。「母親は見つからなかったんですね」

芳恵が小声で応じた。「たぶんそうでしょう。詳しいことは伝えられませんでした。かなり日数が経ってから、父親が誰なのか連絡がありました。生年月日も教えてくれて、それで当時九歳、じきに十歳とわかりました」

妙な話だ。母親がわからない優莉の兄弟姉妹は、みな父親や元半グレ集団らの証言により、生年月日を推定されている。だが瑠那は六本木オズヴァルドと無縁だった。この神社で発見された当時は、優莉匡太の逮捕から三年ほどが経過していた。ならいつ生まれたか、どうやって特定できたのか。それまで瑠那はどこにいたのだろう。

功治が念を押すようにきいてきた。「世間の風当たりに対する心がまえのために、父親の素性を知っておく、それだけなんですね？」

凜香はため息をついた。「それだけです。連れ帰ろうなんて考えちゃいません。成人前の兄弟姉妹は会っちゃいけない規則なんで……。厳密にはいまも違反してるんですけど、もう現れないと約束します」

芳恵の潤みがちな目が凜香を見つめた。「瑠那は知っておかなきゃいけないんですか？父親が誰なのかを」

「同じ境遇に置かれたわたしたちがそう感じてるので……。わけもわからず突然罵声《ばせい》を浴びたり、暴力を振るわれたりするよりましだって、兄も姉もいってます」

「瑠那はいい子なんですよ。内気でおとなしくて、思いやりがあって、勉強もできて」

「でしょうね。瑠那は糞親父《くそ》……いえ父のもとにはいませんでした。同い年のわたしが断言します。だから悪い影響なんか、これっぽっちも受けてません」

強いていうなら優莉匡太の血を継いでいるだけだ。先天的な影響がどれぐらいあるのか、凜香にはわからなかった。見るかぎり皆無といってよさそうだ。

瑠那は自分が話題の中心にいるとわかったらしい。うつむきながらも絶えず心配そうに目を泳がせている。

功治がためらいがちに向き直った。「瑠那。あのう、お父さんのことだ。いや私じゃなく、本当のお父さん……。瑠那がこの歳になったら、知らせなきゃいけない決まりなんだ」

瑠那が功治を見かえした。蚊の鳴くような声で瑠那がささやいた。「なんですか」

「いまの話をきいてたと思うが、瑠那のお父さんは優莉匡太といってね。あのう、悪いことを多くして、警察に捕まって……。もう処罰されて、この世にいない」

死刑という言葉を避けた。それでも瑠那は気づいたかもしれない。表情に驚愕《きょうがく》と恐怖のいろがじわじわと浮かびだす。

芳恵があわてたように、なだめる口調で語りかけた。「瑠那は本当のお父さんなんて、全然記憶にないっていってたでしょ？　それが優莉匡太って人なんだけど、まったく関係ないからね。誰かが優莉匡太の子だろって詰め寄ってきても、おぼえてませんって正直にいえばいい。瑠那はうちの子なんだし……」

瑠那が小声でたずねた。「本当のお父さん、なにをやったの？」

杠葉夫妻は絶句した。無理もないと凜香は思った。罪状は四十七の殺人罪、二十六の殺人未遂罪、二十九の殺人予備罪。ほかに逮捕監禁致死罪、武器等製造法違反、死体損壊罪、薬事法違反など多数。しかもそれらは死刑執行時に判明していたぶんにかぎられる。当時は手製3Dプリンター銃で交番を襲撃し、銀座《ぎんざ》のデパートにサリンを撒《ま》き十八人を死なせた、そのていどしか知られていなかった。架禱斗の死後、全容が続々と判明しつつある。優莉匡太半グレ同盟は三千人以上を殺している。

静寂のなかにかすかな息遣いがきこえた。せわしなく反復している。ふと気づくと、瑠那の顔が真っ青になり、血の気のない唇が異常に痙攣《けいれん》していた。パニック障害の発症はあきらかだった。畳の上に突っ伏すように転がり、全身を小刻みに震わすうち、たちまち過呼吸がひどくなった。ぜいぜいと吸って吐く息に、悲鳴に似た甲高い声が交ざる。

杠葉夫妻がうろたえながら駆け寄った。功治がそっと助け起こした。「瑠那。だいじょうぶだ。あわてるな。落ち着いて」

瑠那のせつないまなざしが虚空を仰ぎ見る。目に涙を溜《た》め、ままならない呼吸に苦しみ悶《もだ》える。芳恵が必死に瑠那の背をさすっている。

一般人かそれ以上に壊れやすい心の持ち主。思春期の少女ならこれがふつうかもしれない。優莉家の奴らが異常すぎるのだろう。瑠那の繊細さは内面ばかりではない。華奢《きゃしゃ》な身体は、無理な体勢をとりつづけるだけで、軽く骨折に至ってしまいそうだ。

功治が凜香を振りかえった。眼鏡の奥から懇願するような目で功治がうったえた。「どうかきょうはもう……。瑠那には持病があるんです」

罪悪感に胸が張り裂けそうになる。凜香はいまにも失神しそうな瑠那を、ただ眺めた。優莉匡太の子であることへの拒絶。これが自然な反応にちがいない。凜香たちはここまで忌み嫌われる立場に生まれ、日々を歩んできた。

いま知らせておいてよかったのだろう。いずれどこかでこんなふうになるよりは。そう思うしかない。これで心が鍛えられるのか、あるいは損傷を引きずるのか、まるで予想もつかないが。

弘子が暗く沈んだ顔で凜香の袖《そで》を引っぱった。優莉匡太の子なら傷つかないはずがない。凜香も哀しみを拒みえなかった。弘子とともに立ちあがり、映見を目でうながす。三人はそれぞれ杠葉夫妻に頭をさげ、恐縮しつつもその場をあとにした。詫《わ》びたところでどうなるものでもない。一刻も早く立ち去ることが思いやりになる。人生でそれを学んだ。行く先々で消え失《う》せるのを望まれてきたのだから。

2

日没後の鶯谷、飲み屋街の裏手、暗く狭い路地の奥。トタン板で外壁を補強された古い木造家屋が軒を連ねる。うちテナントのひとつがスナック映見だった。狭小そのものの店内にテーブルはなく、カウンターに三席だけが並ぶ。凜香は端の席に座っていた。映見はカウンターのなかに立ち、暇そうにグラスを拭《ふ》いている。客はひとりもいない。カウンターから離れた壁ぎわに、荷物置きを兼用した椅子があるが、弘子はそこに座っていた。

無言でスマホをいじる弘子が、沈黙に耐えかねたように吐き捨てた。「ったく。行かねえほうがよかったんじゃねえの。あの子ショック受けまくりだったじゃん」

いいだしやがった。凜香はそう思った。弘子に背を向けたまま凜香はつぶやいた。

「本当のことを知っとくだけの話。今後はもうびっくりせずに済むでしょ」

「はん」弘子が鼻を鳴らした。「血も涙もねえな、凜香姉ちゃんは」

幼少期から性格が悪かった弘子と、いまさら喧嘩《けんか》する気になれない。凜香は映見にいった。「スピリタスあったらちょうだい」

映見は手を休めず凜香を一瞥《いちべつ》した。「お酒は駄目でしょ」

「なんだよ。いまさらケチケチすんな。前はくれたじゃねえか」

「高校に入ったら、まともに生きてくとかいってなかった?」

「まだ入学式前だよ。制服も中坊だし」

「中坊の制服で九十六度のウォッカはないでしょ」

「ならビール」

「駄目」

「酒ぐらい飲ませろよ。金ならくれてやるからよ」

「あんたさ」映見が前のめりに見つめてきた。「あの瑠那って子の反応見たでしょ。自分がどんなふうに世間に思われてるかわからない?」

「優莉匡太とヤッてガキつくる馬鹿女が大勢いたせいだろ」

「いつまでここに居座るの?　千葉のド田舎に帰んなよ」

背後で弘子がけらけらと笑った。「だっせ。千葉」

凛香は椅子を回し、弘子を睨《にら》みつけた。「運動音痴が肥え太りやがって。おまえなんかずっと田代ファミリーに飼われてりゃよかったんだよ」

「あ？」弘子が嘲笑《ちょうしょう》とともに挑発してきた。「結衣姉ちゃんがいなきゃなにもできねえくせに」

「ぶっ殺してやるぞてめえ！」凛香はカウンター席から立ちあがった。

映見が怒鳴った。「やめてよ迷惑だから！　内装をちょっとでも傷つけたら弁償してもらうからね」

憤怒《ふんぬ》とともに凛香は踏みとどまった。「こんなボロ店、いまさら傷がなんだってんだ」

弘子が同調した。「ちがいねえ。ヤニ臭くてたまらねえし」

「ちょっと弘子」映見が刺々《とげとげ》しくいった。「そこの壁紙を引っ掻《か》いて剝《は》がす癖、もうやめてくれる？　猫飼ってんじゃないんだから」

舌打ちした弘子が立ちあがり、出入口のドアへ向かいだした。「やってらんね」

ドアが開け放たれたとき、すぐ外にひとりの男が立っていた。スーツに薄手のロングコートを羽織っている。七三分けにいかつい顔の中年だった。弘子が面食らったようにたたずんだ。

映見が戸惑いぎみに声をかけた。「いらっしゃい」

男は弘子のわきを抜け、ゆっくりと店内に歩を進めてきた。「すまない。客じゃないんだ。優莉凜香と話がある」

凜香は男を見かえした。「知らねえおっさんと口がきけるかよ」

悠然とした動作で、男がパスケースをとりだした。開いて身分証を見せる。男がぼそりときいた。「わかるよな。俺は青柳《あおやぎ》」

警察手帳とは異なるが、公安の刑事が持つＩＤは見慣れている。凜香はぞんざいにたずねかえした。「なんの用だよ」

「外で話そう」青柳がうながした。

弘子と映見が訝《いぶか》しそうに見守る。凜香は仕方なく店をでた。ドアを叩《たた》きつけ、岸本母娘《おやこ》の視線から逃れる。飲み屋街の喧噪《けんそう》からも遠い、うら寂しい路地で、凜香は青柳と向かいあった。

青柳が探るような目を向けてきた。「きょう神社に行ったな」

「尾行かよ。施設に外出届はだしてる」

「都内の引っ越し先を下見に来たんじゃなかったのか」

「通りかかった神社で祈りを捧《ささ》げたくなっただけ。公安の馬鹿が現れませんようにって」

「はぐらかすのはよせ」青柳は低い声を維持していた。「優莉の子供は成人するまで、互いに会えない規則だろ」

「人権派弁護士が反対してるよ」

「〝優莉匡太の血縁者に関する取り決め〟を知ってるな？　文科省や教育委員会、児相が協議したうえでの合意事項だ。法的拘束力も持つ。違反は許されん」

「あの神社に兄弟姉妹がいたのかよ。初耳」

青柳が頰筋《きょうきん》をひきつらせた。「いいだろう。今回だけはくだらない言い逃れをきいといてやる。だがもう神社に二度と近づくな」

「なんで？」

「六女の瑠那が阿宗神社に引き取られたことは知ってたはずだ」青柳は店の看板を眺めた。「この店の親子も神社に同行したな。誰だ？」

優莉弘子は幼少期に死亡、母親も不明ということになっている。公安はまだ真実に気づいていない。瑠那のことは承知済みのようだが、世間には公表されていないため、六女以降のカウントもずれている。凜香はあえてとぼけた。「六女はまだ十四の伊桜《いお》里《り》だろ？」

「本当の六女は瑠那だ。誕生日順だが母親がちがう。おまえと同い年だな」

「そこまでいうならさ」凛香は青柳を見つめた。「神社の境内で見つかった子のDNA鑑定をして、父親が優莉匡太とわかったとしても、母親は不明なんだろ？　生年月日なんて、公安がどうやって知った？」

青柳は黙って凛香を見かえしていたが、やがて内ポケットから一枚の紙をとりだした。それを開き凛香に差しだしてくる。

わずか数行の報告に目を走らせたとたん、凛香は衝撃を受けた。「母親が生きてんの？」

「まあな」

「瑠那には……」

「知らせるつもりはない」

「なんでわたしには知らせたんだよ」

「勘繰ったりあちこち調べまわったりするのをやめさせるためだ。理解できるな？　結衣の母親は友里佐知子だし、問題が複雑になる」

「結衣なんておぼえてない。六本木のお店に機動隊がなだれこんできてから、ずっと離ればなれだし」

「どうだかな。結衣と凜香が一緒になって、架禱斗の軍隊と争ってたって証言も多々ある」

「ねえ青柳さんだっけ。シビック政変のとき、公安なんてどうせ緊急事態庁の意のまだったんだろ。そこいらの市民を弾圧してたよな。それが矢幡《やはた》政権に戻るとまたてのひらがえし。国家の犬なんて主体性のないクズばっか」

「同僚にはそういう奴らもいたが、命令に従わない刑事も少なからずいた。俺もそのひとりだといっても、おまえは信じないだろう」

「そりゃそう。いまとなっちゃどいつもこいつも、緊急事態庁の支配に逆らってたって主張しやがるからな。太平洋戦争後と同じ。大人は嘘つきだらけ」

「紙をかえしてくれ」青柳が手を差し伸べてきた。紙を受けとると青柳はため息まじりに問いかけた。「なぜ日暮里《にっぽり》高校を受験した?」

「千葉のユーカリが丘《おか》から京成《けいせい》線一本で上がってこれるんだよ。日暮里まで」

「合格したせいで都内の施設に引っ越すことになっただろ。それを狙ったのか? この辺りに住むつもりだったのか?」

日暮里はここ鶯谷の隣の駅になる。しかも電車での移動時間はたった一分、歩いても余裕で到達できる。当初は居心地のよい佐倉《さくら》の〝あしたの家〟から通学するつもりだった。佐倉に帰るのが面倒になったら、弘子の母子家庭に転がりこめばいい。けれども日暮里高校を受験するには、学校に近い児童養護施設に住むのが原則といわれてしまった。

もともと日暮里高校を選んだのには、ほかにも理由がある。公立のわりに制服がとても洒落《しゃれ》ている。あの制服のおかげで倍率が少々高めになるほどだった。

ただしそれらの理由を喋《しゃべ》る気にはなれない。凜香は公安と口をききたくなかった。

「どこへ通おうが勝手だろ」

「いいか、凜香」青柳が詰め寄ってきた。「緊急事態庁が解散し、治安が回復して、みんな法律を守らなきゃいけない。もちろんおまえも含まれてる」

「人権支援団体の弁護士さんと話してよ。わたしの代わりに警察の相手になってくれる」

「その手の弁護士はいう。優莉匡太から架禱斗のような悪魔が生まれたからといって、ほかのきょうだいまで疑うべきではない、可哀想じゃないかと。俺はそこまで純粋にはなれん」

「大学に通う結衣姉ちゃんにも、そんなふうに凄《すご》めるのかよ」

「結衣？　公安から常に十人がマークしてる」青柳が踵《きびす》をかえした。「おまえも品行方正に暮らすことだ。俺たちの手を煩わせるな」

路地を立ち去る青柳の後ろ姿が、街路灯の下に見え隠れしながら遠ざかる。凜香は黙って見送った。

苛立《いらだ》ちがこみあげてくる。つい七か月前までは架禱斗の犬だったくせに。パグェを掻《か》き集めてテロでも起こしたくなる。無謀ではあっても、スカした公安どもを狼狽《ろうばい》させられるだけで、充分な満足につながる。

想像がそこに及び、すぐ暗雲が垂れこめてくる。馬鹿な警察を手玉にとれても、また結衣姉が立ちふさがる。鶴巻《つるまき》温泉のときと同じくボコボコにされる。あの凶暴姉貴はホンジュラスと北朝鮮を経て、もはや不死身のサタンに生まれ変わった。せめて十人の公安とやらが結衣にちょっかいをだしてくれないかと願う。連中が半殺しにされて、悶絶《もんぜつ》しながら地面に横たわるさまを見物したい。

ドアがきしむ音がした。凜香は振り向いた。半開きになったドアから弘子が顔をのぞかせていた。

弘子はきいた。「いまの人、もう帰ったのかよ」

「スピリタスくれるようにオカンに頼んでくれよ」凜香はドアに向かいだした。「説得に成功したら十万払ってやる」

3

凜香は金持ちだった。小中学校を通じ、田代ファミリーに身を置きながら、あらゆる汚い商売に手を染めてきたからだ。権晟会《ごんじょうかい》から巻きあげたぶんもある。とはいえヤヅリとの抗争で首尾よくいっていれば、いまごろは贅《ぜい》を尽くした姫様暮らしを満喫できていた。

現実には将来のことを考え、それなりに節約を余儀なくされる。あまり羽振りがいいのを知られるのもまずい。不幸な生い立ち、親なしの貧しい少女と信じればこそ、人権支援団体が寄付金を提供してくれる。

日暮里高校への入学に際し、制服代が五万二千円、教科書代が三万九千円と伝えられた。これらも支援団体が提供してくれるという。金を使わなくて済むと喜んだのも束の間、制服も教科書も中古だとわかった。支援団体も最小限の出費に節約せざるをえないらしい。

やむをえず凜香はそれらを自費でまかなうことにした。ひとりだけ古びた制服を着ていたのでは冴《さ》えない。くたびれた教科書では、いじめっ子に反撃するとき、充分な強度が得られない。新しい本なら角を頸動脈《けいどうみゃく》に突き刺せるほどの堅さがある。

日暮里駅前の制服取扱販売店で、凜香は試着室に籠《こ》もり、サンプルに袖《そで》を通した。カーテンを開け店内に戻る。

賑《にぎ》わう売り場には、同行した弘子がまっていた。「ああ。似合ってんじゃん」

ダウンジャケット姿の弘子は、たぶん一日じゅう暇なのだろう。しょっちゅう毒づくわりには、凜香にまとわりついてくる。鬱陶《うっとう》しくはあるものの、売り場で採寸するほかの新入生らは、みな保護者に付き添われていた。凜香もひとりっきりでは来たくなかった。

姿見を眺めながら襟や袖を整える。女性店員が笑顔で凜香にたずねた。「いかがですか?」

エンジとグレーのツートンカラーのジャケットには肩飾り《エポレット》がつく。胸ではなく上腕の外側に校章の刺繍《ししゅう》がある。ボタンは金いろで、ブラウスの襟に紺いろのリボンが映える。スカートもジャケットと同じツートンカラーで、ワンピース風につながって見える。なんとも粋なセンスだった。噂では私立に流れがちな十代を引き留めるため、わざわざデザイナーを雇ったらしい。ショートボブは明るく染めたほうが似合いそうだ。少しずついろを変えて、間抜けな教師どもの目を徐々に慣らしていくにかぎる。

弘子が歩み寄ってきた。「凜香姉ちゃん」

「なんだよ」

「あれ気にならない？」弘子がささやいた。「このあいだ店に来た人のしわざかな」

凜香は姿見から目を逸《そ》らし、弘子の視線を追った。全面ガラス張りの外に歩道が見えている。制服警官が複数うろついていた。周りを警戒しているようだが、ときおり店内にも鋭いまなざしを向けてくる。

もやっとした気分になる。まさか監視要員を送りこんできたのか。凜香は女性店員にきいた。「あの警……お巡りさんたち、なにしてるんですか」

女性店員は笑顔を崩さなかった。「女子高生の失踪《しっそう》事件が連日報じられてますでしょう。まだ春休み期間中ですし、うちみたいな制服取扱店も、念のためガードすると通達がありまして」

「あー。失踪事件の……」

「物騒な世のなかですよね。袖の長さはどうですか？　もう少し伸ばしましょうか」

「えーと」凜香は姿見に向き直った。「そうですねぇ……」

ほかの客が女性店員を呼んだ。女性店員は凜香に頭をさげ、少々おまちください、そういって離れていった。

弘子がスマホをいじりだした。「例の失踪事件かぁ。凜香姉を狙ったとこで、返り討ちが関の山だろうにね」

「ぬかせ」凜香は特に腹も立てず、軽く愚痴をこぼした。「平和が戻ったら変態が跋《ばっ》扈《こ》しやがる。この国はほんとに終わってる」

ただの異常性欲者のしわざではない、そんな噂もあった。全国津々浦々で、女子高生や同世代の少女ばかり、八十二人も行方不明になっている。

当初は個別に家出の案件として処理されることが多く、同時多発的に発生していると判明したのは、事態がかなり進んでからだった。まだ発覚していない事例も少なくないと思われる。総数は計り知れない。届け出がめだつのは女子高生の保護者からだが、女子中学生や女子大生、非就学の同世代が被害に遭っている可能性もある。

発生地域は都市部が多いが、北海道から沖縄まで広範囲に及ぶ。そこをとらえれば組織的犯行が疑われるが、妙なことに失踪は一か所で集中的に起き、翌週には遠く離れた別の場所に拠点を移したりする。このため単独犯との見方も否定しきれないという。辻舘鎚狩《つじたてつがり》のように大勢の命を奪った猟奇殺人魔もいる。ひとりで複数を殺すことはそう難しくない。優莉家なら常識だった。

「凜香姉」弘子がいった。「ポリどもがなんか動きだしたよ?」

ガラスの向こうで警官らがいろめき立っている。緊迫した顔で無線に応答しつつ、店の前から引き揚げていく。こちらには目もくれない。ほどなく誰もいなくなった。店内の客たちは気に留めたようすもない。制服に身を包んだわが子を、親が無邪気に褒《たた》め称える、そんな構図が溢《あふ》れかえっていた。

弘子はスマホを操作しながら表情を曇らせた。「お巡りが集団移動だなんて、どっかででかい事件か事故でも発生した? なんのニュースもでてないけど」

「ネットニュースになるのには時間がかかる。テレビに速報がでてるかも。ツイッターを検索しなよ。〝女子高生　失踪〟とかで」

「どれ……。ああ、ホットワードになってる。こんなツイートがあるよ。〝いまニュース速報がでたけど女子高生のひとりが見つかったって。でもなんで全裸? 可哀想すぎる〟って……」

凜香はスマホをのぞきこんだ。「どっかにリンクを張ってない?」

おびただしい数のツイートが瞬時に新規百件、二百件と増えていく。どれも行方不明の高二女子が全裸遺体で発見、その報道に対する反応だった。場所は荒川《あらかわ》区、隅田《すみだ》川の河川敷。ここからそう遠くない。警官らが動員された理由もわかる。いまのところニュースソースへのリンクは見当たらなかった。それでも間もなくネット上の報道にも記事が現れるだろう。

スマホの画面に気をとられ、店内のざわめきはほとんど意識していなかった。それでもなぜか聴覚が喚起された。父親らしき声が耳に届く。とてもよく似合ってるよ。母親とおぼしき声も同意をしめす。ほんとに素敵。

はっとして我にかえった。ききおぼえのある声だったからだ。凜香は辺りを見まわした。ふたつ隣の試着室のカーテンが開いた直後らしい。笑顔のふたりは杠葉夫妻だった。きょうは普段着姿のため、ほかの客のなかに埋没していた。

試着室から凜香と同じ、日暮里高校の女子生徒の制服が、いそいそと歩みでてきた。絵に描いたような清楚《せいそ》な振る舞いだった。照れたように下を向き、はにかみながら微笑する。色白の端整な小顔。長い黒髪は、きょう背中でまとめてはいないが、瑠那にまちがいなかった。夫妻は実の娘のように瑠那を迎えた。家族の理想像がそこにあった。

偶然に驚く以上に、凜香は体裁の悪さを感じた。美しい杠葉家の日常をぶち壊しにする邪魔な存在でしかない。なんとなく罪悪感が募ってくる。凜香は気づかれないように後ずさりだした。

ところが女性店員が駆け戻ってきた。「おまたせしました。優莉様!」

ぎくっとして凜香は凍りついた。杠葉功治が辺りを見まわしただけで、瑠那は芳恵と和やかに談笑中だった。まだ凜香に目をとめたわけではない。しかしいま逃げ去るわけにもいかなかった。

そんなとき弘子が頓狂《とんきょう》な声をあげた。「嘘!? 瑠那じゃん!」

この馬鹿。凜香は心のなかで罵《ののし》ったが、もう遅かった。杠葉夫妻と瑠那は揃ってこちらを見つめた。三人とも愕然《がくぜん》とした表情を浮かべている。瑠那のもともと大きな目は、いまやアニメのごとく丸々と見開かれていた。

また過呼吸に陥らないでほしい。凜香はそのことだけを祈った。きょうは堂々と都内に来ている。公安はどこからか見張っているはずだ。今度は偶然会っただけだと主張しても、前はちがったのかと物議を醸す。いまはただ運の悪さを呪うしかない。

4

凜香は人権派団体の弁護士に電話しておいた。公安を名乗る男から、瑠那に接触するなと脅されたが、制服を注文に来てばったり出会ってしまった。同じ学校に通うみたいだから今後会わないのは無理、そう申し立てた。

弁護士は電話越しに同情の声を寄せてきた。そんな状況ならやむをえない事例に該当します。どちらかが学校を辞める必要はありません。人権侵害になりますからね。警察へのパイプはありますので、そちらに通告しておきます。公安の耳にも入るでしょう。

これでよしと凜香は思った。正義感の強い大人たちは利用するにかぎる。成果はあまり期待できないが。

杠葉功治にも電話をし、弁護士の意見を伝えておいた。制服取扱販売店で出くわしたときには、双方とんでもなく面食らったが、二度目の遭遇だけにほどなく落ち着いた。瑠那の動揺が一定内に留《とど》まったのは幸いだった。

なんと翌日、凜香は阿宗神社を訪ねることになった。けさ功治のもとにも警察から連絡があったという。同じ学校に通うのは認めますが、あまり瑠那さんを優莉凜香に近づけないでください。保護者として目を光らせるように。警察は功治にそう釘《くぎ》を刺したらしい。

驚きだった。ふたりとも日暮里高校への通学ばかりか、きょう会うことさえ許された。杠葉夫妻も凜香を受けいれている。どういう風の吹きまわしだろう。

凛香は私服で神社に来た。薄日の射す境内を歩きながら、凛香は斎服姿の功治にきいた。「警察は瑠那さんといったんですか？　瑠那はさんづけ。わたしはいつも呼び捨て」

功治は凛香に歩調を合わせながら苦笑した。「でもそんなに目くじらを立ててはいないようでしたよ。瑠那もだんだん同世代の子に馴染《なじ》んでいかなきゃいけません。大人が必要以上に介入するのはよくないと、私からも警察にいっておきましたから」

「瑠那は小学校や中学校には、ふつうに通ってたんですよね？」

「ええ。おとなしい子ですから、問題はなにも起こしてません。でも出席日数が少なくてね。病弱で入退院を繰りかえしてたので」

「病弱ってのはどんな……」

社務所に近づいたとき、開け放たれたサッシ窓のなかに、巫女《みこ》装束の瑠那が見えた。和室で正座して作業中だった。座卓の上にお守り袋と神札が並ぶ。それらの製作も巫女の仕事のようだ。瑠那の顔があがった。こちらを見たものの、戸惑いがちにまた視線を落とした。

功治は社務所の玄関へと歩きだした。「ある意味ではよかったかもしれません」

凛香も功治についていった。「なにが？」

「友達の少ない子ですからね。生い立ちについても、なにかトラブルがあっては困ると、私どももふだんから戦々恐々としていましたから……。優莉さんが現れたときには本当に驚きましたが、実際に会ってみると、ただやさしい女の子だとわかりましたし」

さすが神職、弁護士以上の性善説の持ち主だった。気まずさをおぼえつつ凜香はつぶやいた。「人は見た目によらないのかも」

「私にはわかる気がします。あなたの瑠那を気遣う思いが」功治が玄関前で足をとめた。「ただし……。どうか瑠那に対しては、母ちがいの姉としてではなく、同学年の友達として接してほしいのです」

優莉家の悪影響を持ちこんでほしくない、平たくいえばそんなところだろう。凜香は醒《さ》めた気分で応じた。「学校では近づかないようにします。人目があるところで、わたしが一緒にいると、瑠那にも悪いし」

瑠那は優莉匡太の子だと報じられてはいない。優莉凜香の友達とみなされるだけでも迷惑だろう。けれども親代わりの功治は凜香を拒絶できずにいる。内心は複雑にちがいないが、出会ってしまった以上、半ばあきらめているのかもしれない。

凜香としても瑠那に執着したいわけではない。嫌がられているのに無理に交流したいとも思わない。きょうはただ伝えにきた。同じ学校に通っても、人前で話しかけたりはしないと。

功治が玄関を指ししめした。「瑠那に会ってやってください」

「一緒に来ないんですか？」

「必要なのは友達なんです、いまの瑠那にはね」功治はそういって立ち去った。

困惑とともに凜香は玄関を入った。靴を脱ぎ、板張りの廊下にあがる。近くの部屋からテレビの音声がきこえる。ニュースだった。芳恵がいるのだろう。神社にもふつうの家族の営みがある。

開いた障子の向こう、事務室を兼ねた和室に入る。きちんと背筋を伸ばし正座する瑠那の後ろ姿があった。

凜香も正座した。瑠那の後ろ髪は、リボンの代わりに和紙で縛ってあった。和紙が髪とともに背に長く垂れ下がっている。凜香は話しかけた。「このあいだと髪のまとめ方がちがうよね？」

瑠那の動作は厳かだった。作りかけのお守りをそっと座卓に戻し、静かに身体ごと振り向いた。「これは水引といいます。先日は丈長《たけなが》でした」

「たしか小さく巻いた髪留めだったけど。あれが丈長？」

縛ります」

「はい」瑠那は怯《おび》えたように目を合わせなかった。「丈長には檀紙《だんし》を用います。水引は細い紙縒《こより》に糊《のり》をひいて乾かした物です。和紙を筒状にして髪を包んでから、水引で縛ります」

「いつもそんな喋《しゃべ》り方なの？」

「……はい？」

「十五じゃん。もっと気楽にいこうよ」凛香は棚に目を向けた。「あの派手な冠みたいなのもかぶったりする？」

「前天冠《まえてんかん》は祭祀《さいし》のときにかぶります」

「だからさ。巫女さんの役割演技はやめようよ。ふつうにしてくれればいいって」

「役割演技といっても……。これがふつうです」

「マジで？　習いごとかなにかしてた？」

「巫女なので……。書道とお茶、お花、舞踊、雅楽……」

「あー。道理で」凛香は頭を掻《か》いた。「小学生のころから巫女になるのを前提に、ちっぽけな神社で貧しいながらも、良家の娘みたいに育てられた。そういう解釈で合ってる？」

「凛香さんは習いごとをなさっていないんですか」

山ほどあった。幼少期は万引きとスリ、置き引き、ピッキング。少し大きくなってからは侵入盗、爆弾作り、射撃、手錠外し、格闘技、変装、ナイフの突き刺し方、脅迫と恐喝。とりあえず刃物を合法的に扱える分野を口にした。「料理とか、かな……」

「そうなんですか」瑠那が微笑した。「教えてもらえませんか。和食しか作れなくて……」

ふしぎな魅力の漂う子だと凜香は思った。目鼻立ちに多少、父親の面影を感じさせる点のみ、凜香や結衣と共通する。しかし性格が顔に表れるという説は事実なのか、全体的には柔和そのものという印象だった。素朴の極みというべきかもしれない。いい意味で都会っぽさがない。地方の片田舎から上京してきたばかりの少女にも見えてくる。大きくつぶらな瞳《ひとみ》が結衣に近いものの、それがどこか頼りなさにつながっていて、守ってあげたくもなる。色白で多少やつれた感じが薄幸そうでもあった。

妹として意識することが、そこはかとなく愛《いと》しさを生じさせるのだろうか。いや赤の他人であっても、庇護《ひご》欲を募らせずにはいられない、瑠那はそんな少女だった。世のなかの闇を知る凜香には、瑠那がいかにも脆《もろ》い存在に思えてくる。今後が心配で仕方なくなる。

　ふと棚のわきに目を向けたとき、凜香は驚きをおぼえた。「ちょっと。やばいって」

「……なにがですか」

「箱にブツの名を書いとくやつがあるかよ」凜香は縦長の段ボール箱に手を伸ばした。マーカーペンで〝大麻〟と走り書きしてある。

　瑠那がにじり寄ってきた。「あのう。なんの話でしょうか」

「だからこれだよ。ガサが入ったらパクられちまうだろ。間抜けな業者と付き合うもんじゃねえって……」凜香は段ボール箱を開けた。とたんに凍りついた。

　箱の中身は、神主や巫女が手にして振る、あの白いヒラヒラのついた棒だった。紙ではなく布でできている。

「なにこれ」凜香はつぶやいた。

「大麻《おおぬさ》ですけど……」

「おおぬさ？」

　きょとんとした顔で瑠那がうなずいた。「白木の棒なら祓串《はらえぐし》といいますけど」

　軽い混乱があった。そうだ、瑠那は優莉匡太の子といえど、まるっきりカタギに育った。大麻取引に縁もなければ、箱に品名を書いてしまう愚鈍なチンピラとも接点がなかった。

ない。自分の馬鹿さ加減に腹が立つ。悪い大人たちの世界にどっぷりと浸《つ》かってきた、その弊害だった。

静寂のなか、近くの部屋からテレビの音声がきこえてくる。キャスターの声がいった。都内での轢《ひ》き逃げ事件は、過去十年で最悪ペースとなっており……。物騒なニュース自体、瑠那の耳にいれたくない。そんな気持ちさえ生じてくる。

凜香はばつの悪さを感じながら、箱を棚のわきに戻した。「悪い。いやあの、ごめん。勘ちがいだった」

しばし瑠那は目をぱちくりさせていたが、やがて自然な微笑を浮かべた。「よくわからないんですが、わたしを心配してくださったんですか」

「まあそりゃ……。ヤバいブツだと思っちゃって、このままじゃ瑠那が困ったことになるんじゃないかって。でもまちがってた」

「嬉《うれ》しいです」

「なにが?」

「わたしがもっと小さかったころは、義父母《ふぼ》も叱ってくれました。だけど最近はそういうこともなくなって」

凜香は瑠那を見つめた。瑠那はただ感慨深げに虚空を眺めている。自分の感情にすなおに浸りきっていた。

半ばあきれながら凜香はたずねた。「親に叱られたい？　変わってるね」

「いま思えばありがたいことばかりなんです。しかも凜香さんが気遣ってくださるなんて、とても幸せです」

韓国の大富豪の跡取りだった少年、キム・ハヌル並みの純粋無垢《むく》さだと凜香は感じた。育ちがちがえばこうも差が生じるのか。杠葉夫妻が当初、優莉家を敬遠したわけだ。瑠那は真水そのものといえる。泥など一滴も混入していない。

姉が妹に世話を焼きたくなる心理だろうか。役に立ちたいとも感じる。凜香はうわずりがちな声でいった。「せ、せっかく来たんだし、外の掃き掃除でも手伝おうかな」

「……それでしたら、いまここでおこなっていることを」瑠那が座卓を振りかえった。

凜香は当惑を深めた。「そいつは無理だって。お守り作りなんて」

「なぜですか。簡単ですよ」

「わたしの触ったお守りなんて厄の塊じゃん」

「そんなことないです」瑠那はまた笑顔になった。「こちらにいらしてください。わたしと同じようにしていただければ」

瑠那の表情や態度から、徐々にぎこちなさが消えつつある。さっきまではロボットのような動きだったが、いまでは多少足を崩しがちに、座卓に向き直ったりする。それでもなお優雅さは残っていた。いざなわれるまま凜香は座卓に近づいた。瑠那と過ごす時間は緊張するものの、それなりに新鮮で楽しくもある。

凜香はきいた。「瑠那って名前、いまのご両親がつけたの？」

「はい」瑠那は重箱を開け、まだなにも入っていないらしいお守り袋の束をとりだした。それらを座卓に並べながら瑠那が答えた。「よい意味に溢《あふ》れています。わたしにはもったいないぐらいの名前です」

優莉家にはありえない発言だった。特に凜香とは雲泥の差だ。母親の市村凜《いちむらりん》はわめきやがった。凜香のリはね、輪姦《りんかん》のリ……。そこまでしかきいていない。実の母に鉛の弾をぶちこんでやった。後悔はしていない。

室内は静かだった。またニュースの音声が耳に届く。奈良につづき茨城でも、行方不明になっていた女子高生が、遺体になって発見されました。警察によると遺体はまた全裸だったとのことです。これまで発見された遺体の共通項として、複数回以上の性交の痕跡《こんせき》および、薬物注射の痕《あと》、腹部にタバコを押し当てたとみられる火傷《やけど》が確認できたそうです。

マジか。凜香は心のなかでそうつぶやいた。反射的に嫌悪感がこみあげてくる。全裸、性交の痕跡、薬物注射痕、タバコの火傷。いわば優莉匡太半グレ同盟による女性殺害の印だった。子供のころ、父の半グレ同盟は頻繁に、そんな女をあちこちに遺棄した。さんざん遊び尽くしては、人形のように捨ててまわるのが常だった。世界的に報道されたため広く知られている。

半グレ同盟の元メンバーが、いまさら同じことをしでかすとは考えにくい。出所後の元メンバーは全員、公安に現住所を把握されている。模倣犯だろうか。なんにせよ厄介だった。架禱斗のせいで強まった優莉家への風当たりが、これでまたいっそう強まる。

瑠那の咳《せき》がきこえた。口をつぐんで、なるべく響かせないようにしている。しかしおさまらないらしく、繰りかえし咳《せ》きこんだ。だんだん激しくなる。瑠那は座卓に突っ伏した。

凜香は声をかけた。「瑠那。だいじょうぶ?」

なにごともないと答える素振りをしめしかけたが、咳はひどくなる一方だった。瑠那は苦しげに喉《のど》もとを掻《か》きむしりだした。嘔吐《おうと》のように濁った呻《うめ》きを発したかと思うと、座卓の上に血がぶちまけられた。並べてあるお守りが真っ赤に染まった。

「る、瑠那！」凜香はあわてて寄り添った。

声をききつけたらしい。障子が開く音がした。部屋に駆けこんできたのは芳恵だった。芳恵は取り乱しながらもひざまずき、瑠那を抱き起こした。「天井を見て。そう。息を吸うの。吐くんじゃなくて吸って」

芳恵の腕のなかで瑠那が仰向《あおむ》けになった。口もとから首すじにかけ、べっとりと血が付着していた。瑠那は半目になり、呼吸もままならないのか、ひどく苦しそうに喘《あえ》いでいる。血の気が引いていき、身体のあちこちが痙攣《けいれん》し始めた。

凜香は立ちあがった。「救急車を呼んできます」

廊下に駆けだすと功治がたたずんでいた。功治は哀れみに満ちたまなざしでささやいた。「主治医にはいつでも連絡をとれます。ただし飲み薬であるていど落ち着いてからです。それまではなにをしても意味がなくて」

「ちょ……」凜香は動揺とともにきいた。「それどういうこと？」

功治はゆっくりと眼鏡をはずし、沈痛な面持ちでうつむいた。「指定難病のひとつで……。主治医によれば、もって一年ほどの命だとか」

耳を疑う話だった。凜香は愕然《がくぜん》とし、部屋のなかを振りかえった。瑠那は畳の上で仰向けになっている。芳恵が経口薬と水筒を用意していた。室内に常備してあったのは、発作がたびたび起こるからだろう。

凜香は立ち尽くしながら、心が果てしなく沈んでいくのを自覚した。すべての理由がわかった。なぜ杠葉夫妻が凜香との友達づきあいを認め、公安が弁護士の説得に耳を貸し、例外的に同じ高校への通学が容認されたのか。なにもかも一年足らずの命だからだ。

5

大きな病院だと凜香は思った。廊下の幅が広いぶんだけ、ストレッチャーを移動させやすい。ただし凜香は瑠那が病室に運ばれるのを見ていない。瑠那は救急車で先に搬送された。

杠葉夫妻は救急車に同乗していったが、凜香が病院に向かうのは、ただ厄介なだけだろう。そう感じた凜香は、いったん千葉に帰りかけた。ところが功治から電話があった。瑠那が来てほしいといっています、そう告げられた。

こんなことには慣れていない。廊下の待合椅子に腰掛けながら、凜香は半ば放心状態に身を委《ゆだ》ねていた。

兄弟姉妹の死にショックを受ける、そんな概念自体、優莉匡太の子供にはそもそもなかった。命など虫けらと同じ、あるいは乾電池のように短期間で切れるもの、そういう認識が幼くして備わっていた。死について嫌悪感はあっても、けっして怖くはなかった。

感性が変容しだしたのは、結衣が詠美《えみ》の生存を信じるさまを見てからだ。あの馬鹿姉、篤志兄のガセを鵜呑《うの》みにし、詠美を助けだそうと本気になった。結衣の必死さに衝撃を受けた。結局生きていたのは詠美ではなく、そんなに好きではない弘子だった。それでも結衣は弘子を抱き締め、大粒の涙を滴らせていた。

あの結衣をまのあたりにした以上、凜香も弘子に腹を立てようとも、本気で喧嘩《けんか》はできない。自制するうちに、腐れ縁のような姉妹関係が醸成されつつある。こういうことだったかと凜香は理解した。きょうだいの年長者が譲り、赦《ゆる》すことをおぼえれば、少しずつ心が通いあい始める。

わきのドアが開き、病室から看護師らがでてきた。足ばやに廊下を遠ざかる。角を折れたのち、ふたたび引きかえしてきて、ただちに病室に戻った。ナースステーションにすら到達していないはずだが、なにをやっているかはわかった。

さっきからひっきりなしに出入りがある。杠葉夫妻も室内に呼ばれたり、また廊下に退出してきたりしている。辛《つら》そうに医師と立ち話をしては、揃ってドアのなかに消えていく。

会話によれば、瑠那は癌ではないものの、複数の深刻な症状を併発しているらしい。そのほとんどは原因不明で、おそらく遺伝によるものだろうが、医師としては手の打ちようがない。吐血の発作は、大静脈の狭窄《きょうさく》と閉塞《へいそく》が原因だという。瑠那が神社の境内で発見された九歳当時から、発作はたびたび起きていた。年を追うごとに頻度が増し、心臓が弱りきっているようだ。

ドアが静かに開いた。看護師が呼んだ。優莉さん。

凜香は立ちあがった。いざなわれるまま病室に入っていった。

瑠那の担当医は若松《わかまつ》という三十代の男性だった。白衣姿の若松がベッドのわきに立っている。杠葉夫妻は椅子に座っていた。夫妻は手をとりあい、ただ気遣わしげにベッドの瑠那を見つめる。

掛けブトンの端からのぞく瑠那の顔は、いっそう血の気を失っていた。まさしく衰弱の極みだった。目を閉じているものの、呼吸はかすかに見てとれる。小康を保っているからこそ、凜香が招かれたのだろう。

凜香は歩み寄り、ベッドの傍らの椅子に腰掛けた。瑠那の目がうっすらと開いた。

ほとんど吐息と変わらないささやきを瑠那が漏らした。「凜香さん」

「気分は？」凜香はきいた。

「平気……」

そんなわけがない。自分でも意外なことに、凜香は哀しみで胸がいっぱいになった。冷血漢ではなかったらしい。そう自覚しながら凜香はいった。「ごめんね」

「なんで謝るんですか」

「わたしが来たせいで……」

すると功治が穏やかに告げてきた。「優莉さん、それはちがうよ」

「ええ」芳恵も同意した。「発作はどんなときでも予兆なしに起きるんです」

凜香は若松医師に向き直った。「なら学校に通うなんて無理じゃないですか」

若松医師が神妙に応じた。「そうでもないんです。症状にも波があって、このところは落ち着きつつあります。しばらくすると発作がでなくなり、なにごともなく過ごせるようになります。無理は禁物ですが、経緯を見守ったうえでなら、入学式への出席もありうるかと」

このところは落ち着きつつある……。あれほどの吐血で病院に緊急搬送されたのに、病状が収束に向かっているというのだろうか。

あるいはピーク時の発作というのは、もっと凄《すさ》まじいレベルで生じるのかもしれない。発作の頻度が減少し、いまもこうして言葉が交わせる以上、これでも小康状態と呼べる。大人たちはそんな感覚のようだ。

けれども若松医師や杠葉夫妻の言動には、別の意味が見え隠れする。もう長くはないのだから、瑠那の好きにさせてやりたい。そんな意思が随所にのぞく。

凛香は震える声を絞りだした。「瑠那。なにかほしい物ある？」

瑠那のぼんやりしたまなざしが虚空をさまよった。「凛香さん。お姉ちゃんでいてほしい」

かすかな驚きをおぼえる。凛香は笑ってみせた。「変だよ。同学年なのに。わたしたちは双子じゃないし」

「なら友達でいてほしい」

「……もう友達だろ」

こんな台詞《せりふ》を吐くようになるとは、自分でも予想していなかった。以前の凛香なら世迷《よま》い言もいいところだと感じただろう。

けれどもいまは抵抗をおぼえない。ひとまず瑠那に安心をあたえてやりたかった。

凛香は問いかけた。「ほかになにか望みがあるなら……」

瑠那は力なく微笑した。「まるで死んじゃうみたい」

思わず絶句する。余命一年足らず、そんな事実を瑠那は知らない。凜香は首を横に振った。「馬鹿いうなよ」

「凜香さん。わたし、お母さんに会いたい」

ふいに困惑がひろがる。凜香は若松医師を仰ぎ見た。若松は言葉を失ったようすで、杠葉夫妻に目を向けた。夫妻も戸惑い顔を見合わせている。

芳恵が腰を浮かせ、瑠那の顔をのぞきこんだ。「お義母《かあ》さんならここにいるよ」

「ありがとう」瑠那がささやいた。「でもいちどでいいから……。わたしを産んでくれたお母さんに会いたい」

「瑠那……」芳恵は涙声でうろたえだした。「それはいわない約束でしょ。いまになってそんなこと……」

功治が芳恵の肩に手を置いた。芳恵がせつなげに功治を振りかえる。夫のまなざしが、瑠那を責めるべきではない、そう告げている。妻も理解したらしい。失意のいろとともにうつむいた。

重苦しい沈黙が漂う。瑠那はまた疲れたように目を閉じた。伝えられずとも自分の運命を悟っているようだ。

凛香は立ちあがった。振り向いたとたん、沈痛な面持ちの大人たちのなかで、看護師ひとりだけが気まずそうな顔をする。理由はわかっていた。凛香は看護師を睨《にら》みつけ、人差し指で寄越《よこ》せと合図した。看護師は取り乱しつつも、白衣のポケットから黒い物体をつかみだした。

それをひったくると凛香は猛然とドアをでた。廊下には公安の青柳が立っていた。イヤホンを片耳にいれている。ふいに凛香がでてきたことに面食らったようだ。凛香は盗聴器を青柳に投げつけた。青柳があわてぎみに受けとる。

凛香は青柳に詰め寄った。「看護師が角を曲がってすぐ引きかえしてきた。あんたが潜んでることぐらいわかってた。ずっとわたしを尾行してんのかよ。ご苦労なこった」

青柳が苦い表情になった。「少し離れろ。誤解される」

「なにが誤解だよ」凛香は声を荒らげた。「話はきいたろ。瑠那を母親に会わせなよ」

「無茶いうな。このあいだ書類を見せただろ」

「公安が妨害しても弁護士をせっついてやるかんな!」

「声が大きい」青柳がしかめっ面でささやいた。「会わせてどうするんだ。あの子がどれだけショックを受けるか想像できんのか。死ぬより辛いことかもしれないんだぞ」

もっともな意見だ。それでも凛香は引く気になれなかった。「死ぬより辛《つれ》えとか、なんであんたにわかるんだよ。そこをどけ」

凛香は青柳のわきを抜け、廊下を足ばやに突き進んだ。胸のうちをなにかがこみあげ、視界に涙を滲《にじ》ませようとするのを、全力で拒絶した。そこいらの小娘みたいに、めそめそと泣いていられるか。いまは妹のために手を尽くしてやる。

6

五十代の坂東志郎《ばんどうしろう》捜査一課長にも苦手な時間というものがある。全身を防寒着で固めたうえで、ひとまわりサイズの大きな無菌服で覆うと、外見はまさに雪だるまになる。ひどく不格好で歩きにくいが、こうしなければマイナス二十五度の施設内では耐えられない。

陰気な青白い照明は、紫外線や赤外線を排除するためらしい。室内に漂う不気味さにひと役買っている。滑らかなタイル張りの壁に囲まれた空間に、自分と同じく丸々とした体形の無菌服が二十名近くたたずむ。警視庁刑事部と生活安全部、組織犯罪対策部、公安部のトップが数人ずつと、科捜研の法生物学チームが集結している。みな目もとだけがのぞくが、ふしぎなものでつきあいが長いと、どれが誰なのかわかるようになる。

全員が囲むのはひとつの診療用に似たベッドだった。ここで治療行為が実施されることはない。いまも横たわるのは十七歳の少女の全裸遺体だった。ひどい状況だと坂東は思った。腹に無数の黒い火傷《やけど》が点々と残っている。

科捜研が最も信頼を寄せる医師、五十六歳の奥田《おくだ》宏節《ひろふし》が遺体を前に立った。くぐもった声を響かせる。「これまで発見された同世代の少女の遺体について、各地の司法解剖結果をまとめさせていただきました」

それぞれの所轄からの報告によれば、遺体の特徴に共通項が認められるものの、細部では見解の相違がある。特に腹部の火傷については、原因不明とする意見が多い。女子高生らの失踪《しっそう》が、同時多発事件のいろあいを濃くするなか、警視庁として総合的な判断を迫られている。

ベテランの奥田医師による見立てははっきりしていた。「最終判断としては、やはりタバコの火による火傷です」

刑事部長がきいた。「所轄のいくつかによれば、タバコの火のわりに体内の奥深くまで、熱が浸透しているとか」

「そうです」奥田医師が応じた。「当初は疑問でしたが、似た記録が過去の司法解剖報告にもありました。タバコのフィルター部分を強くつまんだうえで、皮膚に対し垂直に火をあて、さらに激しくねじると、熱が周りに逃げず深々と伝導するのです」

科捜研のひとりのつぶやきが反響した。「鬼畜の所業だ」

まさしくそのとおりだった。坂東は遺体を眺めた。肘《ひじ》から手首にかけ、注射痕《こん》も無数にある。職業柄、人の死は見慣れているものの、おぞましさに鳥肌が立つ。

組織犯罪対策部長が奥田医師に問いかけた。「薬物注射も所轄で意見が分かれているようですが……」

奥田医師がうなずいた。「当然だと思います。死亡から遺体の発見までに数週間から数か月が経過し、体内から薬物の検出は困難になっています。しかし当方で骨髄を試料とし、高速液体クロマトグラフィー質量分析装置により、薬毒物スクリーニング検査をおこないました」

「薬物が検出されたのですか」

「分析結果から得られるデータを精査した結果、ヘロインの静脈注射が繰りかえされており、中毒と呼べる域に達していたと推察されます」

「ほかにはなにか……？」

「これは各所轄と見解が一致しているのですが、どの被害者も妊娠していました」

刑事部長が驚きの声をあげた。「なんですって？　妊娠？」

奥田医師が淡々と説明をつづけた。「遺体によっては複数回の妊娠、出産の経験もあると判断されます」

「同じだ」坂東は思いのままを口にした。「優莉匡太半グレ同盟の犠牲になった女たちと、遺体の特徴が一致する」

「ええ」奥田医師が見つめてきた。「私も当時、半グレ同盟の被害者とみられる遺体の数々について、司法解剖を担当しました。今回は衰弱死が多く、発見も遅れたため司法解剖の難易度が高かったのですが、あらゆる点が共通しています」

優莉匡太は愛人とは別に、性欲の捌《は》け口を求めることが多かった。半グレ同盟のほかの上位メンバーらも、憂さ晴らしがてら蛮行を繰りかえした。見知らぬ女性を攫《さら》い、薬物注射のうえ強姦《ごうかん》し、監禁し従属させるのが常だった。強制性交による妊娠は日常茶飯事で、出産もたびたびあったという。嬰児《えいじ》はゴミ箱に捨てられた。タバコの火を押し当てる拷問は、女性の抵抗力を失わせるため、匡太が発案したらしい。

ただしそうした遺体の発見が相次ぎ、半グレ同盟のメンバーが数人逮捕されると、残酷な犯行が報じられるようになった。世の女性が警戒を強めだし、匡太らも性暴力目的の拉致《らち》がままならなくなった。ところが犯行は下火になるどころか、最悪の手段による性奴隷の確保につながっていった。手口を具体的に想起するだけでも吐き気がこみあげてくる。

刑事部長が唸《うな》った。「架禱斗の死後も信奉者がいて、優莉匡太を崇《あが》めたりしている。そういう奴らが危険分子になる可能性は大きかった。女子高生の連続失踪も模倣犯のしわざか」

奥田医師は首を横に振った。「当時はタバコの火の押しつけ方まで報道されたわけじゃありません。にもかかわらずこれらの遺体は、半グレ同盟の被害者たちと、負傷の痕跡が似すぎています」

「なら半グレ同盟のメンバーがまた動きだしていると？」

「あるいは……。特徴的な犯行をあえて反復しているのが不可解ですが、なんらかの狙いがあるのかもしれません。そこを推察するのは、私のような医師の範疇《はんちゅう》ではないのですが」

公安部長がいった。「現在も生存する優莉匡太の子供たちについて、監視の目を強化しています」

結衣のことが坂東の脳裏をよぎった。彼女の真の顔を知る者は依然として少ない。北海道で一万メートル上空から干し草の山に落下し、瀕死《ひんし》の重傷を負って都内に運ばれる際にも、架禱斗の仲間と信じる者がほとんどだった。のちに架禱斗が結衣をロシアに連れ去ろうとし、途中で機体が海上に墜落したと説明がなされたが、いまも警視庁にとって優莉家は脅威でありつづけている。

警察組織の責任者は人事が刷新された。第三次矢幡政権下で、シビックに与《くみ》した者が一掃されたからだ。健全化が図られたのは好ましいが、事実を知らない新参者らが結衣を警戒しつづける。本当のことを伝えてやりたいが、それでは結衣本人ばかりか、矢幡総理にも迷惑がかかる。結衣は間もなく大学に通いだす。公安の見張りもどこふく風のようだ。新たな人生に無駄な横槍《よこやり》をいれたくない。

「私見だが」坂東は提言した。「優莉匡太の子供というだけで目くじらを立てるべきではないと思う。先入観にとらわれない捜査がおこなわれなくては」

公安部長が眉《まゆ》をひそめたのが、目もとの開口部から見てとれた。「坂東課長。優莉凜香に対しても、特に監視の必要はないというのか」

いらっとした気分にとらわれる。坂東は吐き捨てた。「監視の必要なしとはいってない」

　優莉匡太の子供たちを野放しにすべきとは、坂東も考えていなかった。結衣が再犯に及ぶことがあるなら許せない。それ以上に腹立たしいのは凜香の存在だ。あいつは坂東ばかりか妻と娘の命も奪おうとした。結衣が助けてくれたものの、そうでなければ一家三人は印旛《いんば》沼《ぬま》の底に沈んでいた。凜香の本質に善意があるとは思えない。いずれ尻尾《しっぽ》をだしたら、そのときこそ弁護士も反論できない証拠を揃え、確実に立件してやる。

　それ以外の兄弟姉妹は現状、脅威とは考えにくい。次男の篤志は、父親の逮捕以降ずっと行方不明で、とっくに死亡した可能性が高いとされる。三男の健斗《けんと》は葉瀬《はせ》中バス事件により、新潟山中の廃校内で猟銃自殺。長女の智沙子はシビック政変のさなかにヘリから転落死。三女の詠美や五女の弘子も、幼少期に死亡している。公安が把握する六女の瑠那は、平穏に神社の巫女《みこ》を務める一方、余命幾ばくもない。

　四男の明日磨《あすま》は間もなく中三だが、発見時にひどく衰弱していた後遺症で、いまも通院がつづいている。七女の伊桜里も中三になるものの、優莉家との接点はない。中学にあがる五男の耕史郎《こうしろう》に至っては、もう赤の他人も同然だ。ほかにもいるが、優莉匡太の逮捕時に幼児だった者が多く、その後の発育過程に問題はないと思われた。

公安部長が語気を強めた。「世間には優莉結衣を神聖視する連中もいる。結衣が架禱斗を殺害したとする伝説を信じる手合いだ。優莉の血筋が扇動すれば、結衣の信奉者が勢力として拡大し、悪夢の再来ともなりかねない」

生活安全部長が疑問を呈した。「公安のほうでは結衣以下兄弟姉妹ばかりか、出所後の元メンバーらの動向も把握しているでしょう。女子高生連続失踪《しっそう》が、優莉匡太の後継者のしわざだとして、誰がどうやって実行しているのですか」

すると公安部長は口ごもった。「把握しきれていない幹部かメンバーがいたのではないかと……」

金属のこすれる音が響いた。金庫室のように分厚いドアの中心で、スクリュー式ハンドルが回った。ドアがゆっくりと開く。無菌服姿がひとり入室してきた。ほどなく公安部の主任とわかった。主任は失礼しますと一同に敬礼したのち、公安部長に歩み寄った。

「部長」主任が報告した。「弁護士経由の要請ですが、入院中の杠葉瑠那が母親と面会を望んでいると」

「なに？」部長が主任を見かえした。「優莉の六女か」

「担当医も是非にと……。もう長くはないそうです」

奥田医師がため息をついた。「気持ちはわからなくもありませんが、面会など論外です。母親の姿を見れば、より強いショックを受けるでしょう。心身に不調をきたし、いっそう寿命を縮めてしまうこともありえます」

公安部長が同意をしめした。「許可しないほうが瑠那のためにもなるだろう」

「それが」主任は当惑ぎみに食いさがった。「担当医の話では、母親と会えないことが精神的負担になり、衰弱に拍車をかけている可能性があるとのことです。事前に詳細を説明のうえでなら、ひと目会うだけは……。それで瑠那がどのように感じようとも、もう余命は残すところわずかなので」

奥田医師が不安げにささやいた。「事前説明というのは誰が……?」

しばし沈黙があった。公安部長がおずおずといった。「奥田先生。あなたは東京警察病院の隔離施設の責任者でもあられます。面会の可否はこれから検討するとして、もし許可となった場合には、先生からご説明を……」

肩に重荷がのしかかったように、奥田医師は下を向いた。「そうですか。たしかに私以外には……」

抵抗を感じるのも無理はないと坂東は思った。瑠那が自分の出生を知ること自体、医師として賛成できないはずだ。ある意味では父親が優莉匡太である以上に、母親の現状はショックにちがいない。結衣や凜香よりずっと過酷な立場かもしれない。幸いなことがあるとすれば、瑠那の生涯が間もなく閉じることだろう。

全裸で横たわる少女の遺体に、坂東はふたたび目を向けた。優莉匡太の血筋とは別のところに、新たな脅威が生まれつつある。しかしただの模倣犯ではないようだ。架禱斗のせいで日本は地獄を見た。いままた十代少女の命が次々に奪われていく。捜査一課の威信を懸ける以前の問題だ。娘を持つひとりの父親として許せるはずがない。

7

午後三時に凜香が訪ねたのは、東京警察病院の隔離施設なる場所だった。ムショみたいな建物だと凜香は思った。薄暗く長い廊下が、見るかぎり果てしなくつづく。覗《のぞ》き窓のついたドアが独房のごとく、壁沿いに等間隔に並んでいる。看守に似た制服の警備もいた。

訪問者の一行のなかに瑠那が立っている。母に会えるからだろう、よそ行きのワンピースに身を包んでいた。

瑠那の症状が落ち着いてきている、担当医の若松医師は数日前そういった。詭弁《きべん》かと思ったが、あるていどは事実だったようだ。ごく短期間の入院で瑠那は多少回復した。退院後は神社に戻り、少しずつ仕事を再開しだした。さらにげっそりと痩《や》せたものの、凜香に接する態度は変わらなかった。ささやくような小声、身を硬くして座る姿勢、なにもかも以前のままだ。とはいえ徐々に生気を失っているのはたしかなのだろう。肌の青白さがめだつようになっていた。

発作はおさまっている。たしかにこれなら通学も可能かもしれない。ただし医学の力により、かろうじて小康状態を保っているだけのようだ。ふつうの生活が送れるようになったのちも、だんだん不調をきたし始め、発作が増えていくのだろう。やがてのっぴきならない状態にまで至ってしまう。また入院し、薬漬け療法を経て回復、退院する。杠葉夫妻によればその繰りかえしらしい。

きょうは瑠那と杠葉夫妻の一家三人に、若松医師も随伴していた。医療カバンを携えている。瑠那さんになにかあったらただちに対処します、若松は事前にそう約束してくれた。

同行者はほかにもいる。人権派団体から畠山《はたけやま》という、四十代半ばの男性弁護士が来ていた。本当は森本《もりもと》学園の〝同窓会〟に参加した弁護士のほうが、訳知りで便利だったのだが、どうやら担当を外されてしまったようだ。人権派団体も弁護士会も、優莉家のシンパとなった弁護士については、厳しい処分を下す傾向がある。架禱斗が国家転覆を実現させた以上は無理もない。

この施設の責任者、五十代半ばの神経質そうな細面、奥田医師が一同を前に立った。静寂の漂う廊下に奥田医師の厳かな声が反響した。「紫野佳苗《しのかなえ》さんは405号室、そこのドアです。そのう……。杠葉瑠那さんには事情を伝えてありますでしょうか」

畠山弁護士がうなずいた。「あるていどは」

なおも奥田医師はためらいがちに、同じく医師の若松を見つめた。「瑠那さんがお母様におっしゃりたいことを、私が代行して伝えるというかたちでは……」

若松医師は苦渋のいろを浮かべた。「そうしたいのは山々なのですが、瑠那さんがかなり前から、お母様との対面を強く願っていまして……。高校進学を除けば、もうほかに希望もないとのことで」

「お母様の現状だけでなく、経緯も知らせてあるのですか」

「……説得の過程で打ち明けることになりました。瑠那さんはもちろんショックを受けたようすでしたが、それでも会いたいと」

奥田医師が困惑のまなざしを瑠那に転じた。瑠那は深々と頭をさげた。いまはわずかに血色がよくなっているように見える。

ため息をついた奥田医師がドアに向き直る。警備員が解錠にかかった。奥田医師はまだ心配そうに告げてきた。「面会は三分だけです。瑠那さんの反応だけが気がかりです。若松先生、どうかよろしくお願いします」

「……心得ています」若松医師が緊張の面持ちでうなずいた。

ドアが開いた。凜香はなかをのぞきこんだ。まさしく独房と変わらない部屋に思える。この時間はフトンを敷いていないらしい。床はレザー畳だった。六畳ほどの広さに、小さな窓がひとつあり、陽光が射しこんでいる。室内にいるのはたったひとり。ぼさぼさの長髪を背に垂らした、痩せ細った女が角に向かい、前のめりにもたれかかっていた。患者着はセパレートタイプのパジャマ型で、上衣とスラックスに分かれている。服は乱れがちで、袖《そで》や裾《すそ》がまくれあがっていた。

しばらくまったが女は振り向かないどころか、ぴくりとも動かない。マネキンをもたせかけてあるだけにも思えてくる。これではなにもしないうちに三分が経過してしまう。

畠山弁護士も痺《しび》れを切らしたのか、室内に声をかけた。「紫野さん」

奥田医師が冷静にささやいた。「呼んでも反応はありません。自然にこちらに来るのをまつだけです」

しばらく時間が過ぎた。紫野佳苗はぶらりと角を離れ、ふらふらと歩きながら、こちらに向かってきた。

凜香は凍りついた。めったに総毛立つことなどないが、いまは例外だった。杠葉夫妻が揃って怯《おび》えた呻《うめ》き声を発した。畠山弁護士や若松医師も後ずさった。

佳苗の目はうつろだった。ずっとメイクをしていないせいか、三十五歳という実年齢以上に老けこんでいる。瑠那との共通項もたしかに見てとれる。優莉匡太の特徴を瑠那から除去すれば、こんな佳苗の面立ちが残る、そんな印象だった。衰弱の度合いまで同等に感じられる。

だがおぞましいのは、こめかみから額にかけ横断する、黒々とした手術痕《こん》だった。皮膚の下に太いミミズが潜りこんだかのように、いびつな形状に隆起している。歩調も奇妙きわまりない。歩を踏みだすというより、身体の重心を左右に移しながら、わずかに前屈姿勢になることで身体を推し進めてくる。

凜香は幼少期から大勢のヤク中を目にしてきたが、佳苗はそのいずれとも異なっていた。精神に異常をきたした人間とも異なる。動物じみたところさえ皆無だった。強いていえば死体だ。凜香は何度となく死体を見てきた。佳苗の肉体はすでに死んでいるが、脳の一部の機能により、無理やり動かされている。そんな印象が濃厚に漂う。

命をつなぎとめているのは医療ゆえだろう。残酷な話だと凜香は感じた。生かしておくことがこんなに苛酷《かこく》に思える例は、たぶんほかにない。

佳苗はあきらかに瑠那の母だった。似た女性を代わりに母親に仕立て、瑠那に会わせたらどうかと、公安は陳腐な提案をした。いまそれが誤りだったとわかる。きっと瑠那をだましきれなかった。顔が似通っているばかりではない。母と娘には喩《たと》えようのない結びつきが感じられた。

問題は瑠那の反応だった。文字どおり言葉を失ったまま立ち尽くす。若松医師が固唾《かたず》を呑《の》んでいた。紅葉夫妻もひたすら不安そうに見守る。瑠那が衝撃を受けているのはたしかだ。歩み寄ってくる佳苗に対し、ただ茫然《ぼうぜん》と向かい合うだけでしかない。

優莉匡太らは大勢の女性たちを拉致《らち》したが、性奴隷に手なずけるのには、いちいち苦労がともなう。世間が警戒を強めだしてからは特にそう思い始めたらしい。そのころ匡太は悪いことに、ある高齢の女とのつきあいがあった。カウンセラー兼脳神経外科の権威、友里佐知子。裏の顔は恒星天球教の教祖、ホーリーネームは阿吽拏《アウンナ》。信者の大半に脳切除手術を施し、催眠暗示を効きやすくし、意のままに操縦できるロボットにしていた。被害者は数千人にのぼる。

恐るべき闇の医療技術は、カルト教団の統率のみならず、優莉匡太らの欲望にも利用された。半グレ同盟は若い女を攫《さら》い、友里佐知子の手に委《ゆだ》ねることで、従順なセックスロボットに改造した。肉体は本物の女性ながら、みずからはいっさい意思を持たず、ただ性交だけはいわれるままにこなす。優莉匡太の逮捕後、生身のセックスロボットと化した女性が、全国各地のアジトで見つかった。濃いめのメイクを施し、前髪を長くすることで、額の手術痕を隠しているのが共通の特徴だった。

それら女性の前頭葉切除手術と、その後の経緯はすべて、友里佐知子が生体実験データとして記録していた。血液型、指紋、DNA型、嬰児《えいじ》の出産日も網羅してあった。瑠那の生年月日が判明したのは、そのせいだった。

紫野佳苗、当時十九歳。埼玉県川口《かわぐち》市在住、青山学院大学に通う女子大生で、ミスコンへの参加も予定されていた。裏社会との接点などまるでないが、その美貌《びぼう》から半グレ同盟に目をつけられたと考えられる。日没後に帰宅する途中、家の近くで行方不明になった。瑠那を出産したのちも陵辱を繰りかえされたのだろう。のちに半グレ同盟の摘発にともない、新潟の雑居ビルの地下室から救出された。ほかにも十数人の女性が監禁されていたが、うち半数はすでに死亡、遺体が腐乱状態だったという。

名もなき嬰児はただちに処分されるはずが、引きとる者がいたのか、瑠那は生き延びた。どこでなにをしていたのか、瑠那にははっきりした記憶がない。神社の境内で発見されたとき、瑠那は衰弱していたばかりか、全身に虐待の痕跡があった。優莉匡太のもとを離れても、九歳まではひどい環境で育ったのはあきらかだ。

保護された瑠那が医療検査を受けると、DNA鑑定により父親が優莉匡太だと発覚した。と同時に母親のDNA型も、東京警察病院に該当するデータがあった。公安は母親が紫野佳苗だと把握し、彼女の身内にも連絡したものの、出産についての公表は控えた。あまりに衝撃的な事実だからだ。

そんな母と娘がいま再会を果たした。とはいえ佳苗が近づいてくると、さすがに凛香も身を退《ひ》かせた。不気味な顔や挙動ばかりではない、悪臭がすごい。理由は考えたくもなかった。

のみならず左右の前腕には、おびただしい数の古傷が点々と見てとれた。佳苗が優莉匡太らの支配下にあったのは、もうずいぶん前だというのに、いまだ注射痕が消えきらない。まくれあがった裾から腹がのぞくが、そこにも無数の黒ずみがあった。公安の青柳を通じ、奥田医師の診察結果を伝えきいた。タバコの火を強く押し当てたせいだ。当初は火傷《やけど》だったが、いまはもう細胞が壊死《えし》しているという。あまりに痛々しすぎる。

佳苗は視力が利いていると思えないほど、でたらめに部屋のなかを歩きまわっていた。けれども徐々にこちらへと近寄ってくる。当初は偶然に感じられたが、そうでもないようだ、しだいにそんなふうに思えてきた。ゆっくりと瑠那との距離を詰めつつある。瑠那は身じろぎもせず母親を見つめている。

発作を案じたのだろう、若松医師が医療カバンを手に、瑠那の背後に歩み寄った。ところが瑠那は思わぬ行動にでた。母の頬にそっと手を差し伸べた。

すると佳苗は立ちどまった。依然として目の焦点は瑠那に合っていない。けれども佳苗のほうも手を差しだし、瑠那の頬に触れた。

奥田医師が驚きの声を発した。「そんな、まさか。意思力は皆無のはずなのに」

とてもそうは思えない。佳苗は娘を認識している。いつしか心が通いあっているのか、うつろな目にも涙が滲《にじ》みだしていた。

瑠那も泣きながら、嗚咽《おえつ》の混じった声でささやいた。「お母さん」

だがそれ以上の人間的反応は佳苗に生じなかった。とはいえ瑠那の前を離れようとはしない。生きる屍《しかばね》も同然になっても、娘のことだけは生得的に忘れられないのだろうか。

けれども確証には至らなかった。佳苗がまた動きだしたからだ。瑠那から遠ざかると、佳苗はまっすぐ横に歩いていき、ほどなく壁にぶつかった。しばらくそこにたたずんだのち、また奥へと向きを変え、ふらふらと進んでいった。

佳苗の行く手に偶然、瑠那が立っていただけなのか。前頭葉切除手術を受けた人間の頰に触れたとき、どんな反応をしめすのか、凜香には知るよしもなかった。しかし奥田医師の言動によれば、通常はありえないことのようだ。

瑠那は涙ぐんだまま立ち尽くしていた。狭い部屋のなか、行く当てもなくさまよいつづける母親の姿を、黙ってじっと見守った。

面会時間の三分はとっくに超過していた。奥田医師が瑠那をうながした。瑠那は終始取り乱したりせず、奥田医師におじぎをすると、ゆっくりと廊下にさがった。ドアが閉じられるまで、瑠那の穏やかなまなざしが、室内の母に向けられていた。

杠葉夫妻が瑠那を気遣った。瑠那は頰を涙に濡《ぬ》らしたまま、夫妻に微笑みかけ、だいじょうぶとささやいた。意外にも瑠那の顔いろは、ここに来たときよりずっとよくなっていた。

一同で廊下を引きかえした。奥田医師はさかんに感慨を口にした。意思力も感情も失ったはずなのに、あの反応は驚異だといい、若松医師に同意を求めた。若松医師は恐縮しながら言葉を濁し、自分はごくふつうの病院勤務の医師にすぎないと弁明した。

建物をでて駐車場に向かった。ワンボックスカーで阿宗神社に帰る。後部座席に凜香は瑠那と並んで座った。凜香はきいた。「ぐあいはどう？」

瑠那はいつものように、礼儀正しく控えめに頭をさげた。疲労のいろはあるものの、いまは清々《すがすが》しさが感じとれる。エンジン音に掻《か》き消されそうな小声で瑠那はささやいた。「おかげさまで。これでもう思い残すことは……」

凜香はあえてきこえないふりをした。「もうすぐ入学式だよ。そっちはもっと楽しいかも」

狐につままれたような顔で、瑠那は凜香を見つめてきた。やがて瑠那は微笑した。

「やっぱりやさしいんですね。凜香お姉ちゃんは」

戸惑いとともに瑠那を見かえす。ハヌルのときもそうだったが、猫をかぶっているだけの凜香を、純真な心の持ち主は好意的に見すぎだ。こんな性格では、生き馬の目を抜く都会の餌食《えじき》になってしまう。

とはいえいまは嫌な気はしない。凜香はため息とともに笑ってみせた。「洒落《しゃれ》た制服を着て、姉妹で同じ高校に通えるなんてね。わたしのほうこそ夢みたい」

8

日暮里高校の入学式当日を迎えた。校庭の桜は満開を過ぎ、すでに散り始めている。空には晴れ間がのぞくものの、低い雲が多く漂っていた。陽射しの明るみの下では、桜吹雪も鮮やかに映えるが、暗がりに落ちるともの悲しさが満ちる。明暗の落差のなかを、エンジとグレーのツートンカラー、洒落た制服の新入生らが歩いていく。凛香もそのなかに加わっていた。きょうを迎えるまでの数日間、世間にはさまざまな動きがあった。

失踪《しっそう》した女子高生の全裸遺体が相次いで発見された。すでに十一名にのぼる。いずれも複数回の性交、薬物注射痕《こん》、タバコの火による腹部の火傷、そして妊娠が共通していた。きのう神戸《こうべ》で見つかった遺体には、三か月の胎児がいたと報じられている。ただし瑠那の母親とはちがい、被害者らの脳にはなんの損傷もない。みな衰弱死だった。

かつての優莉匡太半グレ同盟による強姦《ごうかん》や虐待と、まったく同じ被害だと警視庁捜査一課長がコメントしていた。あの坂東という男、凛香によって印旛沼に沈められそうになったことを、まだ根に持っているのだろうか。結衣姉に助けられた時点でチャラだろう。優莉家を目の敵にしないでもらいたい、凛香は身勝手を自覚しながらもそう思った。

一連の女子高生連れ去りと暴行致死は、半グレ同盟の元幹部クラスのしわざだろうか。逮捕を免れたうえ、公安の目からも逃れつづけている大人どもが、どこかに存在するのかもしれない。架禱斗のことのみならず、優莉家への風当たりが強まる要因が、またひとつ増えたことになる。さすがに勘弁してもらいたい。

第三次矢幡政権になってから、政情も経済も安定したはずだった。ところが矢幡嘉《か》寿郎《ずお》総理大臣が行方不明になったという、衝撃的なニュースが世界を駆けめぐった。外遊中でもなく、総理官邸から松濤《しょうとう》の私邸に向かうあいだに、クルマごと消えてしまったらしい。運転手も一緒に失踪した。警視庁は防犯カメラの解析を進めているが、矢幡総理の行方は杳《よう》として知れなかった。

内閣総理大臣が死亡または失踪、亡命、除名されたとき、内閣は総辞職しなければならない。憲法七〇条にそう定められている。矢幡が消えてすぐ、六十五歳の梅沢《うめざわ》和《かず》哉《や》が臨時の総理大臣代行に就任した。ところが就任後わずか数日で、矢幡内閣解散の影響のみならず、梅沢の経済音痴も祟《たた》ってか、日本の景気は急激に失速。企業の資金繰りが悪化し、今後の倒産が相次ぐ見込みになった。

弱者に目を向けると公約に掲げた矢幡が失われ、この先も貧富の格差が是正されない、そんな悲観論がひろがりだした。スギナミベアリングの漆久保《うるしくぼ》社長が起こした拳《けん》銃《じゅう》密輸事件を皮切りに、治安も乱れる一方だった。暗雲が漂い始めた世のなかに、入学シーズンが訪れていた。

日暮里高校は校舎も瀟洒《しょうしゃ》だった。石造りっぽく見えるタイル張りに、上げ下げ窓が四階まで並ぶ。屋根にはドーマー。鉄筋コンクリート造まるだしの無骨さとは異なる。

昇降口のわきに生徒たちが群がっていた。貼りだされた紙にクラス分けの名簿が印字されている。優莉凜香の名は一年C組にあった。めだつ苗字《みょうじ》だからだろう、やべえよ優莉と一緒じゃん、そんな嘆きがあちこちから飛ぶ。凜香はため息をついた。その優莉本人が間近にいることに、みな気づいていない。結衣姉ほどには世間に顔を知られていないからだ。周りに絡みたくなるが、高校では面倒を起こさないと誓った。初日から退学処分を受けたくはない。

杠葉瑠那は一年B組だった。やはり同じクラスにはなれなかった。ひとりでだいじょうぶだろうか。最近の瑠那は体調も回復し、通学に問題ないとはいえ、病弱であることに変わりはないのだが。

上履きは購入済みで持参していた。凜香は二階に上り、一年C組の教室に入った。制服と校舎の外観はデザイナーズチックでも、教室内はわりとふつうだった。ここにも貼り紙があり、それぞれの席の位置が記されている。凜香の机はあいにく前方だが、今後も確定ではないらしい。席替えの際にはうまく担任を脅さねばならない。

四十人ぐらいのクラスは、互いに顔見知りでもないせいか、みなおとなしく着席した。やがて眼鏡をかけた男性教師が来たが、担任ではないと断わったうえで、入学式の説明がおこなわれた。それが終わると教師の引率により、全員が廊下にでて体育館へと向かった。ほかの教室からも生徒らが現れ、ぞろぞろと列をなす。

体育館わきの寒い外廊下に、新入生らは待機させられた。さっさとなかにいれろとぼやきたくなる。館内からスピーカーの音声がくぐもってきこえてきた。開式の辞。これより東京都立日暮里高等学校の入学式を執りおこないます。新入生入場。

厳かな音楽がかかる。新入生がA組から順に体育館に入る。さっき教室で説明を受けたように、わき目も振らず歩き、一列ずつパイプ椅子を埋めていく。館内には拍手が鳴り響いていた。来賓や在校生、教職員が立って手を叩《たた》く。やけに体格のいい三十歳前後の男が、教員のなかに紛れている。あれが生活指導だろうか。保護者席があることに凜香は気づいた。自分には関係ないせいで忘れていた。杠葉夫妻は来ているはずだ。

凜香は自分の席に座った。斜め前方、いくつかの生徒の背中を挟んで、B組の瑠那の後ろ姿を見つけた。さすが巫女《みこ》だけに姿勢がいい。男性教師が通路を歩いてきて、瑠那に話しかけた。音楽が鳴っていても、みな静かなおかげで、声が凛香の耳にまで届いた。しんどかったらいつでも座っていいからね、教師はそういった。瑠那はきちんとおじぎをした。理解のある学校のようだ。ひとまずほっとさせられる。

入場が終わり、新入生起立の声で、全員が立ちあがる。瑠那も問題なく立っていた。校長が舞台の演壇に立ちスピーチを始める。

校長の話が長いのは、日暮里高校も例外ではなかった。池辺《いけべ》という校長は、頭の禿《は》げあがった小太りの五十代で、空気の読めなさも含め典型的な存在だった。次いで来賓祝辞。PTA会長や、刀伊《とい》という荒川区議会議員の演説も長かった。しかも内容が生徒より保護者に向けられているため、余計に退屈だった。少子化の折、公立高校でも学校運営を維持する方策を迫られているとか、正直どうでもよかった。

スピーチが延々つづくうち、瑠那のようすがまた気になってきた。やはり巫女としての教育の成果か、必要以上に直立不動の姿勢をとっている。あれでは疲れるにちがいない、凛香がそう思ったとき、瑠那が項垂《うなだ》れた。ときおり肩が揺れ、しだいに猫背になる。しばらくして瑠那はひとり着席した。立ちくらみを堪《こら》えるようにうつむいている。ほどなく立ちあがったが、演説はまだつづく。ふたたび瑠那が座った。

前方の男女生徒らがちらと振りかえり、怪訝《けげん》な表情をみせる。とりわけ女子に不快そうな面持ちが多かった。繰りかえし瑠那を振り向いては、勝手に座るなといいたげなまなざしを投げかける。

不穏な空気が漂いだした。もうガラの悪い奴らに目をつけられてしまったか。庇《かば》ってやりたいが、いまは声をあげられない。

在校生の代表による歓迎の言葉、新入生代表の宣誓があった。どちらの生徒も知らない顔だった。瑠那は頑張って立ちつづけようとしている。無理せず座るよう伝えたくなるが、瑠那もほかの生徒の視線が気になっているようだ。

閉式の辞、その声に安堵《あんど》をおぼえる。瑠那は咳《せ》きこむことなく、なんとか最後まで耐え抜いた。また拍手に送られ、新入生は退場した。

外廊下から校舎へ戻る群れは、もう列もすっかり崩れ、ざわめきがひろがっている。入学式の緊張が解けたためか、中学校の休み時間と変わらなかった。早くも友達ができたのか、それとも以前からの知り合いか、互いにふざけあう姿も増えた。新入生らが校舎に達したころ、在校生たちも体育館から解放されたらしい。校舎の一階廊下はにわかに混雑しだした。

凜香が階段の上り口に向かおうとしたとき、女子生徒から声をかけられた。「凜香さん」

妙に思った。優莉ではなく凜香と呼ばれるのはめずらしい。やけに落ち着いた声にもききおぼえがない。凜香は振りかえった。

内親王のように気品のある女子生徒、いや制服に身を包んだ大人っぽい女性が、すぐ後ろに立っていた。背筋の伸びた姿勢は、瑠那以上に清楚《せいそ》で、本物のお嬢様っぽい。ストレートロングの黒髪や、モデルのような美人顔には見覚えがあった。というより日本国民がみな知っているはずだ。

凜香はつぶやいた。「雲英《きら》さん……でしたっけ」

雲英亜樹凪《あきな》は微笑を保っていたが、わずかに表情を硬くした。「下の名で呼ばれるほうが」

「あー。そうですね。亜樹凪さん。でもなんでここに……？」

「留年したの」

「……マジで？」

「ええ」亜樹凪はあっさりといった。「ホンジュラスから帰って、不登校になったし」

「でも特例措置があったはずですよね？　家庭学習と課題で出席が認められるってききましたけど」

亜樹凪の瞳《ひとみ》は水晶のような輝きを宿している。澄んだまなざしに憂いのいろが浮かんだ。「どっちも怠っちゃって。母親や親族とも揉めてね。慧修学院は退学になったけど、都内の公立高校のなかでは、ここだけが受けいれてくれて」

「へえ。日暮里高校が……」

さほど意外ではない。入学希望者の減少に悩むからこそ、思いきって制服をお洒落《しゃれ》にするなど、非常手段にうったえている高校だ。優莉結衣と田代勇次《ゆうじ》を同時に迎えた武蔵小杉高校も、いま思えば同じ事情があったのだろう。少々問題のある生徒の編入を認めつつ、話題になりそうな生徒も受けいれる。実際いま廊下を歩く生徒らが、さかんに亜樹凪に目を向けてくる。まるで芸能人でも見つけたかのように、はしゃいだ反応をしめす女子生徒たちもいた。

とはいえ本人の内面は複雑にちがいない。雲英グループはシビックへの協力が発覚し、経営陣の総入れ替えの憂き目に遭った。企業名に雲英の名が残るものの、もはや同家のファミリービジネスではなくなったはずだ。亜樹凪が苗字《みょうじ》で呼ばれたがらない理由もわかる。

森本学園の〝同窓会〟で、凜香は亜樹凪と話す機会はなかったが、姿は見かけた。なんと亜樹凪は拳銃《けんじゅう》を使いこなし、デスティノやエストバ解放戦線の兵士を射殺していた。

　亜樹凪が罪に問われたという話はきかない。ホンジュラスにおけるベアトリス・スクール襲撃の被害者、世間はそんな認識だった。雲英邸で亜樹凪の父親が射殺されたりもした。ホンジュラスで失踪《しっそう》した亜樹凪は、現場で失神した状態で見つかった。彼女を誘拐した密入国者のしわざと警察は断定した。

　けれども凜香は気づいていた。父親を殺害したのは亜樹凪にちがいない。シビック に染まった父親を許せなかった。気持ちはわかると凜香は思った。優莉匡太もこの手でぶっ殺してやりたかった。

　なにを喋《しゃべ》るべきかわからない。凜香はどうでもいいことをたずねた。「どちらにお住まいですか」

「東京都現代美術館の近く」

「クルマで送迎されてるとか……？」

　もうそんな身分ではない、そういいたげに控えめな苦笑を浮かべ、亜樹凪は首を横に振った。「電車で通学するのが新鮮で楽しくて」

「へえ。そりゃ残念」

「どうして？」

「友達の住んでる神社がそっちだから、同乗させてもらおうかと思ったのに」

「神社？」亜樹凪が目を細めた。「神社にお住まいのお友達がいらっしゃるの？」

「そう。阿宗神社っていうちっぽけなとこだけど」

女子生徒三人が笑顔で亜樹凪に近づいた。ひとりがいった。「雲英さん！　握手してください」

亜樹凪は品のある微笑とともに、次々と女子生徒の手をとった。歓声とともに飛びあがった女子生徒らが身を引くや、また別の集団が声をかける。今度は一緒にスマホカメラで撮りたがっていた。しだいに生徒らがどんどん押し寄せるようになってきた。そのうち女性教師が割って入った。「駄目でしょう。みんな教室へ行きなさい」

周りの生徒たちが追い払われていく。凜香は亜樹凪に苦笑した。「大人気っすね」

「内心では軽蔑《けいべつ》されてる」亜樹凪は浮かない顔になった。「今年十九になるんだし。本来なら大学生。結衣さんからは一学年下になっちゃった」

「JKブランドに長く浸れるのも悪くないですよ」

亜樹凪の表情がかすかに和らいだ。顔を近づけてくると、亜樹凪は凜香の耳もとでささやいた。「ベレッタだと命中しづらいの。心臓を狙っても脚に当たる。そのうちコツを教えて」

呆気《あっけ》にとられる凜香の前で、亜樹凪は静かに後ずさった。踵《きびす》をかえすさまは優雅そのものだった。それっきり振りかえりもせず、亜樹凪は人混みのなかを立ち去った。

凛香は亜樹凪の後ろ姿を見送った。頭を掻《か》きながら階段を上る。ホンジュラスでなにがあったか知らないが、結衣姉に影響されたのなら、火遊びはやめるように伝えたい。拳銃を振りかざすうちにカタギに戻れなくなる。

二階に上った。廊下にはまだ生徒らの往来があった。一年C組の教室に戻りかけたものの、やはりB組が気になる。凛香は隣のクラスに向かった。

B組も休み時間のように賑《にぎ》やかだった。ただし騒々しいのはごく一部にすぎない。ほとんどの生徒は遠巻きに事態を見守るだけだった。

教室の真んなかには、いかにもスクールカースト上位の、見てくれだけましな男女生徒が集っていた。髪のいろを明るめにした七、八人が、へたりこむひとりの女子生徒を囲み、さかんになじる。バケツの水が女子生徒にかぶせられた。女子生徒が泣きじゃくりながら、四つん這《ば》いで逃げようとする。だがひ弱な女子生徒の襟首を、男子生徒のひとりがつかんだ。

顎《あご》が角張った男子生徒が、へらへらと笑いながらいった。「どこへ行くんだよ。まだ終わってねえよ」

一緒にいるヤンキー女子が囃《はや》し立てた。「入学式で勝手に座りやがって、いまは勝手に退場かよ。わたしたちのことはガン無視？　舐《な》めてんの？」

別の女子生徒も甲高い声を発した。「最初が肝心じゃん！　こういうキモいクズには、ヤキいれとかなきゃ駄目だって」

いじめられている女子生徒は、ほかならぬ瑠那だった。虚弱体質の瑠那は抵抗ひとつできず、集団にいたぶられ放題だった。凜香は憤怒《ふんぬ》に髪が逆立つ気がした。

近づこうとしたとき、見知らぬ女子生徒が引き留めてきた。「関わらないほうがいいって」

「あ？」凜香はささやいた。「なにが？」

「あの人、きょう式に来てた区議会議員の息子だよ。刀伊《とい》歙成《かずなり》っていう、地元で有名なヤンキーグループのひとり」

「なんだその展開。『梨泰院《イテウオン》クラス』の第一話かよ」凜香は声を張った。「おい刀伊」

こちらを睨《にら》みつけたのは顎の角張ったリーダー格だった。だがいまは丸刈り頭のデブが、四つん這いの瑠那を横から蹴《け》り倒している。瑠那が起きあがろうとするたび、しつこく何度も蹴り倒す。同一グループの女子生徒らが、手を叩《たた》いて笑い転げていた。

凜香の瞬間湯沸かし器のような頭が、煮えたぎらずに済むわけがなかった。後先も考えず、凜香は猛然とダッシュした。短距離でも助走には充分だった。片足で床を蹴り、軽く跳躍すると、デブの顔面に勢いよく蹴りを食らわせた。体重を乗せ、瞬時に押しこむような空中サイドキックを浴びせる。肥え太った醜い顔が楕円《だえん》にひしゃげ、表情が苦痛に歪《ゆが》んだ。デブは宙を舞い、窓ガラスを突き破り、校庭へと飛んでいった。

女子生徒らがすくみあがった。茶髪が恐怖のいろとともにわめいた。「な、なによあんた……」

凛香は手近な椅子の背をつかむと、身体を横に高速回転させながら、力いっぱい水平にひと振りした。椅子のスイングで女子生徒らの顔面をひとつ残さず薙《な》ぎ倒す。人数ぶんの鼻血が宙に弧を描いた。折り重なるように突っ伏した女子生徒のなかから、さっき瑠那に暴言を吐いたひとりを選び、髪の毛をわしづかみにする。顔面を浮かせてから床に強く打ちつける。頬骨が砕ける手応《てごた》えを感じるまで、何度も繰りかえした。

男子生徒らの駆け寄る靴音を背後にきいた。ひとりが怒鳴り散らした。「このクソ女！　なにしやが……」

春休みをおとなしく過ごした不満が、知らないうちに鬱積《うっせき》していたようだ。いますべてのエネルギーが爆発した。凛香は振り向くや身を低くして突進し、手前のふたりに左右のこぶしで金的攻撃を浴びせ、奥のひとりにフロントキックを見舞った。断末魔に近い叫びをあげ、三人の男子生徒は揃って床に倒れこんだ。凛香は机を三つ連続で抱えあげ、ひとりずつに全力で投げ落とした。のけぞった男子生徒らは死にかけの虫のように痙攣《けいれん》した。

残ったのは刀伊だけだった。腰の引けた刀伊は飛びだしナイフを抜いた。「て……てめえ。誰だか知らねえが終わったな。俺に睨まれた時点でてめえはこの学校に……」

御託をきいている暇などない。凜香は床に転がったカンペンケースを垂直に蹴りあげ、片手でつかんだ。コンパスをとりだすと、指先で棒状に一八〇度開き、針を突きださせる。テイクバックもせず、刀伊のナイフを握った手に突き刺した。

刀伊の叫びは女の悲鳴のようだった。宙に放りだされたナイフをつかみとると、凜香はしゃがみこみ、刀伊の両膝《りょうひざ》を横一文字に切り裂いた。いっそう甲高くわめいた刀伊が、その場に尻餅《しりもち》をついた。

ナイフで刺殺したのでは、あっという間に楽になってしまう。凜香は凶器を放りだし、こぶしを固めると、刀伊の四角い顔を力ずくで殴打した。スイカをたたき割るように、何度となくパンチを食らわせた。刀伊はこのうえなく痛そうな顔をしているが、それはまだ顔面の神経が無事という証《あかし》だった。死にかけれは無表情になる。凜香は繰りかえし殴りつけた。鼻血を噴いただけでなく、頬骨も顎の骨も粉砕しつつある。口のなかが赤い液体で満たされた。

するとふいに瑠那がすがりついてきた。「やめて」

凜香は身体を起こし、瑠那を両手で抱えあげると、近くの椅子に座らせた。唖然《あぜん》とする瑠那の前から離れ、また刀伊に馬乗りになる。左右のこぶしで刀伊の顔面を滅多打ちにした。血まみれの顔から表情が消え、徐々に死相に近づきつつある。凜香は本気で刀伊を殺すつもりだった。苦痛の極みを味わわせたうえで、この世から葬り去ってやる。

だがそのとき、迫り来る風圧を感じた。凜香はとっさにのけぞり、背筋の力でバク転した。机の上に片膝をついた姿勢で着地する。何者かの体当たりをすんでに躱《かわ》した。近くに立つのはスーツ姿の男性教師だった。短く刈りあげた頭に太い眉《まゆ》、切れ長の目、高い鼻。平らな下顎に猪首《いくび》、肩幅も広い。ラグビーかアメフト選手のような体形。肌の浅黒い、いかにも体育会系の三十歳前後。身の丈も高かった。百九十センチ近いか。そういえば入学式でも見かけた。

男性教師が距離を詰めてきた。凜香は机から飛び降りつつ、教師に手刀を浴びせた。ところが教師のほうも手刀でインターセプトした。ひやりとした凜香は、教師の顔面にパンチを放った。教師は上体を反らしながら身を退《ひ》き、巧みに避《よ》けた。なおも凜香が攻撃の手を緩めずにいると、打撃のたび教師は凜香の肘《ひじ》や上腕を軽く叩き、こぶしの軌道を逸《そ》らせた。

凜香はなおもこぶしを繰りだしつつ、油断なくつぶやいた。「パクサオじゃん。ジークンドー？」

教師は仏頂面で最小限の反撃を加えてくる。「その基本となる詠春拳《えいしゅんけん》だ」

「先生のくせにやり手かよ。いままでなかったパターンじゃん」

「世のなかは広いってことを学んだか」

「なんでパンチを逸らさせるばっかりで、打ちかえしてこねえんだよ」

「体罰になる。先生からは手をださない」

「んな甘っちょろいことをほざいてると……」凜香は自分の小柄さを生かし、低い蹴りを繰りだし、膝頭を砕きにかかった。満身の力をこめ、風を切り裂き水平にキックを浴びせる。

しかし教師は、驚くべき敏捷《びんしょう》さで身を屈《かが》め、前腕を立て防御した。凜香の脚に鉄棒を蹴ったような激痛が走った。凜香はその脚を戻し、同時にパンチを見舞ったが、今度も教師のグローブのような手につかまれた。

凜香は歯ぎしりしながら唸《うな》った。「先生。まさか生活指導じゃねえだろうな」

「そのまさかだ。おまえの担任でもある」男性教師は凛香の腕をつかんだまま、平然とした顔で告げてきた。「名前は蓮實《はすみ》。校長室へ行くぞ、優莉凛香」

優莉という名に、いまさらのごとく周りの生徒がざわつく。凛香は苛立《いらだ》ちとともに教師の手を振りほどいた。蓮實。マジかと凛香は思った。ハスミンかよ。

9

凛香は校長室で、担任の蓮實と並んで立った。正面にはエグゼクティブデスクがあり、校長が座っている。激怒する校長の説教をふたりで食らう。ベタすぎてうんざりする構図だった。

池辺校長は憤然とわめき散らした。「入学式から暴力事件を起こすとは、生徒にあるまじき行為だ！　優莉。素性を知っていておまえを受けいれた学校に対し、恩を仇《あだ》でかえすつもりか。おまえはもううちの生徒ではない。警察で取り調べを受けてこい！」

蓮實教諭は冷静な声でいった。「校長先生。いまのおっしゃりかたはどうかと。責任放棄と暴言にきこえます。優莉を生徒とみなすかどうか以前に、未成年が相手ですよ」

室内は静まりかえった。池辺校長は教員に反論されると予想していなかったらしい。額に青筋が浮かびあがる。池辺は苦々しげに唸った。「だがこんなおおごとに……。警察にもどう説明すべきか」

なおも蓮實は淡々と告げた。「パトカーと救急車が来ましたが、警察には生徒どうしの喧嘩《けんか》だといっておきました。双方負傷したと」

「なに？」池辺が目を剝《む》いた。「それでは……」

「ええ。優莉凜香は関わっていません。C組にいたと私も証言します」

「そんな話は通らん！　警察相手に嘘をつくつもりか」

「おおごとになるのを回避できます。優莉が手をだしたという意味じゃありません」

「じゃあなんだ」

「刀伊たちが杠葉瑠那という女子生徒をいじめていました。このほうがずっと深刻です。大勢の生徒の目撃証言があります。人の口に戸は立てられません」

「……そんなのは困る」池辺校長はトーンダウンした。「いじめなんか……。どうせ生徒の悪ふざけのレベルだろう」

「そのようにおっしゃると火に油を注ぐことになります。いじめに対し世間は敏感です」

「優莉はどうなんだ。みんな全治数か月だそうじゃないか。刀伊禦成君に至っては瀕《ひん》死《し》の重傷だぞ」

凜香は鼻を鳴らした。「刀伊禦成君って。わたしは呼び捨て。それでも校長かよ」

池辺校長がまた憤った。「減らず口を叩《たた》くな！　おい、そんなところに突っ立ってるんじゃない。正座しろ。じきに刀伊議員もお戻りになる。土下座して詫《わ》びることだ」

かちんとくるどころではなかった。凜香は自然に歩を踏みだしていた。

だが蓮實はさっと腕を伸ばし、凜香の行く手を遮った。蓮實が池辺校長にいった。

「土下座すべきです」

「そうだとも」池辺校長の鼻息が荒くなった。「土下座はあくまで始まりにすぎん。それだけで許されると思うな。だが心からの反省と謝意をしめすため、まずは土下座からだ」

蓮實がいった。「あなたがするんです。校長」

「……な」池辺校長が目を瞠《みは》った。「なに？」

「いまここで優莉に土下座をしてください。本来なら杠葉瑠那になさるべきですが、彼女はいま保健室で休んでいます。ひとまず優莉凜香に対しておこなうべきです」

「きみはなにをいっとるんだ。私が土下座？　なんのために？」

「生き延びるためです。あなたが横柄な態度をとりつづければ、優莉の殺意を煽《あお》ります」

「は……蓮實君！　いまの言葉はなんだ。取り消せ！　きみは生活指導だろう。生徒の横暴を許さないことは、きみに課せられた義務だ」

「そうです。だから刀伊たちのいじめは見過ごせません」

「優莉が暴力を振るったのもきみの責任だ」

「それについて責めは受けます。しかし問題はこれから起きる暴力です。私は優莉に力で勝りますが、体罰になるので反撃はできません。でも優莉は死にものぐるいで食らいつき、あくまであなたを殺すまであきらめないでしょう。最後は優莉の執念が勝ちます」

池辺が卓上の受話器をとった。「け、警察をここに呼ぶ」

蓮實は首を横に振った。「命が惜しいのならやめておくべきです」

「きみの意見なんかきいてない！」

「優莉はそこの額縁を奪い、机に叩きつけてガラスを割り、手ごろな破片をナイフがわりにします。あなたの喉《のど》もとを掻《か》き切るまで三秒とかかりません」

「……いったいなんの妄想だ？」

「妄想かどうか、体験してわかったときにはもう遅いです。ちなみに刀伊は飛びだしナイフを所持していました。この点も由々しき問題です」

「そ、そういう問題のすべてを解決するのが生活指導の仕事だ。優莉に暴力を振るわせるな。まして私に対してなど……」

「動きを封じたところで、優莉は私の身体を嚙《か》み切ります。嚙みつくのではありません、嚙み切るのです。口を手でふさいでもてのひらが深々と抉《えぐ》られます。さすがの私でも、躊躇《ちゅうちょ》の念をいっさい持たない優莉は制止できません。次の瞬間にはあなたが死にます」

「蓮實君！　きみはそれでも教員か！　私にそんな口をきくようでは、職員室に居場所はないぞ」

「よろしいんですか？」蓮實の表情は変わらなかった。「私がいなくなって、生活指導がほかの者に務まりますか？　いじめが明るみにでたら、優莉は世論の声の後押しを受け、学校に留《とど》まるでしょう。誰が抑えられるんですか」

「わ、私の権限で優莉を退学に……」

「退学させてもあなたの命は狙われます。警察に逮捕させたら、姉が殺しに来ます」

凜香のなかにじわりと警戒心がこみあげた。蓮實は結衣が凶悪犯だと知っているのか。

池辺校長の頭はそこまで回らないようだった。「なにをいってるのかわからん。私は通報する」

「死にますよ」蓮實はつぶやいた。「警告はしました」

それだけいうと蓮實は校長に背を向け、ドアに歩きだした。凜香を池辺校長とふたりきりで残し、退室しようとしている。

さすがにまずいと思ったのだろう。池辺校長は顔を真っ赤にし、受話器を叩きつけた。「わかった。蓮實君、まて」

蓮實が足をとめ振りかえった。「次は優莉に土下座を……」

凜香はうんざりした。「もういいって。怯《おび》えきってんじゃん。わたしの経験上、ここまでになったら、充分脅しは効いてる」

「……命拾いしましたね。校長」

まるで捨て台詞《ぜりふ》のような言葉を残し、蓮實はふたたびドアに向かいだした。池辺校長は絶望のいろとともに震えあがり、おろおろと凜香を見つめてくる。凜香は呆《あき》れた気分で蓮實につづいた。

廊下にはほかにひとけがなかった。凜香は蓮實にいった。「どうもわからねえ。あんた馬鹿なのか、それとも味方を装ってる殺し屋なのか、どっちだよ」

巨漢の蓮實が見下ろしてきた。「どういう意味だ。俺は教師として務めを果たしてる」

「いまのが？　わたしを脅しの道具に使いやがって」

「いじめっ子の肩を持ち、ことを穏便に済ませたがる、そこいらの腐った教師でいてほしかったか？」蓮實は廊下を歩いていった。

凜香は唖然《あぜん》と蓮實の背を眺めた。教員からきく台詞とは思えない。足ばやに蓮實を追いかけ、凜香は横に並んだ。「恩を売っといて、じつは伊賀原《いがはら》とかと同じ手合いじゃねえの？」

「伊賀原？　ああ。栃木泉《いずみ》が丘《おか》高校の教師だな。行方不明になったのは死んだからか。どうせ優莉結衣にちょっかいをだしたんだろう」

距離を置かざるをえない。凜香はまた立ちどまった。「誰だよてめえ」

「担任だといってるだろ」蓮實が振りかえった。「経歴も必要か？　防衛大出身、去年まで陸上自衛隊のSOGにいた」

「……SOG？　特殊作戦群かよ」

「詳しいな」蓮實の目つきが鋭さを増した。「おまえは前に見かけた。俺たちが与野《よの》木《き》農業高校のサリンプラントに突入したとき、おまえのMP5Kの掃射を受けた。短機関銃の扱いがへただな。おかげで死傷者はでなかった」

「……あのときにいたってのか？　わたしを捕まえに来たとか？」

「馬鹿いえ。おまえや姉があの場にいた証拠は皆無だ。サリンを処分するため大量に水を撒《ま》き、校内のすべてを洗い流したからな。指紋もDNAも検出不可能。結衣は最初からそれを狙ってたんだろ」

「特殊作戦群のエリートが公立高校の教師に転職かよ。なんで自衛隊を辞めた？」

「ホンジュラスの任務に俺は同行できなかった。だが仲間たちは全滅した。防衛大のころから寝食をともにしてきた、兄弟同然の連中だった」

「……結衣姉を恨んでるのかよ」

「いや。ゼッディウムにケリをつけたのは結衣だろう。自衛官としての限界を知るとともに、俺には新たな目標ができた。特別免許状を得て教員になり、この学校への赴任を希望した。学校側は優莉凜香の入学を控え、ひどく不安がっていたから、俺の経歴を歓迎してくれた」

　まるで用心棒も同然の雇われ方だ。凜香はきいた。「わたしをどうするつもりだよ」

「教師の職務はひとつだけだ。生徒を真っ当な方向に導く。そこに俺は今後の人生を賭《か》けてる」

「親身になってくれるってのか？」

「ああ。まちがった道を歩まないよう、まともな人間に教育する。教員としての義務、大人としての務めだ」

「どうせなら大学の教員になれよ。結衣姉のほうが根性の叩《たた》き直しがいがあるだろうが」

「自覚があるだろう。指導を必要としてるのはおまえのほうだ。しかもこの高校には、おまえの妹もいる」

　瑠那のことか。凜香は驚きをおぼえた。「知ってんのか」

「SOGにいたころの人脈で、公安からもそれなりに情報を得られる」

「なあ蓮實先生。……ハスミンって呼んでいいか」

「遠慮する。『悪の教典』じゃないんだ。漢字もちがう。サイコパスじゃなく、本気でおまえたち兄弟姉妹の将来を案じ、襟を正させようとしてる」

「どうだか」

「不信感を持つのはかまわない」蓮實は歩きだした。「それが生徒にとっての教師というもんだろう」

凜香は立ちどまったまま、蓮實の後ろ姿に声を張った。「MP5Kの撃ち方も教育してくれるのかよ」

蓮實は振りかえらなかった。「非行を許す教師はいない。犯罪にはいっさい手を染めるな。次に暴力を振るったら、もう助けはしない」

巨漢の背が遠ざかっていく。凜香はもやもやしたものを感じていた。ああいう手合いは、じつはなにか企《たくら》んでいる、そんな例ばかりに遭遇してきた。信頼できる大人など数少ない。妙に訳知りな教師が身近にいる。いますぐ退学処分を受けたくなってきた。

10

パトカーと救急車が校庭に並んだものの、まだ凜香は呼びだされなかった。とはいえ時間の問題だろう。

　校内における暴力沙汰《ざた》について、武蔵小杉高校事変後、ましてシビック政変後は、以前とは社会の捉《とら》え方が異なる。傷害事件を即、加害者と被害者に分けるのではなく、要因がどこにあるのかを追及する風潮ができた。冷静に客観視する目が育ったとも、世が荒れた証《あかし》ともいえる。警察は蓮實ら教師の意見を重視しているようだ。だがB組の教室にいた生徒たちが、どうせ優莉凜香が暴れたと証言する。

　春はまだ日が短い。もう太陽が傾きつつある。入学式を終えた生徒たちが下校していく。凜香は校舎一階の保健室を訪ねた。

　制服がハンガーに吊《つ》ってあった。もうそれなりに乾いてきている。瑠那はベッドに横たわっていた。掛けブトンの下にのぞく襟もとから、ジャージを着ているのがわかる。

　色白で衰弱したようすは変わらないが、発作を起こしてはいなかった。瑠那は凜香に目をとめると、身体を起こそうとした。

「そのまま」凜香は片手をあげ制した。ベッドのわきの椅子に腰掛け、凜香は瑠那にたずねた。「気分はどう？」

「平気です」瑠那がじっと見かえしてきた。「凜香さん」

「なに？」

「ごめんなさい。わたしのせいで……」

「いいって」凜香は微笑してみせた。「こんな学校、わたしのほうからお断り」

「……まさか。辞めるつもりですか」

「地元の有力者とやらの息子を、死ぬ一歩手前まで追いこんだからね。あ、瑠那は心配しなくていいよ。あいつらが学校に復帰できるのは一年先だろうし、わたしの妹だってことも、みんなにはバレてないし」

「学校を辞めて、凜香さんはどうするんですか」

「さあ。荒川区議会議員とやらが嫌がらせしてきたら返り討ちにする」

「返り討ちって……」

「そういうふうに生きてきたんだよ」凜香の胸を哀感が鋭くよぎった。「見てのとおり。瑠那はお父さんを知らないけど、わたしはよく知ってる。直接教えを受けたもん。世間が考える優莉匡太の娘のまま」

瑠那の目が潤みだした。切実な瑠那の声が保健室に響いた。「凜香さんは悪くありません。わたしを助けようとしてくれたんです。先生にもそういいます」

「大人たちがなんて答えるか予測できる？　ものごとには限度がある、それが常套句《じょうとうく》。やりすぎだってこと。でもわたしはね……。そう思わない。瑠那が心と身体に受けた傷は、あの刀伊のありさまで、ようやく釣り合う。大人たちにはそれがわかってない。だからいじめが理解できない。なくならない。

「凜香さん」瑠那が声を震わせた。「学校を辞めないで。一緒にいてください」

儚《はかな》げな瑠那のまなざしを見かえすのは辛《つら》い。果てしなく胸が痛んでくる。凜香は視線を落とした。「わたしがきめることじゃないし。大人たちが勝手に判断を下すでしょ」

瑠那の痩《や》せた手が、凜香の手をそっと握った。その肌の温かさに触れ、凜香は自然に顔をあげた。

涙を浮かべながら瑠那がいった。「わたし、嬉《うれ》しかったです。凜香さんはやさしいお姉ちゃんだし、友達だし……。なのにわたしのために苦しい思いをしてる。わたしにはなにもできない」

「んなこと気にしなくていいって。瑠那はいい子だよ。刀伊たちのことも、気の毒に思うだろうけど、ぜんぶわたしの罪だから」

すると瑠那の表情がかすかにこわばった。「気の毒なんて思いません。凜香さんのいうとおり、あれで釣り合ってます」

ふいに空気が澱《よど》みだした。凜香は戸惑いをおぼえた。悪い影響をあたえてしまっただろうか。

「なあ瑠那」凛香はささやいた。「わたしがなにをいおうが、優莉匡太の娘でしかないんだよ。瑠那はわたしを止めようとしただろ？　あのままの瑠那でいてくれよ」

「止めようとしたのはまちがってました。ごめんなさい。凛香さんが正しいです。優莉匡太の娘というのなら、わたしだってそうですから」

いっそう当惑が深まる。ベッドに横たわる瑠那の顔は、依然として薄幸そうで愛《いと》おしくて、慈しみとともに接したくなる。それでもけさまでの瑠那とは変わってきている。

瑠那のなかにある、引いてはならないトリガーを、凛香が引いてしまったのだろうか。だとすれば取りかえしのつかないことかもしれない。

ため息とともに瑠那が目を閉じた。「わたしも自分で身を守れるようになりたい。凛香さんみたいに強くなりたい……」

「よせよ」凛香はあわてていった。「わたしなんてただの狂犬だよ。小さかったころはそうでもなかったけど、だんだん糞親父《くそおやじ》の教えが実ってきて、血を見るのが三度の飯より好きになっちゃった。いかれてる。わたしなんか正しくない」

瑠那が大きな瞳《ひとみ》を見開いた。「そんなことありません。わたしは凛香さんを尊敬します」

まいったな。これでは親父の教育方針を継承するようなものではないか。凜香は話を逸《そ》らしにかかった。「瑠那。巫女《みこ》ならお祓《はら》いをしてくれよ」

「お祓い……。凜香さんにですか」

「そう。除霊できるよね。たぶんわたしには糞親父や架禱斗の悪霊が憑《つ》いてやがる」

真面目な瑠那は本気の困り顔になった。「除霊なんて神道にあるのかな……。教わってないんです」

「マジで？　でもテレビの心霊写真特番で、どっかの胡散臭《うさんくさ》い神主が大麻《おおぬさ》を振ってさ、悪霊退散とか叫んでたよ」

「仏教とちがって神道では、霊魂の存在をはっきりさせてないんです。除災招福祈願ならできますけど」

「厄払い？　それでもいいな。巫女さんは舞を踊ったりするんだっけ。御利益がありそう」

「……舞姫は巫女とちがうんです。小さな神社では巫女舞をしないことも多くて」

「じゃあ瑠那は舞ったりしないの？」

「神楽《かぐら》なら教わっています。祭事には舞うこともありますけど、お祓いとは別です」

「赤ちゃんができたお母さんが集まって、その前で神事神楽を舞ったりとか……。阿宗神社の御利益はおもに安産なので」

「安産祈願」凛香は思わずため息をついた。「マジか」

「ほかに厄払い全般もします。でもずっと昔からそういう神社だったらしくて」

「そっか」凛香は苦笑した。「平和そのものの神社だったんだな。シビック政変のときも、世のため人のためにお祓いをしたりとか、そういうのはなかったわけか」

「ああ……。外出禁止令がでたときですよね。義父母《ふぼ》と一緒に家に籠《こ》もって、ただ震えてました。うちの近所には幸い、戦争のようなことは起きなくて」

下町にまで兵力を送りこむ前に、架禱斗の軍勢は壊滅したのだろうか。都心にくらべ、あの神社周辺がどこか呑気《のんき》さを引きずっているのは、そんな戦時下での環境の差が理由かもしれない。

凛香はつぶやいた。「瑠那の舞を観てみたいよ。お祓いとは関係なしに」

「じゃあいずれ、おめでたのときに……」

「そんなにまてるかよ。祭事のときに遊びに行くだけでいい。綺麗《きれい》に着飾った瑠那の踊る姿は、きっと素敵だろうなって」

「祭事ってどんな？」

瑠那が目を細めた。「そういってくださるだけでも嬉しいです。でも体力が必要で……。元気になれるかどうか」

「なれるよ。瑠那はきっとよくなる」

すなおな喜びをしめす笑顔がある。瑠那は生きつづけたいのだろう、凜香はそう思った。不安や恐怖に打ち勝ちたい、そんな意志が芽生えだしている。凜香と会った影響がそれだけなら歓迎できる。ただし暴力的な面は見習ってほしくない。短い命を路頭に迷わせたくはない。

保健室の女性教師の声がきこえた。「ああ、どうも……。杠葉さんですか」

凜香は立ちあがった。振りかえると杠葉夫妻が不安げに入室してきた。ベッドの瑠那を見て、ふたりとも安堵《あんど》をおぼえると同時に、痛ましそうなまなざしを向ける。

功治は凜香と顔を合わせると、困惑の表情を浮かべた。凜香はなにもいわずドアに歩きだした。廊下にもう私服と制服の警官らが姿を現していたからだ。

所轄の刑事らしき男が凜香の腕をつかもうとしてきた。「優莉凜香さんだな」

「触んなよ」凜香は刑事の手を振りほどき、さっさと保健室をでた。

階段付近には蓮實が立っていた。凜香は蓮實と目が合った。抗議をこめて睨《にら》みつけたが、蓮實は動じるようすもなく見かえしてきた。警官らは蓮實のいるほうとは逆方向へ、凜香をいざなって歩きだした。そのため蓮實には背を向けざるをえなかった。願わくはこのまま蓮實は卑怯《ひきょう》な裏切り者であってほしい。教師は総じて信用できない、そう割りきれたほうが気分が楽になる。

11

数日後のホームルームで、凜香は前のほうの机に座っていた。席替えをしても後方にはならなかった。中学では担任を強請《ゆす》り、無理やり凜香の望む席にさせてきた。担任が蓮實では無理な相談だった。

一年C組の生徒らを前に、教壇に立った蓮實が、低く厳かな声を響かせた。「先生はみんなの担任だが、生活指導としてほかのクラスでも同じ話をしてきた。みんなが等しく理解しなきゃいけないことだ。いまからいうことを肝に銘じてほしい」

説教くさい物言いに耳を傾けたくはない。凜香はうんざりし頰杖《ほおづえ》をついた。優莉匡太の娘が入学式の直後から暴力を振るった、そのことを知らない生徒はひとりもいない。おかげで凜香は誰とも親しくなれず、C組でも孤立しつづけている。

停学や退学の命令が下らないばかりか、テレビで事件が報じられるかと思いきや、なぜかその気配すらない。学校が取材攻勢に遭っているようすもなかった。警察の凜香への取り調べも、ただ淡々と状況をきくだけに留《とど》まった。

とはいえ凜香は、すべての問題が先送りになっているにすぎないのだろう、そう感じていた。いずれ自宅代わりの施設で待機を命じられ、令状を持った刑事らが得意げに押しかけてくる。好きにすればいい。蛙の子は蛙だったとか、四女も架禱斗と変わらないとか、勝手放題に記事を書いてかまわない。瑠那に手をだしたらただでは済まない、その認識さえ広まってくれれば、それ以上は望まない。もし凜香が豚箱に入り、それを幸いとばかりに瑠那をいじめる奴らがいたら、脱獄してでも制裁を食らわせてやる。

蓮實がいった。「校内で起きた暴力沙汰《ざた》にはいろんな意見がある。しかし先生はそれ以前に、いじめを絶対に許さない。弱い者をいたぶろうとした時点で、生徒として尊重しない。いじめという言葉は不適切だ。世でいじめとされるのは傷害事件だ。B組を中心に、生徒のみんなも、刀伊たちがいなくなってよかったといってる」

凜香は面食らった。教師にしてはずいぶん思いきった発言だ。しかも正論だった。

だがまて。これは大衆迎合主義に似た、教師一流のパフォーマンスかもしれない。すなわち生徒に対するウケ狙いにすぎない可能性がある。本音を口にしているようで二枚舌、あるいは八方美人。じつは荒川区議会議員には平謝りの一方、生徒には虚勢を張ってみせる、教師ならそんな風見鶏《かざみどり》も得意の芸当のはずだ。

蓮實はつづけた。「先生は防衛大というところの出身だ。防衛大はいじめ問題がたびたび浮上する。先生はいい先輩と後輩に恵まれたが、同学年内でも嘆かわしいできごとがあったと、あとになって知らされた。集団のなかで誰かに危害を加えることも、黙って見ていることも、どちらも犯罪だ。けっして許されはしない」

凜香のなかで当惑が募った。教室内にこんな空気が漂った経験は、中学生の三年間を通じいちどもなかった。周りのクラスメイトらも真剣に耳を傾けている。そうならざるをえない重い語り口が、蓮實の説教にはこめられている。

「いいか」蓮實は教卓に両手をついた。「刀伊たちが重傷を負った件については、先生がたや教育委員会、PTAで話し合いがあった。みんなのご両親にも意見があるだろう。事実は粛々と検証し、正当な処分を下す。しかしすべてはいじめに発端がある。異論があるならきく。SNSに勝手な意見を流出させるな。これは先生とみんなの問題だ」

ふしぎな感覚にとらわれる。蓮實が真意を語っていると思えるのは、ただの教師ではなく、特殊作戦群出身の骨太な男と知ったからか。だがほかの生徒たちは蓮實について、元自衛官という履歴ぐらいしかきいていないだろう。それでもみな身じろぎせず蓮實の言葉にききいっている。

教師に特有の保身を感じさせない。大人全般にある無責任さものぞかない。まして口先だけではないと信じさせる説得力がともなう。

蓮實に圧倒されたままホームルームは終わった。その後の数日間、保護者説明会が何度か開かれた。マスコミはシャットアウトされたらしい。ネットニュースがさっそく嚙《か》みつき、優莉の四女が通う学校だと記事にした。だがすぐさま人権支援団体が抗議した。教師の代表として蓮實が、凜香はC組にいて喧嘩《けんか》に関わっていない、そう証言したからだ。

事態を見守っていたB組の生徒らや、当事者たる刀伊たちのグループが、凜香のしわざだと証言するかどうかが気がかりだった。たしかに刀伊の仲間どもは、凜香を名指しで非難したようだ。しかしB組の生徒らのほうは、新入生ばかりで顔がわからない、誰がやったか知らない、そんな証言が大半を占めた。みな刀伊たちに戻ってきてほしくないのだろう。一方で瑠那がいじめられたという事実は、多数の証言により裏付けられた。

それでも優莉凜香を在学させておくのは問題だという声が、保護者らのあいだであがった。驚くべきことに保護者説明会で、蓮實は土下座し理解を求めたという。悪いのはいじめる側であって、制止に入った生徒ではない。行き過ぎた暴力という議論に関しては、そうは思わないと蓮實は主張し譲らなかった。

荒川区議会議員という刀伊の父親は、なにやら物騒な連中を率い、保護者説明会に抗議に訪れたようだ。しかし蓮實のひと睨みで退散していったらしい。刀伊家が警察に泣きついたところで、おそらく無駄なあがきだろう。息子のナイフの不法所持に加え、いじめの首謀者だったのは明白だからだ。

保護者らに対しては、凜香が書類送検されたうえで不起訴に終わり、学校に残ることになったとの説明がなされたときく。実際には逮捕も書類送検もされていない。蓮實がなんらかの方法で手をまわす一方、保護者たちには嘘をついたことになる。

とはいえ不起訴という説明だけで、ＰＴＡが凜香の在学を容認したのは、社会の変化だけが理由ではないようだ。蓮實の誠実な説得が実を結んだからに相違ない。凜香はそれらの話を弁護士からきいた。

動揺に近い当惑にとらわれざるをえない。蓮實は本当に味方してくれたのだろうか。優莉姉妹の実情を知りながら、とりわけ凜香を更生させたいと望む。その主張はブラフでなく、教師としての真意なのか。

晴れた日の休み時間、凜香は屋上で蓮實とふたりきりになった。どうあっても本心をききたい。凜香は金網を背に立ち、蓮實と向き合った。

「マジなのかよ」凜香は蓮實を見つめた。「保護者説明会で土下座してまで、わたしを庇《かば》ったって?」

蓮實は両手をズボンのポケットに突っこみ、斜にかまえ立っていた。「ホームルームで話したことと同じだ。悪いのはいじめた連中。保護者にうったえたのはそれだけだ」

「やばいだろ」

「なにがだ」

「教師が箝口令《かんこうれい》を敷いたとか、そんな言い方で悪い噂が流れてみろよ。先生もわたしと同じ穴の狢《むじな》かと非難される」

「すべてがあきらかになれば、困るのは刀伊のほうだ。なんのことはない、ナイフを持ったチンピラの頭《かしら》でしかなかったんだからな。火消しに躍起なのは、むしろ刀伊の親父さんだ」

「わたしが書類送検されて不起訴? 保護者説明会で嘘をついたんだよな」

「より大きな目的のために事実を曲げただけだ。おまえには感謝されると思っていたが」

いかにも幹部自衛官らしい尊大な物言いだった。凛香は吐き捨てた。「ったく。なにが望みだよ」

「教師としておまえたちを真っ当な生徒にすることだ」

「ってのが建前で、本音はどこだよ。公安のお友達に頼まれて、優莉家のいままでの罪状を根こそぎ調べに来たんか？　それとも田代ファミリーかヤヅリの残党が、わたしをぶっ殺したくてあんたを差し向けたとか？」

「やれやれ」蓮實が顔をしかめた。「不良やヤンキーどころか、指定暴力団の構成員さながらだな。ふつうなら親が泣くぞといいたいところだが、おまえにはそれが通用しないのも厄介だ」

「わたしにとって都合のいい教師を演じて、なにを企《たくら》んでるのか知りたいだけだっての」

「教師を信じないのは勝手だといったが、ほかの先生がたにまで迷惑をかけるな。数学Iと現社の課題が未提出だろ」

「……勉強は苦手なんだよ」

「ほらみろ。まずはそこからだ。優莉結衣は高校三年間の成績が優秀だったそうじゃないか。おまえはその時点で負けてる」

神経を逆なでして発奮させようという魂胆か。教師の浅知恵だと凜香は思った。

「蓮實先生。男子の体育だけを受け持ってたんじゃ、本当のわたしをわかりゃしないだろ」

「剣道部に入れ。俺が顧問をやってる部活のうち、男女混合のひとつだ」

「先生と手合わせできるんならボコボコにしてやる」

「反則なしに勝てたら褒めてやる。どうせ卑怯《ひきょう》な手段にうったえる気だろ。おまえはいつもそうだ」

「実戦じゃ試合のルールなんてもんは……」

「実戦重視のジークンドーすら、おまえの打撃法は型に嵌《はま》りすぎてる。学ぼうとしないからだ。成長の機会をみずから捨ててる。喧嘩以外もすべてがそうだ」

いらっとくる言い方だった。凜香は食ってかかった。「わたしのなにがわかるんだよ。どうせ優莉匡太の子でひとくくりだろうが」

「世間はな。結衣やおまえが死にものぐるいで架禱斗に抗《あらが》っても、人々にしてみれば、そもそも架禱斗がいなきゃ国はあんな危機におちいらずに済んだという感覚だ。おまえらの存在自体が迷惑。誰も長男とそれ以外を切り離しちゃくれない」

「本性現わしやがったな。わたしを出来損ないの落ちこぼれ扱いかよ。最悪のクズの更生を公約に掲げて、あとで泣きっ面かくなよ糞《くそ》教師」

蓮實はあくまで冷静な反応をしめした。「矢幡総理が消えて、十代後半の女子が次々に犠牲になってる。みんな優莉匡太半グレ同盟の起こした暴行事件と同種の被害だと報じられてる。世のなかになにかが起こってる」

「それがどうしたよ。一介の教師に関係あんのか」

「優莉姓を選んだんなら、おまえ自身がまともな大人を目指さなくてどうする。やっぱり優莉は、と陰口を叩《たた》かれる大人になって、後悔しないと思うか」

教師と生徒ではどうあっても教師のほうに分がある。蓮實はひとしきり説教をぶつと、階段塔のドアへと立ち去りだした。

凜香は吠《ほ》えた。「女子高生連続失踪《しっそう》致死が、じつはあんたのしわざってオチじゃねえだろうな、先生。防衛大でいじめを起こしてたのはじつはあんただとか。飽き飽きなんだよそういうのは」

「数学Iの課題は明朝までにこなせ。現社はあさっての提出でいいそうだ。宿題を忘れるなよ。やるべきことをやらずにイキがってるのはただの馬鹿だ」

蓮實が靴音を立てないように歩いていることに、凜香は気づいていた。背後から駆け寄られたとき、自分の靴音のせいで察知が遅れる、そんな事態を防ぐためだ。すなわち真後ろにも隙がなかった。凜香は一歩も動けないまま、蓮實がドアのなかに消えていくのを見送った。

勝手がちがう。依然として油断ならない。だが少しばかり昂揚《こうよう》した気分になる。凜香は鼻を鳴らした。まだ到底信じる気になれないものの、万が一これが裏切りでなければ、結衣よりは恵まれている。ようやく歯ごたえのありそうな教師に出会えた。

12

警視庁庁舎内の会議室で、坂東はテレビを観ていた。ニュース番組が映しだしているのは浜管武雄《はますがたけお》少子化対策担当大臣だった。記者たちにもみくちゃにされる、頭髪の薄い丸顔の六十代が、クルマに乗りこもうと躍起になっている。

キャスターの声がいった。「浜管大臣は先日の会見で、女子高生連続失踪致死事件に触れ、子供を産める若い女性が消えていくのは由々しきことと発言、さらに出産後の嬰児《えいじ》が行方知れずなのは遺憾などと付け加え、女性活動支援団体などから非難の声があがっています。少子化対策担当大臣でありながら今回の失言は……」

坂東は嫌気がさし、リモコンでテレビを消した。「失踪中の少女たちについて、ひとりでも多く情報を紹介するとか、電波の役割はほかにあるだろうに」

三十代の警部補、渡辺陽司《わたなべようじ》班長が隣に立っていた。「マスコミで呼びかけても、暇な中高年が陰謀論を寄せてくるだけですよ」

「地道な捜査をつづけるしかないか」坂東は渡辺とともに会議テーブルの席に戻った。卓上は捜査資料であふれかえっている。列席者の専門家らに坂東は問いかけた。「遺体の性交や妊娠の痕跡《こんせき》から、DNA型が検出できるとの報告でしたが」

奥田医師が渋い顔で書類に目を落とした。「検出はできました。ただどうもわからないんです。加害者は数人に絞られるのではという捜査本部の予想に反しています」

科捜研のデータ分析要員、二十代後半の北島琉聖《きたじまりゅうせい》がいった。「女子高生の失踪は一か所で集中して起き、しばらくして拠点を移すように、別の場所を中心にして発生する、その繰りかえしです。ですから比較的少人数のグループが、あちこち移動しながら犯行に及んでいるとの見方が有力でしたが……」

坂東はきいた。「ちがうのか」

「ええ」北島がうなずいた。「発見された遺体に残る、男性の精子のDNA型は、ひとりとして同じではありません。奥田先生の分析により、別々の男性との性交だったことがあきらかになっています」

奥田医師がつづけた。「遺体を発見した各所轄どうしの情報交換は制限し、こちらですべてのデータを集約し精査しました。男性のDNA型はひとりも重なりません。科捜研でデータバンクとも照合してもらったのですが……」

北島が奥田の手から書類を受けとった。「過去のさまざまな事件の被疑者や重要参考人のDNA型には、いっさい合致しません」

渡辺班長の眉間《みけん》に皺《しわ》が寄った。「いままでいちども警察の世話になっていない連中が、少女を攫《さら》い強姦《ごうかん》しているというんですか。それも発覚した範囲内では、被害者ひとりにつき加害者もひとり、全員が別々の組み合わせだと?」

奥田医師が別の書類を手にとった。「そこなんですが……。重要なことがもうひとつあります。これはレントゲンやMRIの画像つきなので、ほかの医師でも検証可能だと思いますが、強制性交の痕跡がないんです」

「なに?」坂東は面食らった。「強姦じゃなかったとおっしゃるんですか」

「いえ」奥田医師が眉《まゆ》をひそめた。「ただ痕跡がないというだけです。強制性交に特徴的な膣《ちつ》上部の重度裂傷などがみられません。擦過傷も確認できないんです。被害者が抵抗する際に生じがちな外傷は皆無です」

「するとなんですか。すべては合意のもとだったと?」

「そうはいっていません。被害者らは薬物注射を受けていますし、タバコの火による拷問の痕《あと》もあります。薬物の効果と脅迫により、抵抗不可能なほどの絶対的な支配下に置かれていたとも考えられます」

渡辺班長がいった。「意識が朦朧《もうろう》としていたか、あるいは昏睡《こんすい》状態のまま強制性交を受けた可能性もあるでしょう」

北島が首をかしげた。「そのわりには被害者らの脳に収縮がみられるんです。脳医学センターの専門家によれば、長期にわたり極度の恐怖を感じた証《あかし》だろうと。被害者たちは意識があったんです」

奥田医師が新たな書類を渡辺班長に手渡した。「たしかに脳の収縮はあきらかですが、彼女たちはみな屋外で衰弱死していました。放りだされたのち力尽きたのだとすれば、性交時ではなく、のちに迫り来る死の恐怖に耐えかねてそうなったのかも」

全裸のまま行き倒れも同然に絶望し、脳が縮むほど怯《おび》えながら、そのまま命を失ったというのか。坂東は憤りとともにつぶやいた。「捜査の基本は想像力だが、いまは充分に働かせる気にならん。うちにも今年高校を卒業した娘がいる。印旛沼で優莉凜香とパグェどもに、一家三人殺されかけたときの、娘の泣き叫ぶ声がいまだ忘れられん。被害者の親御さんたちの苦悩は察するに余りある」

　奥田医師が真剣なまなざしを向けてきた。「独り身の私であっても、司法解剖だけで被害者の感じた辛《つら》さと無念は、耐えがたいほど伝わってきます。そのうえで連想できることは……。これは医師の領分ではないとは思いますが、優莉匡太半グレ同盟には、公安の把握しきれていないメンバーがほかにも大勢いたのではと」

　北島が同意した。「私もそう思います。注射でクスリ漬けにしたり、タバコを押しつけたりするやり方が、模倣犯のレベルでなく当時の再現そのものだからです」

　渡辺班長が唸《うな》った。「DNA型の記録がいっさいない、警察がまったく尻尾《しっぽ》をつかんでいない元メンバーが、ごろごろいるというんですか？　それは少々……」

「ええ。考えにくいというのは同感です。でもデータがしめしています。公安は否定するでしょうが、半グレ同盟元メンバーの再集結の可能性が高いです」

　坂東は椅子の背にもたれかかり天井を仰いだ。「公安は優莉匡太の子供たちや、出所後の元メンバーらを逐一マークしている。それ以外に、逮捕もされず潜伏していた元メンバーが複数いて、また堂々と活動を再開した……？　総勢何人だろうな」

　北島が応じた。「現在までに発見された少女の全裸遺体が十九。検出された男性のDNA型も、ひとりにつきひとりずつ。十九人以上は確実ということです」

そんなことがありうるだろうか。当時、警察は全国津々浦々までメンバーらを追い、あらゆる情報収集に尽くした。優莉匡太半グレ同盟の全容はほぼ網羅され、関係者たちの生死を確認のうえ、逃亡者を片っ端から逮捕していった。

とはいえ例外もある。優莉架禱斗を取り逃がし、国外脱出まで許してしまった。矢幡元総理の奥方による手引きがあったとはいえ、公安の目が隅々まで行き届いていなかったことを意味する。そんなケースがほかにも山ほどあるというのか。

坂東は天井を眺めたまま腕組みをした。「いま公安は、失踪した矢幡前総理の行方を追うのに必死だ。そちらもなんの進展もないときてる。国のトップがすげ替わり、政府にはろくに期待できん。少子化対策担当大臣が失言に及んでも、更迭どころか辞職勧告さえしない弱腰内閣だ」

渡辺班長が苦笑ぎみにいった。「経済が傾く一方ですからね。人事のどたばたも最小限に抑えたいんでしょう」

「真相は俺たちの手であきらかにしていくしかない」坂東は身体を起こし、テーブルに前のめりになった。「行方不明者は十五歳から十九歳の少女ばかり。中学生や大学生も一部含まれているが、就職してる者は皆無。九割以上が高校生。なんでこんなことになってる」

「無差別ではないんでしょう」渡辺班長が真顔になった。「全国の高校の名簿に基づき、ターゲットを絞っているのかもしれません」

「高校生を中心に狙う理由はどこにある?」

奥田医師が指摘した。「年齢の手がかりにしているとも考えられます。十六歳から十八歳ぐらいに限定し拉致《らち》する目的がまずあって、高校生であればまずまちがいがないと」

ありうる話だった。しかし他愛もない疑問がふと脳裏をよぎる。坂東はつぶやいた。

「留年してる者はどうなる?」

13

留年して肩身の狭い思いをするだろうと、雲英亜樹凪は日暮里高校への編入前から不安に駆られていた。しかしいまのところ、三年A組の担任やクラスメイトは温かく迎えてくれている。

成績優秀者の選抜クラスだからだろうか。けれども三年生をふたたびやり直す亜樹凪にしてみれば、慧修学院の授業内容にくらべ、日暮里高校は初歩的な学習に思えた。

一流の国公立大学をめざすには、自習が大事にちがいない。

本来なら夕暮れの時間帯だが、日没後の暗さだった。上空を厚い雲が覆い、昼間からずっと雨を降らせている。強い風が吹きつけるうえ、ときおり稲光の閃《ひらめ》きも目にする。春の嵐だった。亜樹凪は御徒町《おかちまち》で地下鉄大江戸《おおえど》線に乗り換えた。地面に潜っているうちに、天気が回復してくれることを願ったものの、望みは果たされなかった。十分後に清澄白河《きよすみしらかわ》駅の出口を上ると、外はいっそう暗く、いっそうの土砂降りがまっていた。

傘をさし豪雨のなかを歩きだした。東京都現代美術館近くの十階建てマンションまで、わりと距離がある。戸建てやアパートの建ち並ぶ路地をひとり歩いていった。働き手の帰宅時間にはまだ早いせいか、窓明かりはまばらで、道行く人もほとんど見かけない。

亜樹凪がふだん暮らすマンションの部屋は、父と無関係だった親戚《しんせき》の所有で、もともと従兄《いとこ》が住んでいた。従兄は就職し地方に移ったため、亜樹凪の通学用に貸してくれた。親戚の家族が来るのは週末だけで、平日は亜樹凪だけで生活している。

雲英グループから分離されたものの、関わりは完全に絶たれてはいない。不正行為とは無縁だった親族は、まだ要職に留《とど》まっている。亜樹凪も大学を卒業したら、グループ内企業のどこかに就職するかもしれない。自由を満喫できるのはいまのうちの可能性もあった。とはいえ友達も数少なく、しかもみな大学生だ。ふと寂しさが募ることが増えた。一歳下の同級生たちは亜樹凪を特別扱いする。学校生活に溶けこめる日は来るのだろうか。

ひたすら暗い路地だった。道端の自販機と街路灯しか光を放たない。亜樹凪以外の通行人はすっかり途絶えている。ふいに辺りが白く照らしだされた。後方から接近するクルマのヘッドライトだとわかる。エンジン音が近づいてくる。やけに速度をあげている。亜樹凪がわきに寄ると、黒いワンボックスカーがブレーキ音をきしませ、すぐ近くに滑りこんできた。

車体側面のスライドドアを開け放ち、ふたりの男が降り立った。どちらも二十代後半から三十歳ぐらいだった。雨のなか傘もささず、スーツを濡《ぬ》れるにまかせている。ひとりは角刈りの屈強そうな身体つき。もうひとりは痩《や》せていて、体操選手のように俊敏そうに見える。

以前の温室育ちのままだったら、なんの警戒心も抱かなかったかもしれない。だが亜樹凪はホンジュラスと森本学園の〝同窓会〟を通じ、壮絶な修羅場を経験してきた。ジャケットの下の膨らみが、拳銃《けんじゅう》をおさめたホルスターの形状をなすことが、ひと目で識別できるようになっていた。

とっさに亜樹凪は傘をふたりに投げつけ、身を翻し逃走しだした。怒号に似た声を発し、ふたりの男が追いかけてくる。まちやがれ小娘、ひとりが荒々しくそう怒鳴った。私服警官の可能性は潰《つい》えた。乱暴な言葉遣いは反社以外にはない。

強まるばかりの雨脚のなか、制服がたちまちずぶ濡れになる。亜樹凪はかまわず走った。カバンは胸に抱える。手に持っていたのでは、振るたび遠心力に引っ張られて持て余すからだ。

路地の角を折れた。建物の狭間《はざま》に隠れようにも、その勇気が持てない。追い詰められる危険と隣り合わせに思える。背後にふたりの靴音が追いすがる。辺りがまたヘッドライトの光に照らされた。ワンボックスカーも追跡に加わっている。

二輪がかろうじて乗りいれられる狭い脇道があった。ワンボックスカーだけでも排除すべきだ。亜樹凪はそのなかに飛びこんだ。左右にはブロック塀のほか、民家の軒先が連なる。玄関ポーチの明かりが灯《とも》っているがセンサーライトかもしれない。もとより住民に助けを求めるわけにはいかない。相手は銃を持っている。誰かと関われば殺傷沙汰《ざた》に巻きこんでしまう。

また角を曲がった。狭い庭に大きめの物置があった。下にブロックが厚く積んであり、それなりに隙間ができている。降雨時の錆《さ》び防止のため、物置は地面から浮かせて設置されるのが常だ。猫ぐらいしか隠れられないと思いきや、二十センチ近くはありそうだった。亜樹凪はただちに地面に仰向《あおむ》けになった。カバンを投げこむと、みずからも物置の下に潜りこんだ。

靴音が角を折れてきた。亜樹凪は緊張に身を硬くした。だがふたりは歩を緩めるようすもなく、そのまま路地を駆け抜けていった。

ため息が漏れる。亜樹凪は物置の下に横たわったまま、そっとスマホをとりだした。一一〇番しようにも声はだせない。メッセージを打とうにも指先が震える。

画面に付着した水滴を制服で拭《ぬぐ》い、周辺地図を表示する。スワイプして拡大した。近くに交番はないだろうか。

ふと目を引くものがあった。阿宗神社。どこかできいた名だと思った。そうだ、優莉凜香が口にしていた。友達がいると教えてくれた。

結衣や凜香の連絡先を亜樹凪は知らない。だが凜香の友達なら連絡可能かもしれない。警察以上に頼れるのはあの姉妹だ。

物音がきこえないのを確認する。カバンを引き寄せ、亜樹凪は物置の下から抜けだした。もう靴下まで泥水が染みこんでいた。身体を起こし、そっと路地を見まわす。

鳥肌が立った。ふたりの男が息を切らし、路地を引き返してくるところだった。こちらに目をとめるや、男たちがいろめき立ち、猛然と駆け寄ってくる。亜樹凪は逆方向へと全力疾走した。

狭い路地の出入口に、ワンボックスカーが横付けしていないのを祈るのみだ。亜樹凪は歯を食いしばり、死にものぐるいで走りつづけた。あのふたりの男が何者かは知らない。だが狙われることに驚きはない。雲英グループはシビックの一部だった。創始者一族の娘が平穏無事にはいられない。

14

凛香は社務所の和室で、足を崩して座っていた。電灯が照らす畳の上で、紅白の巫《み》女《こ》装束を着た瑠那が正座し、玉串《たまぐし》を作っている。緑の葉っぱを多くつけた榊《さかき》を束ね、茎を縛り、紙垂《しで》をつける。こんな地味な作業が年じゅう無数にあるようだ。

窓の外の暗がりに稲光が明滅する。激しい雨音がつづく。凛香は瑠那にきいた。

「お義父《とう》さんとお義母《かあ》さん、まだ帰らないの?」

瑠那はいつもと変わらずもの静かだった。手を休めることなく、ささやくように瑠那が応じた。「きょうは遷霊祭にでかけてます。お葬式です」

「あー。仏教じゃなく神道の葬式？　そういう需要もあるんだね」

「全国に神社はコンビニの倍もありますから、うちもまめに働かないと」

「コンビニの倍？　マジで？」凜香は鼻を鳴らした。「ドミナント出店どころじゃねえな。どこもこんなふう？　儲《もう》からないのによくやるね」

「地域のためですから……」

きょうも長居をしてしまった。凜香は腰を浮かせた。「さて。神主さん夫婦が帰る前に消えなきゃ」

瑠那が顔をあげた。「まだいいのに。一緒に夕食はどうですか」

「無理だよ。あの騒動以後、なるべく来ないようにしてたぐらいだし」

「義父母《ふぼ》は凜香さんに会いたがっています。わたしのために迷惑をかけてしまったので、お詫《わ》びを申しあげたいって」

「迷惑だなんて……。どうせ瑠那を気遣ってそういってるんだよ。やっぱり狂犬だった優莉の娘を、瑠那から遠ざけなきゃって思ってる」

「そんなことは……」

「いいから。幸いにも退学にならなかったし、今後も学校で会えるし」凜香はカバンを手にした。「きょうはもう帰る。佐倉の〝あしたの家〟ほどじゃないけど、施設に心配はかけられねえから」

「凜香さん。それなら義父母が戻ったら、たぶんクルマで送ってくれると……」

ふとなんらかの外的要因に注意を喚起された。凜香は静寂をうながした。「しっ」

靴音がする。誰かが雨のなか境内を駆けてくる。立ちどまること数秒、社務所に近づいてきた。この神社にとって馴染《なじ》みの客ではなさそうだ。どこへ向かうべきか迷う間があった。

社務所の玄関から物音がきこえた。控えめにノックしているが、遠慮の証《あかし》ではない。せわしなさが感じられる。周りに響くのを警戒する叩《たた》き方だった。

瑠那が戸惑い顔で立ちあがった。「どなたでしょう。こんな時間に」

凜香は人差し指を口に立て、無言でいるように伝えた。カバンを置くと、廊下にて玄関へと急ぐ。後ろに瑠那もつづいた。

引き戸の磨《す》りガラスの向こう、うっすらと人影が見えている。日暮里高校の女子生徒の制服だとわかった。凜香は静かに靴脱ぎ場に下り、引き戸を解錠した。すばやく横滑りに開け放つ。

ずぶ濡れの雲英亜樹凪が立っていた。亜樹凪は凜香を見るや、泣きそうな顔でうったえてきた。「追われてて……」

間髪をいれず凜香は亜樹凪の腕をつかみ、なかへひきこんだ。亜樹凪を背後に逃がしつつ、凜香は戸口に残った。引き戸を半分閉め、外の暗闇に目を凝らす。背後の亜樹凪に凜香はきいた。「どんな追っ手？」

「ワンボックスカーからふたり降りてきた。たぶんスーツの下に銃を持ってて……」

「瑠那。わたしが外にでたら、ここに鍵《かぎ》をかけて、亜樹凪さんと一緒に奥へ行って。明かりは消して窓辺に立たないで」

亜樹凪がおろおろとたずねてきた。「警察に通報したほうがいい？」

「お巡りなんかがのんびり来たところで、すぐに射殺されます。リボルバーが奴らの手に渡るだけ」

通報など厄介でしかない。警察の目があったのでは反撃しづらくなる。凜香は姿勢を低くし玄関をでた。振りかえらず後ろ手に引き戸を閉める。鍵のかかる音をきくと、凜香はスカートの裾《すそ》をたくしあげた。右の太腿《ふともも》に巻きつけた革製ベルトから、プラスチック製の小箱を引き抜く。

護身用のライフカード22LR。縦横はクレジットカード大、厚みは文庫本ていど。ストッパーを親指で下げ、片手でふたつに開く。それぞれのパーツが銃身とグリップになり、あいだにトリガーが露出する。全長わずか八・五センチの拳銃《けんじゅう》、装弾は二発。威力はさほどでもない。運よくふたりを仕留められたとしても、少なくともワンボックスカーのドライバーがもうひとりいる。さっさと誰かひとりを殺し、飛び道具を奪うしかない。

境内の木立から人影が駆けだした。鳥居のほうへと逃走していく。凜香は動かなかった。振り向きざま撃たれるわけにいかない。知性と運動神経を両立させるやり方が、結衣姉の専売特許でないことを見せてやる。

左手でスマホをとりだし、カメラ機能に切り替えた。敷地外の路地にでようとする人影の背を、静止画におさめる。片手でスマホを保持したまま、指先でスワイプし、画像を拡大した。

画面を一瞥《いちべつ》する。思惑どおり暗闇も明るく写っている。たしかめたいのは人影ではない、足もとだった。結衣姉がよく用いた方法だ。ぬかるんだ地面に、ふたり以上の足跡が残っているのなら、逃げたひとり以外にも境内に潜んでいる輩《やから》が……。

「馬鹿野郎」凜香は悪態を口にした。鳥居の下は石畳だった。

肝心の人影をみすみす見逃しただけか。自分の失態を呪いながら凜香は走りだした。ジグザグに鳥居へと向かいつつ、常に視線と銃口の向きを同期させる。至近距離に脅威は見てとれない。凜香は鳥居をくぐり、路地へと飛びだした。

ふいに眩《まばゆ》い光に包まれた。ヘッドライトの光に照らしだされた。ワンボックスカーが突進してくる。運転席のサイドウィンドウから片腕が突きだしている。拳銃を握った右手があった。闇のなかに銃火が閃《ひらめ》くと同時に、凜香は横っ飛びに転がり、道端に突っ伏した。雨音のなかに銃声が長く尾を引いた。さらに何発も銃撃してくる。ワンボックスカーがみるみるうちに迫り来る。

ライフカード22LRで反撃を試みるなど愚かしい。フロントガラスさえ砕けない可能性が高い。凜香は身を屈《かが》めたまま、路地の側溝に手を伸ばし、網状の蓋《ふた》をつかんだ。コンクリート製なら持ちあげられないが、スチール製のグレーチングは軽い。父たちは警察のガサいれに対し、アジトから逃げだすたび、ヤクを側溝に捨てていた。おかげで凜香も、二メートル以内に固定されていないグレーチングが一枚はあると知っていた。

二枚はびくともしなかったが、三枚目をつかむと浮きあがった。長さ六十センチのグレーチングが溝から外れた。視野がヘッドライトの光に真っ白に染まる。ワンボックスカーが目と鼻の先に迫った。凜香は跳ね起きるや、グレーチングに水平方向の回転を加えつつ、ワンボックスカーの運転席にぶん投げた。

弾《はじ》ける音とともにフロントガラスが割れ、蜘蛛《くも》の巣状に亀裂《きれつ》が走った。急ブレーキとともに車体が蛇行するものの、塀に激突するほどではない。もとより事故など期待していない。ドライバーの視界をふさいだのは減速させるためだった。身の軽さなら結衣姉に負けない、その長所を発揮してやる。凜香はライフカード22LRを口にくわえると、車体後部にしがみつき、足をリアバンパーにかけた。

真後ろに飛び乗ったのは、サイドミラーに映るのを避けるためだが、バックミラーには映ってしまう。凜香はリアバンパーを蹴《け》ると同時に伸びあがり、屋根の上に前転すると、ただちに腹這《はらば》いになった。

ワンボックスカーの屋根に伏せている。左手は突起物をつかみ、右手でライフカード22LRを握った。ドライバーはまだ凜香の存在に気づかないのか、一定の速度で走りつづける。このままじりじりと車体前方に這っていき、運転席のサイドウィンドウから銃口を突きつける手か。

だがどうも妙だ。振り落とされる不安を感じない。発砲後の逃走にしては速度が低すぎる。蛇行もしていない。凜香は身体を起こし、屋根の上に胡座《あぐら》をかくように座った。銃口を油断なく屋根に向けながらも、靴の踵《かかと》を軽く打ち下ろす。やはり速度は変わらない。さらに何度か踵で屋根を叩いた。車内に音が伝わったはずだ。急ブレーキもなければ、車内から天井を貫通しての乱射もない。

ちがう。凜香はすばやく後方に転がった。縦回転しつつ身体を丸め、車体後部から飛び下りる。濡《ぬ》れた路面に片膝《かたひざ》をつき着地した。身体の周りに水飛沫《みずしぶき》があがる。

遠ざかる赤いテールランプに銃口を向ける。ワンボックスカーはブレーキもかけず走り去った。

畜生。凜香は歯ぎしりした。立ちあがるや身を翻す。豪雨と稲光のなか、来た道を引きかえすべく駆けだした。いまのクルマは囮《おとり》だ。かなりの距離を移動させられてしまった。結衣姉に勝手に張り合い、勝手に失態を演じるとは、目も当てられない馬鹿さ加減だ。

神社には亜樹凪がいる。彼女は拳銃が使えるが、敵から奪いとる身体能力はない。瑠那ともども命の危険に晒《さら》されている。間に合わなければ後悔どころでは済まない。

15

亜樹凪は社務所とつながった杠葉家、戸建ての暗がりに潜んでいた。

ここは神社の備品倉庫とでも呼ぶべき部屋だろうか。板張りの狭い室内は棚に囲まれている。神鏡や榊立《さかきたて》、かがり火台、三宝がところ狭しと置いてあった。棚の狭間《はざま》で巫女《みこ》装束の瑠那がしゃがみ、ひたすら震えている。亜樹凪も瑠那と身を寄せ合っていた。

床の冷たさに体温が根こそぎ奪われていく。こんなときには拳銃がほしい。神社で発砲などバチ当たりにちがいないが、追っ手はそんなことを考慮しないだろう。修羅場を経験したとはいえ、丸腰で追われる立場になれば、ただ不安にさいなまれるだけでしかない。

「……あのう」瑠那がささやいた。「三年生の雲英亜樹凪さんですよね」

「そう……。瑠那さん、苗字《みょうじ》は？」

「一Bの杠葉です。下の名前はご存じだったんですか」

「さっき凜香さんがそう呼んでたから」

「あー」瑠那のぎこちなく固まった色白の顔に、微笑は浮かばなかった。「ここへはなぜ……？」

「友達がいるって、凜香さんからきいたの」

「友達ですか……」

「どうかした？」

瑠那が意気消沈したようにささやいた。「妹とはいってくれなかったんですね」

「……妹なの？」

「母親はちがいますけど」

そうだったのかと亜樹凪は思った。「なら友達といったのは、あなたを気遣ってのことでしょう。でもおかげで安心した。納得もできたし。あなたも凜香さんがどんなお姉さんなのか、ちゃんとわかっててひとりで行かせたのね」

「はい」瑠那はわずかに表情を和らがせた。「頼りになる人です。やさしくて」

亜樹凪が穏やかなものを感じるより早く、なにかを強打するような騒音が鳴り響いた。瑠那がすくみあがった。亜樹凪も恐怖のあまり髪が逆立つ思いだった。ガラスの割れる音を耳にした。

廊下を土足で歩く音が荒々しくきこえる。家のなかに侵入してきた。ふたりいるようだ。

瑠那が焦燥をあらわにした。「り、凜香さんに電話できませんか。一一〇番とか」

スマホを持っているのは亜樹凪だけだった。震える手でスマホをとりだしたものの、PINコードによるロック解除すらままならない。緊急ボタンも押せない。

男の怒鳴り声がした。「おい小娘！」

びくっとした亜樹凪の手からスマホが滑り落ちた。板張りの床に跳ね、大きな音を立てたうえ、スマホは棚の下に滑りこんでしまった。

肝が冷えきり、身動きすらとれなくなった。男の苛立《いらだ》たしげな唸《うな》り声が、壁一枚を隔てた向こう側からきこえてくる。亜樹凪はつぶやきを漏らした。「どうしよう……」

瑠那も心底怯《おび》えた顔ながら、戸惑いがちに亜樹凪の手をとった。「来てください」

亜樹凪は瑠那に導かれるまま、狭い部屋の奥へと向かいだした。前方はいっそう暗い。どこまで棚がつづくのか、どの辺りで壁に行き着くのか、まるで予想もつかない。瑠那が足をとめた。そこが突き当たりの壁のようだ。背を丸めた瑠那はうろたえながらも、必死でなにかをいじっている。

後方で引き戸を開け放つ音がした。遮るもののない靴音がずかずかと踏みこんでくる。男の声はさっきより明瞭《めいりょう》に反響した。「雲英亜樹凪!」

背筋に悪寒が走った。やはり男たちは亜樹凪を標的にしている。全身がこわばったとき、いきなり雨音が強くなり、外気が吹きこんできた。行く手で瑠那が通用口の戸を開け放っていた。

瑠那がか細い声でうながした。「急いでください」

巫女装束の瑠那が真っ暗な外に駆けだした。亜樹凪もつづいた。靴は履いていない。靴下だけで地面を覆う砂利を踏みしめ、足の裏に刺すような痛みが走る。しかしそれも数メートルにすぎず、その先はぬかるんだ泥ばかりだった。瑠那も足袋《たび》のままで、しかも袴《はかま》姿は走るのに向いていなかった。撥《は》ねる泥水に袴がたちまち黒ずんでいく。瑠那の息はもうあがっていた。今度は亜樹凪が瑠那の手を引いた。

強い風が吹きつけ、雨は斜めに降り注ぐ。境内の闇のなかを鳥居へと急いだ。しかし瑠那の足がもつれがちになった。苦しげに喘《あえ》ぎながら瑠那がうったえた。「先に行ってください」

「駄目。一緒に逃げなきゃ」亜樹凪は足をとめなかった。とはいえ全力疾走したのでは瑠那がついてこられない。いまは瑠那のペースに合わせるしかない。くずおれそうになる瑠那を、亜樹凪の握った手だけが支えつづけた。

カメラのフラッシュに似た青白い光が閃《ひらめ》く。一瞬だけ昼間のような明るさに包まれた。瑠那の紅白装束がはっきり視認できるほどだった。

数秒遅れの雷鳴とともに、亜樹凪のなかに絶望がひろがった。まずい。追っ手はこちらの居場所を目にとめたにちがいない。

落雷を凌《しの》ぐ音圧の銃声が轟《とどろ》いた。銃火が辺りを真っ赤に染める。亜樹凪は瑠那とともにつんのめり、泥のなかに突っ伏した。弾が命中したわけではないと気づいたものの、足腰はもう立たなかった。制服に染みこむ泥水の冷たさが全身を締めつける。瑠那の巫女装束も汚泥にまみれていた。息切れが激しい。走るだけでも苦痛だったようだ。

近所の住人が銃声に気づいてくれないだろうか。この時間はまだ在宅率は低そうだった。銃声も雷鳴に錯覚するかもしれない。

土砂降りのなか、ふたつの人影が悠然と近づいてきた。いまや亜樹凪と瑠那はドブネズミのように地面を這《は》うのみだった。間近に立った男たちが無言で見下ろす。角刈りの屈強そうな体格のほうが、グローブのように大きな両手を伸ばしてきた。力ずくで亜樹凪の胸倉をつかみあげる。

雨に濡《ぬ》れた男の顔と間近で向き合った。眉《まゆ》のない一重瞼《まぶた》。鼻は潰《つぶ》れたように低かった。口臭のきつい吐息とともに男がいった。「おめえはもうお嬢じゃなくパンピーなんだよ。手間かけさせんな」

亜樹凪は逃れようと身をよじった。「やめて。放してください」

男の目が妖《あや》しく光った。左手で亜樹凪をつかみあげたまま、右手はジャケットの下に突っこんだ。すばやく引き抜かれたのは大型のオートマチック拳銃《けんじゅう》だった。銃口が亜樹凪の顔をゆっくり這う。亜樹凪は恐怖に全身を硬直させた。

「懐かしいだろ」男がにやりとした。「KTP20。コルトの雲英製作所による国内ライセンス生産品だ。自衛隊に卸してるってな。親父が世に送りだした銃で射殺される気分はどうだ?」

銃口が顎《あご》の下に押しつけられた。亜樹凪は固唾《かたず》を呑《の》んだ。垂れ下がった両腕が痙攣《けいれん》したようにまっすぐ突っぱった。

日本の高校生なら、拳銃をまのあたりにしようとも、恐ろしさは鈍りがちかもしれない。シビック政変を経たいまでも、法が銃所持を厳しく禁止する以上、拳銃は光線銃と同じと捉《とら》えられている。日常とかけ離れた非現実的なしろものでしかなく、本物かどうか疑わしいとの考えもよぎるだろう。

亜樹凪にとってはそうではなかった。なまじ銃の扱いをおぼえてしまっただけに、その威力を熟知している。人差し指に軽く力を加えるだけで、相手を死に至らしめる殺戮《さつりく》の武器。トリガーの遊びに生じる、かすかなバネの音だけでも、本物の拳銃だとわかる。亜樹凪は凍りつくしかなかった。

男の足もとに、泥だらけの瑠那がすがりついた。ほとんど雨音に掻《か》き消されそうな涙声で瑠那がささやいた。「まってください。亜樹凪さんに危害を加えないで。わたしが身代わりになります」

舌打ちした男が、サッカーボールをパスするように、瑠那を軽く蹴《け》り飛ばした。それだけでも瑠那の細い身体は跳ねあがり、泥のなかに突っ伏した。

もうひとりの痩《や》せた男が歩み寄り、瑠那の髪をつかむと、地面から顔を浮上させた。すぐに男は瑠那の顔を泥に叩《たた》きつけた。

「巫女《みこ》さんかよ」痩せた男が嘲《あざけ》るように笑った。「痩せぎすはひっこんでろ。肉感的な女じゃなきゃ、このお務めは果たせねえんだよ。死んでろ用なし」

瑠那の泥まみれの顔がまた持ちあがった。髪を引っ張られ、表情が苦痛に歪《ゆが》んでいる。ふたたび痩せた男が泥濘《ぬかるみ》に瑠那を突っ伏させた。何度も瑠那の顔を浮かせては、ぬかるんだ地面にのめりこませ、押し潰すようにこすりつける。瑠那は咳《せ》きこんでいたが、ほどなく呼吸が弱々しくなった。抵抗する力も失われ、半ば失神しかけている。

角刈りが痩せた男に指示した。「おい、そいつはもういい。鳥居の外を見張ってろ」

「わかった」痩せた男は瑠那をもういちど泥に叩きつけると、ぶらりと離れていった。

亜樹凪の心は悲哀に沈んだ。激しい雨を浴びながら、瑠那は泥濘に這ったままの姿勢で、ぴくりとも動かなくなった。

顎の下に銃口が食いこんでくる。爪を突き立てられるような痛みが走った。亜樹凪は歯を食いしばった。

「小娘」角刈りが鼻息荒く告げてきた。「そこの巫女は虫の息だが、まだ死んじゃいねえようだ。そいつが助かる道はただひとつ、おめえがおとなしくしたがうことだ。黙ってついてこい。わかったらうなずけ」

　胸が張り裂けそうな絶望感にとらわれる。亜樹凪はただ泣きじゃくった。だが銃口が執拗《しつよう》に肌にめりこんでくる。恐怖に口もきけなかった。亜樹凪は震えながら首を縦に振った。

「よし」満足げな反応をしめし、角刈りが亜樹凪の喉《のど》もとを強く締めあげた。「おめえはご主人様を喜ばせてればいいんだよ。手なずけられておとなしくしてりゃ……」

　軽い衝撃が襲った。亜樹凪ははっとした。泥だらけの華奢《きゃしゃ》な身体がすぐわきに立っていた。瑠那がいつしか起きあがったうえ、角刈りのジャケットにしがみついている。うつむいた瑠那の濡れた前髪が垂れ下がり、目もとを覆い隠している。瑠那は低くつぶやいた。「放して」

「あ?」角刈りが凄《すご》んだ。「なんかいったか、この死に損な……」

　瑠那の顔があがった。稲光に照らされた大きな目の虹彩《こうさい》が、透過したかのごとく妖しげな輝きを帯びる。「放せっていってんだろ」

稲妻が亜樹凪の目の前を横切った。風圧から物理的な動作だとわかった。瞬間のできごとに認知が追いつかない。大きな砂袋を高いところから投げ落とした、そんな轟《ごう》音《おん》が間近に響き渡った。それは殴打の音だった。気づけば瑠那のこぶしが、角刈りの鼻っ柱を深々と陥没させていた。

テイクバックされたこぶしは、ふたたびハンマーのように角刈りの顔面にめりこんだ。今度の命中時には、骨の折れる鈍いノイズと、鼻血の飛散がともなった。見るからに顔のつくりが変形した角刈りが、よろめきながら後ずさった。亜樹凪の胸倉をつかむ手が緩んだ。重心を崩した亜樹凪は、その場に尻餅《しりもち》をついた。

角刈りは血まみれのうえ、すっかり獣じみた目鼻立ちに変貌《へんぼう》していた。憤怒《ふんぬ》の唸《うな》りも動物に似ている。本当は雄叫《おたけ》びをあげたのかもしれないが、顎の骨が砕かれたようだ。角刈りががむしゃらに瑠那に突進した。

紅白装束の瑠那は半身に立っていた。亜樹凪は信じられない光景をまのあたりにした。瑠那の袴《はかま》から細い片脚が跳ねあがると、まっすぐ角刈りの腹部に強烈な蹴りを食らわせた。そのさまは射出された砲弾が人体を直撃した瞬間のようだった。内臓破裂を起こしたのか、角刈りの上半身が前屈に不自然なほど折れた。下がった角刈りの顔面に対し、瑠那の片脚が宙に浮いた状態から、真上へと蹴り飛ばした。しかも瑠那の脚は、バレエダンサーのように頭上へ垂直に伸びているではないか。立ったまま百八十度の開脚にも、いささかもバランスを崩さず、完璧《かんぺき》な直線を描いている。

角刈りの巨体は空中でもんどりうち、無抵抗のまま地面に叩きつけられた。濁った水柱が勢いよくあがった。

亜樹凪は言葉を失っていた。同時にもうひとつの脅威が迫りつつあるのを、視界の端にとらえた。痩せたほうの男が鳥居から駆け戻ってくる。

泥のなかにのたうちまわる角刈りは、まだ右手に握った拳銃を放そうとしない。瑠那は角刈りの右腕に片脚を絡め、関節の曲がる方向とは逆に強くひねった。格闘技に詳しくない亜樹凪の目には、まるでレスラーの技のごとく映った。激痛に角刈りが絶叫を発し、海老反《えびぞ》りになった。角刈りの握力が弱まるや、瑠那が拳銃を奪いとった。

角刈りは泥に突っ伏したまま、激しく狼狽《ろうばい》しながらわめいた。「て、てめえ！　まさかてめえが……」

瑠那は冷静の極みだった。息ひとつ乱れていない。右手に握った拳銃を角刈りの後頭部に向ける。グリップの握り方、人差し指の添え方、肩の力の抜き加減。なにもかも拳銃の扱いに熟達した者の姿勢だった。角刈りに先を喋《しゃべ》る暇をあたえず、瑠那はトリガーを引き絞った。

銃火が目を眩《くら》ませる。轟《とどろ》く銃声に亜樹凪はすくみあがった。瑠那は瞬《まばた》きひとつしなかった。頭を撃ち抜かれた角刈りが、脳髄を辺りにぶちまけたのち、脱力とともに泥のなかに沈んだ。

もうひとりの敵、痩せたほうの男が息を吞むように立ち尽くす。だがとどまっていたのはわずか数秒だった。我を失い半狂乱になった男がわめき散らし突っ走ってくる。まだかなり距離があるものの、男は駆けながら拳銃《けんじゅう》を乱射してきた。近くの泥水が連続の着弾に跳ねる。雷鳴とともに銃声がこだまする。亜樹凪はへたりこんだまま動けなくなった。

だが瑠那は振りかえりもしなかった。角刈りの死体に目を落としたまま、拳銃だけを背後に向ける。ふたたび銃声が轟いた。瑠那は無表情を貫いている。豪雨のなかに薬莢《やっきょう》が舞った。境内の遠方で、痩せた男の頭部が破裂し、前のめりにばったりと倒れた。

硝煙のにおいが降雨に紛れていく。亜樹凪はただ衝撃とともに凍りついていた。別人のような瑠那の姿を、ひたすら慄《おのの》きながら仰ぎ見た。

しばし瑠那はなんの感情ものぞかせず、拳銃を背後に向けたまま静止していた。けれどもほどなくその目に、本来のいろが戻りだす。瑠那は瞬きをした。しばし死体を眺めるうち、初めて事実を悟ったかのように、にわかにうろたえだした。自分の手に拳銃があるのを見て、慄然《りつぜん》とした面持ちになり、全身を震わせ呻《うめ》きだした。ひどく取り乱すうち、瑠那は激しく咳きこんだ。吐血とともに瑠那が膝《ひざ》から崩れ落ちた。なおもむせながら泥の上にうずくまる。

「瑠那さん」亜樹凪はにじり寄った。「しっかりして。瑠那さん」

バシャバシャと水飛沫《みずしぶき》をあげ、小柄な人影が境内に駆けこんできた。ひと目で凜香だとわかった。凜香は啞然《あぜん》として立ち尽くしたが、すぐに痩《や》せた男の死体に走り寄り、拳銃を拾いあげた。辺りを警戒しながらこちらに向かってくる。

亜樹凪は凜香に救いを求めた。「瑠那さんが……」

凜香もためらうようすもなく、ぬかるんだ地面にひざまずいた。咳きこむ瑠那の手から拳銃が投げだされた。それを見た凜香が目を瞠《みは》った。瑠那の手をとり、なにやらにおいをかいだ。信じられない、そんな凜香のまなざしが亜樹凪に向き直った。亜樹凪はただ首を横に振るしかなかった。

とても受けいれられない。瑠那はあきらかに、足音だけを頼りに標的を狙撃《そげき》し、しかもたった一発で仕留めた。なぜそんなことができるのだろう。拳銃を握ったのが初めてとは思えない。

16

凛香は死体ふたつをリヤカーの荷台に載せた。土砂降りの雨がつづく。鳥居の外に誰もいないことを確認し、急ぎ外へリヤカーを引いていった。まるで時代劇か終戦直後だと凛香はひとり罵《ののし》った。

父は不法投棄し放題の男だった。家を一歩でもでて不要品を投げ捨てれば、目撃者がいないかぎり自分の物ではないと居直れる、仲間内でそう主張した。不要品とは使用済み注射器から死体まで多岐にわたる。いまも凛香はそれを見習ったにすぎない。

近くの廃屋に立ちいり、リヤカーを縦に傾け、ふたりの死人をごろりと転がした。男たちのポケットは空っぽだった。凛香はさっさと神社に引きかえした。雨のおかげで遺留物は流される。塀に隠れた死体が見つかるのは天気回復後、においが漂いだす明日《あした》以降だろう。

瑠那には薬を服用させ休ませている。過呼吸をともなう場合は救急車を呼ばねばならないが、咳《せき》と吐血だけなら薬でまずようすをみる。しばらくして落ち着くようなら、そのまま安静にする。以前に杠葉夫妻からそうきいたとき、余命幾ばくもない瑠那はそんな扱いかと暗澹《あんたん》とさせられた。けれども現状にはひどく混乱する。

さっき亜樹凪とともに瑠那を社務所の玄関に運んだ。戻った凜香が玄関に駆けこむと、瑠那は土間に横たわっていた。汚泥にまみれた巫女《みこ》装束を脱がしにかかる。ところが瑠那はとっさに襟もとを手で押さえ、恥ずかしそうな顔になった。

病弱であることに嘘はなく、やつれ果てているのも事実にちがいないが、けっして重篤の状態ではない。それ自体が驚きだったが、その一方、ひとりで起きあがり身体を洗えるほどでもないようだ。凜香は仕方なく、自分が先に制服を脱ぎ、瑠那を浴室に連れて行った。裸の凜香を見て、脱衣所でようやく瑠那は同意したらしい。みずからいそいそと汚れた装束を脱ぎ捨てた。

浴室でシャワーを浴びるにあたり、瑠那は座らず立っていたものの、意識が朦朧《もうろう》としているのはあきらかだった。その種の芝居を打つことが多い凜香には、瑠那の反応が演技でないとわかった。肌が青白い。貧血を起こしているのは事実だ。瑠那の身体を洗ってやったのち、パジャマを着せた。和室にフトンを敷き、そこに瑠那を寝かせた。疲れきった面持ちでぐったりとし、息遣いも荒かった。額に手をあてると、少し熱があった。それでも会話は可能だった。服を借りるよと凜香はいった。瑠那は小さくうなずいた。

身ぎれいになった亜樹凪とともに、ひとまず瑠那の私服を着た。全自動洗濯機がふたつあり、制服と巫女装束を放りこんだが、乾燥まで完了するのは夜九時すぎになる。当然ながら杠葉夫妻も帰ってくるだろう。男どもが土足であがった廊下は掃除するとしても、割れた窓ガラスはどうにもならなかった。

フトンに横たわる瑠那を眺めながら、凜香は半開きの襖《ふすま》をでた。亜樹凪と廊下で向かい合う。

亜樹凪が深刻な表情でささやいた。「ガラスの修理代はわたしがだせるけど……」

凜香は顔をしかめてみせた。「そんなの悪い。わたしにも貯金があります」

「なら折半する？　でも……」

「ええ。ガラス屋もすぐには来れませんよね。割れてるのを隠し通すのは無理だから、春の嵐でなにか飛んできたっていうしかない」

「……さっきの大人ふたりが亡くなったことと結びつけられない？」

「所轄のお巡りはそこまで頭が切れませんよ。公安がちょっと厄介ですけど、きょうはいないみたいです。杠葉さん家《ち》が堂々とガラス修理を呼べば怪しまれません」

「でも」亜樹凪が不安のいろを浮かべた。「遺体が近所にあるんでしょう？」

「都内に反社どもの死体はつきものです。クズの死がいちいちニュースにならないだけで、二十三区じゃ毎晩のように見つかってるし。しらばっくれてりゃいいんです」

「拳銃は？」

「もらっときましょう。雲英製作所KTPのほうは亜樹凪さん。弾が五発残ってます。わたしはもう一丁のほう、グロックのほうが使い慣れてるんで」

清楚《せいそ》さを漂わせながらも、拳銃所持を遠慮しないあたりが亜樹凪らしい。亜樹凪はうなずいたものの、また心配そうな顔を室内の瑠那に向けた。「別人みたいな変わりようはいったい……」

凜香は思ったままをつぶやいた。「病気なのはたしかですけど、風呂場《ふろば》で身体を見たら、無駄な肉が全然なくて。ボディビルダーみたいに膨らんだ筋肉じゃなく、新体操選手やK-POPダンサーみたいに、徹底的に引き締めてる」

「いちども脚を下ろさずに連続して蹴《け》ってたし、脚がまっすぐ真上に伸びるし……。柔軟性もすごい。毎日鍛えてないと無理じゃなくて？」

「体幹筋トレを欠かしてないとしか……。だけど変です。瑠那は体育もほとんど見学だし。よく保健室で休んでるし、神社の掃除も体調がいいときだけだって」

瑠那のささやきが呼びかけた。「凜香お姉ちゃん」

緊張を禁じえない。亜樹凪とこわばった顔を見合わせてから、凛香は和室に戻った。フトンのわきに座る。亜樹凪も横に並んだ。

「気分は？」凛香は静かにきいた。

「ごめんなさい」瑠那の小声はかすかな吐息のようだった。「わたし、雨のなかで倒れちゃったんですね」

当惑が深まる。凛香は亜樹凪に目を移した。亜樹凪も難しい顔で見かえしてきた。

うっすらと涙を滲《にじ》ませ、瑠那が虚空を見上げた。「迷惑かけてばかりで……」

思わず唸《うな》りたくなる。凛香は瑠那をのぞきこんだ。「ねえ。なにがあったかおぼえてる？」

「……凛香お姉ちゃんが運んでくれました。亜樹凪さんも。大雨だったのに」

「その前は？　なんで外で倒れてた？」

瑠那は瞬《まばた》きをした。「さあ……。そういえばなぜ外にでたんでしょう。傘をさした記憶もありません」

亜樹凪が穏やかにきいた。「わたしがここに来たのは？」

「ええと……」瑠那の表情が曇った。「思いだせません。雲英亜樹凪さんのことなら、前から知ってました。仲よくさせていただけるなんて嬉《うれ》しいです。でもいつ知り合ったのかは……」

凛香は話しかけた。「瑠那。亜樹凪さんはきょう玄関に駆けこんできたの。おぼえてない？」

「……思いだせません。急用だったんですか。なんのご用だったんでしょう？」

「その前にわたしと部屋にいたのは？　榊《さかき》を束ねて玉串《たまぐし》を作ってたでしょ」

「あー、そうでした。凛香お姉ちゃん、まだ帰らないでください。義父母《ふぼ》はそのうち戻ります。夕食を一緒にどうですか。亜樹凪さんも」

答えのわかっている質問を凛香は口にした。「お義父《とう》さんとお義母《かあ》さん、どこにでかけてるんだっけ」

瑠那が力なく微笑した。「遷霊祭だといったじゃないですか」

「仏教じゃなく神道の葬式？」

「忘れちゃったんですか、凛香さん。神社がコンビニの倍もあるって驚いてましたよね」

凛香は言葉を切った。黙って瑠那を見つめる。見かえす瑠那のまなざしは、逆に凛香を気遣っているようだった。

ため息が漏れる。凛香は足を崩した。また亜樹凪と目が合う。亜樹凪はひたすら困惑顔だった。自分も同じ表情をしているのだろうと凛香は思った。

奇人変人ばかりの優莉匡太の子供のなかでも、嘘を最も得意とするのは凛香だ。ハッタリについてはほかの誰にも負ける気がしない。結衣姉ですらしばらくはだませた。市村凛の血のなせるわざにちがいない。欺瞞《ぎまん》の勘とコツは身と心に染みついている。なのにいまの瑠那にはまったく違和感をおぼえない。なにもかも以前の瑠那のままだ。むしろ日を追うごとに衰弱していく、その延長線上の姿でしかない。

正直なところ凛香は、倒れた瑠那の手から拳銃《けんじゅう》が落ちる、そこしか見ていなかった。ふたりの男を銃殺したのは亜樹凪ではないのか、真っ先にそう疑った。けれども凛香が駆けつけた直後、瑠那の手には硝煙のにおいが残っていた。銃撃した本人の手にしか染みつかないにおいだ。

亜樹凪が凛香に耳打ちした。「どうすればいい？」

なんともいえない。凛香は愚考をつぶやきに換えた。「瑠那の顔の動画を撮って、千里眼の岬美由紀《みさきみゆき》さんに観てもらいてえ。嘘つきかどうか一発で見抜ける人らしいから」

「知り合い？」

「いえ。結衣姉がいちど会ったって」

「結衣さんからなら岬さんに頼めそう？」

「無理。ウルトラの父や母でもウルトラマンキングにはアプローチできねえって、篤志兄がいってたし」

「ウルトラ……？」

「あー、ゴリラみたいなヲタ兄貴の戯言《たわごと》なんで忘れてください。とにかく岬美由紀さんは頼れません。伝説の存在だし、世界のどこにいるかわかんないし」

するとと瑠那が弱々しくいった。「岬美由紀さん……。母の命の恩人ですね」

きこえていたらしい。瑠那にしてみればそうなのだろう。母親が友里佐知子による狂気の人体実験の犠牲になった。友里佐知子を葬り去ったのは、教えを継いだ岬美由紀だった。大勢の被害者が救出されたものの、脳の前頭葉切除手術が済んでいた人々は、幸せを取り戻すことはできなかった。瑠那の母もそのひとりだが、岬美由紀への感謝の念はあるようだ。

亜樹凪が暗く沈んだ顔でつぶやいた。「わたしたちだけじゃどうにもならない。ただの女子高生だし」

凛香は微笑してみせた。「女子高生は最強じゃん」

「最強……？」

「日本人ってのはみんな女子高生コンプレックスが強いから。大人たちもいつも、女子高生がなに考えてるか、流行《はや》りはなにかってやたら気にしてんじゃん。わたしたち女子高生が社会を動かしてる」

亜樹凪は呆気《あっけ》にとられたようすだったが、やがて苦笑に似た笑みを浮かべた。「女子高生は正義……って？」

「そのとおり。正義はこっちにあります」

ノックする音がきこえた。社務所の玄関からだ。亜樹凪の顔が緊張にこわばった。凜香も反射的に動きだした。廊下に置いてあった二丁の拳銃をとりあげる。KTP20を亜樹凪に手渡す。

凜香はささやいた。「セーフティを外すのを忘れないでください」

返事はまたなかった。凜香は両手でグロックを握り、消灯した廊下の闇を進んだ。

ノックはつづいている。油断なく玄関へと近づいていく。

いくつかの和室を抜けると、玄関が視界に入ってきた。引き戸の磨《す》りガラスの向こうで人影がうごめく。功治の声がした。「瑠那がいるはずなのに。きこえないのかな」

鍵《かぎ》を開けにかかっている。杠葉夫妻が帰宅したようだ。凜香は困惑したものの、拳銃を腰の後ろに押しこんだ。

　引き戸が横滑りに開いた。斎服に防寒着を羽織った功治と芳恵が、それぞれ濡《ぬ》れた傘を畳んだ。こちらを見たとたん、ふたり揃ってぎょっとした。

「ああ」功治がつぶやくようにいった。「優莉さん……」

　学校での暴力沙汰《ざた》以降、初めて顔を合わせる。芳恵も戸惑いの反応をしめした。

　凜香は頭をさげた。「お邪魔してます……」

　本音では娘に会いに来てほしくなかったのだろうが、すでにあがっている以上、邪険に追い払う態度はとれない。というより杠葉夫妻は、そこまで凜香に嫌悪感を抱いていないのかもしれない。神職だけに心が広いようだ。功治は笑顔になった。「瑠那の服だね？」

「はい。じつは突風でガラスが割れて、片付けしてたらずぶ濡れになって」

「それは大変だ。怪我は？」

「平気です。でも瑠那さんは発作が起きちゃって、いまは落ち着いてますけど」

　芳恵があわてぎみに床にあがってきた。「まあ大変」

　功治のほうはなぜか気もそぞろに外を振りかえった。誰かに話しかけている。「さ、どうぞなかに」

「いえ」男の低い声がいった。「お送りしただけですし」

「そんなことおっしゃらずに、少し休んでいってください。寒いですし、せめてお茶だけでも」

「そうですか。では」男がゆっくりと玄関に立ちいってきた。

七三分けにいかつい顔の中年がダウンジャケットを着ていた。公安の青柳だった。鋭いまなざしが凛香をじっと見つめる。

凛香は鳥肌が立つ思いにとらわれた。青柳ごときに及び腰になったのではない。ただダウンジャケットが、まるでラメが入っているかのように、無数の細かい光の粒に覆われている。ほとんどは豪雨を浴びたせいで付着した水滴にちがいない。しかしそればかりではないとわかった。

まだ青柳が靴脱ぎ場に立っているうちに、凛香は油断なく後ずさった。すばやく身を翻し、社務所からつながる民家へと急ぐ。廊下には芳恵の後ろ姿があった。瑠那のようすを見に行く途中だった。凛香は猛然と追い抜き、くだんの和室に急いだ。

和室では瑠那がなにごともなくフトンに横たわっている。枕元に亜樹凪が正座していた。凛香が足ばやに入室すると、亜樹凪がびくっとしながら、膝《ひざ》の上の拳銃を浮かせた。

凛香は隣に座った。「拳銃をしまってください。瑠那のお義父さんとお義母さんが帰りました」

「そう」亜樹凪の顔が安堵《あんど》に和らいだ。

「でもセーフティにはすぐ指をかけられるようにして」

「なんで？」

「公安の刑事が同行してます。たぶんご夫婦には素性を偽ってる」

芳恵が駆けこんできて、心配そうな声をあげた。「瑠那。ああ、だいじょうぶなの？」

フトンの瑠那は身体を起こそうとした。「もうおさまりました。凛香さんと亜樹凪さんが助けてくださって」

「寝てなさい」芳恵は正座したものの、妙な顔で振り向いた。「亜樹凪さんって……？」

亜樹凪はもう拳銃を服の下に隠していた。ぎこちない笑顔で亜樹凪がおじぎをした。

「初めまして、雲英です。お邪魔しています」

「まあ！」大仰なほど目を瞠《みは》った芳恵が、まじまじと亜樹凪を見つめた。「雲英家のお嬢様？　在学してるとはきいてましたけど……」

功治が襖《ふすま》の外に立った。「瑠那、ぐあいは？」

芳恵が腰を浮かせながら功治にうったえた。「雲英さんがおいでです」

「雲英さん？」これまた功治が素朴に驚いた。「なんと！　有名なかたをこんな粗末な部屋に……。あちらに客間がありますから」

はしゃぐ夫婦とは対照的に、硬い顔の公安、青柳が姿を現した。

「おや」青柳がつぶやいた。「娘さんがお休みに……。これは失礼しました。やはり帰ります」

「いやいや！」功治が笑顔で青柳を引き留めた。「そうおっしゃらずに、隣の部屋にいらしてください。雲英さんも優莉さんも」

凜香は正座から中腰に姿勢を変え、右手を腰の後ろにまわしていた。むろん服の下で拳銃《けんじゅう》のグリップをつかんでいる。亜樹凪も前かがみになり、拳銃をシャツの腹に隠したまま、青柳の動向をうかがっている。

青柳はダウンジャケットのポケットに両手を突っこんだままだ。武器を握っているのはあきらかだった。それ以上に危惧《きぐ》すべきことがある。ダウンに付着する無数のガラスの粒を見るや、凜香はこの和室に引きかえしてきた。玄関にいる隙に別働隊が侵入する可能性があったからだ。だがどうやらいま青柳はひとりらしい。

公安の刑事というだけでも警戒に値するが、いまはそれ以上に危険な存在になっていた。割れたフロントガラスの破片を浴びている以上、青柳がワンボックスカーのドライバーだった。

瑠那がフトンのなかで上半身を起こし、青柳に頭をさげた。「初めまして」

「青柳です」快活な笑いを浮かべ、怪しい刑事が亜樹凪に目を転じた。「まさか雲英さんにお会いできるとは……。神主さんのおクルマが立ち往生してたところに、偶然通りかかりましてね」

亜樹凪が険しいまなざしを青柳に向けていた。「それは幸いでした」

瑠那もさっきの凜香の言葉をきき、青柳が公安の刑事だと知っている。だが義父母の前では問いただささなかった。半ば不安げに瑠那は功治にきいた。「軽トラ、壊れちゃったの？」

功治がうなずいた。「向こうを出発してすぐにエンストしてね。いままでこんなことはなかったのに。氏子のかたが預かってくれてよかった。明日《あした》には修理を呼ぶよ。それで青柳さんのクルマに乗せてもらって」

フロントガラスの割れたワンボックスカーに、杠葉夫妻が猜疑心《さいぎしん》を抱かず同乗したとは思えない。別のクルマがあったのだろう。軽トラを壊しておいたのも青柳にちがいない。

芳恵がいそいそと退室していった。「お茶をご用意しなきゃ」

「さ」功治が青柳をうながした。「隣へどうぞ」

青柳はなおも廊下に立ちどまり、こちらを見下ろしてくる。凜香は亜樹凪とともに立ちあがった。互いに服の下の拳銃を警戒しながら、視線がぶつかりあっていた。誰も先に廊下を進もうとしない。

フトンで上半身を起こした瑠那がささやいてくる。「凜香さん」

「休んでて」凜香は振りかえらなかった。青柳から片時も目を逸《そ》らしてはならない。

隣の襖が開く音がした。功治が愛想よく呼びかけた。「青柳さん。どうぞ」

いつまでも譲り合っていたのでは不自然に思われるからだろう。青柳は後ろ向きに廊下を歩きだした。功治が妙な顔をしながら迎えた。凜香と亜樹凪は一定の距離を保ち青柳につづいた。後ずさった青柳が客間に入るのを慎重に見守る。そこは床の間つきの和室だった。まだ誰も座らなかった。

「そうだ」功治が顔を輝かせた。「未開封の日本酒があるんです。青柳さん、きょうのお礼にお持ちください」

「いえ」青柳は立っていた。「私は……」

「遠慮なさらずに。氏子のかたがよく寄贈してくださるんですが、私は飲まないので。いま持ってきます」功治は廊下を遠ざかっていった。

襖は開いたままだった。亜樹凪は部屋の奥へ赴き、角にたたずんだ。内心は怯《おび》えているだろうが、さすが銃を所持する者どうし牽制《けんせい》しあう方法を、亜樹凪はわきまえている。凛香は対角に立ち、青柳を挟んだ。

青柳は凛香を見てから、亜樹凪を振りかえった。鼻を鳴らしその場に腰を下ろす。胡座《あぐら》をかいた青柳が凛香に向き直った。「前後は同時に撃てないってか？　お嬢育ちの亜樹凪が外さなきゃいいけどな」

凛香は片膝《かたひざ》をついた。「アスリートの絶頂期は十代後半だろが」

「俺より早く撃てる気でいるのか」

「この国じゃ中年男は女子高生に勝てねえんだよ」

「落ち着け、優莉凛香。俺は雲英亜樹凪を迎えに来ただけだ」

「ゴロツキをふたり雇って送りこんだ以上、まともな公安の仕事じゃねえよな」

「そうでもない。もともと公安は警察組織の命令系統から独立した存在だ。多少手荒なことも辞さない。今回はより秘密裏に行動する必要があったから、外部の連中を雇ったが、やっぱ使いものにならねえな。チンピラどもは」

「誘拐が公安の正当な職務のわけねえだろ」

「いや。優莉、高校生になったんだから、もうちょっと勉強しろ。国家ってのは複雑だ。政治にはいろんな側面がある。司法や行政の各機関は、危険分子に注意を払い、ときに超法規的措置をもって、身柄を拘束しようとする」

「危険分子って？　うちの兄弟姉妹みたいなもんか」

「前は優莉家こそ脅威だった。いまはそれ以上の存在がいる」青柳は足を崩しながらいった。「わかるだろ。雲英グループはシビックの一部だった。日本国内ではシビックのすべてだったといっていい」

青柳の向こうで、亜樹凪が動揺のいろを浮かべたのを、凜香は見てとった。だがすぐに青柳に目を戻した。凜香は油断なく青柳にいった。「雲英家はもうグループとは関係ねえだろ。なんで創始者一族の娘さんが脅威なんだよ」

「創始者一族は依然としてグループに強い影響力を持つ。全国民が同情を寄せる悲劇のヒロイン、亜樹凪ならなおさらだ。しかも所轄警察とちがい、公安は雲英健太郎《けんたろう》氏の殺害犯が、娘の亜樹凪だとみてる」

亜樹凪がしきりに目を泳がせる。ひどく取り乱していた。とっさの状況に対応できないかもしれない。凜香は青柳に指示した。「ちゃんと胡座に座りなおせ。すばやく振りかえれないようにな」

青柳が平然と見かえした。「亜樹凪が頼りにならないと薄々気づきだしたか」

「おっさんの頭をぶち抜くぐらい、わたしひとりでもわけない」

「試してみるか」

功治が入ってきた。盆に載せた木箱は日本酒の小瓶いりのようだ。脇には畳んだ新聞を挟んでいる。上機嫌そうな声を功治が響かせた。「ありましたよ。いちばん上質なお酒だそうです。青柳さん、夕刊をお読みですか。こちらに置いておきますね」

「いえ」青柳が笑顔を取り繕った。「どうぞおかまいなく」

「おや?」功治が顔をあげた。「雲英さん。なんでそんな隅っこにいるんですか。こっちへお越しくださいよ」

亜樹凪は表情を硬くした。「わたしはここで」

「遠慮なさらないでください。さあここへどうぞ」功治は座布団を運んできて、青柳の真正面に置いた。ひたすら礼儀作法に徹している。盆を畳に据えたのち、日本酒の木箱を座卓に載せた。ふと思いついたように、功治が廊下を振りかえった。「お客様がいらしてるのに、瑠那も同席させないと」

「いえ!」凜香と亜樹凪は同時に、共通のひとことを発していた。

功治は戸惑ったように一同を眺めてから、苦笑ぎみに立ち去りだした。「お気遣いをありがとうございます。ぐあいがよくなければ休ませますが、いちおうご挨拶《あいさつ》ぐらいは……。ちょっとようすを見てきます」

畳の上に盆と八つ折りの夕刊紙が置かれたままになっている。今度は功治が後ろ手に襖《ふすま》を閉めていった。青柳がすばやく片膝を立てた。凜香は同じ姿勢をとりつつ、亜樹凪の肩をつかみ後方へ引っぱった。青柳と亜樹凪の距離を開かせ、あいだに割って入る。

まだ誰も拳銃《けんじゅう》を抜いていない。それでも凜香は腰の後ろに手をまわし、拳銃のグリップをつかんでいた。息がかかるほど詰まった距離で青柳と睨《にら》み合う。どちらも片膝を立てている。凜香は小声できいた。「公安のくせに地元警察の目を恐れて、身柄拘束をゴロツキに外部委託かよ」

「極秘の行動だからな」青柳が鼻息荒くつぶやいた。「世間一般の俗っぽい解釈じゃ違法になる。警察の命令系統からは外れてるが、これは政府の中枢の意思を受けてのことだ」

「ようするにいろんな派閥がいて、あんたらは異端なんだろ。法を超越して正しいことをやってると、勝手に信じこんでやがる」

「優莉家の小娘がそれをいうかよ。ただ捕まっていないだけの大量虐殺魔の異常者が。証拠はないが、公安が把握してるだけでも、おまえは三十人は殺してる」

「てめえが三十一人目になってみるかよ」

また襖が開いた。芳恵が茶を運んできた。「どうもおまたせしまして……」

芳恵は面食らった顔で絶句した。ただならぬ気配を察したからだろう。凛香と青柳が、双方とも片膝を立て、しかも間近でツラを突き合わせている。異様に思わないほうがおかしい。

瞬時に凛香は機転をきかせ、早口でまくしたてた。「叩《たた》いてかぶってジャンケンポン！」

青柳は反射的にジャンケンに応じた。グーをだした。だが凛香はパーだった。畳の上に置かれた夕刊紙と盆のうち、凛香はすばやく夕刊紙をつかみあげ、力いっぱい水平にスイングした。青柳の頭を勢いよく叩《はた》くと、豪快な音が鳴り響いた。

凛香は両腕を高々とあげ歓声を発した。青柳は手で頭を押さえながら、怒りに燃える目で見つめてきたが、すぐにつきあいで口もとを歪《ゆが》めた。表情筋で笑ってみせているが、むろん目もとだけはそのかぎりではない。

芳恵も笑顔で正座した。「あらあら。盛り上がっているところ申しわけありません。

お茶を召しあがってください」

開いた襖から瑠那も姿を現した。パジャマにガウンを羽織っている。瑠那は正座したのち、三つ指をつき座礼をした。「さきほどは失礼をいたしました」

青柳が多少うろたえる素振りをした。「いや……。寝ておられたほうがいいんじゃないですか。ぐあいが悪そうでしたし」

功治も入室してきた。「いいんですよ。お客様にきちんとご挨拶しないままでは……。瑠那のほうが是非にといって、無理に起きてきたんですから」

神社を営む家としては、仕来りを重視するところがあるのだろう。青白い顔の瑠那が背筋を伸ばし座っている。ただし視線は畳に落ちていた。

凜香は手もとの夕刊紙を眺めた。「怖い事件が起きてますよね。今度は福岡でも女子高生が失踪《しっそう》したって」

青柳は世間話のような口調で応じた。「まったくです。でも私は無関係でして」

功治が笑った。「それはそうでしょう」

示唆だと凜香は気づいた。青柳は亜樹凪を拘束しに来た。だがそれは一連の女子高生失踪致死事件と無関係、そんなメッセージを暗黙のうちに伝えてきている。

公安として、雲英グループ創始者一族の末裔《まつえい》を危険視し、法を超越し身柄の拘束を図った。けれどもその目的は、世間で起きている暴行致死とは明確に異なる、青柳はそういいたいのだろう。

理屈は通っているが鵜呑《うの》みにはできない。ゴロツキを雇って誘拐を図る連中に、たとえ国家の一部の後ろ盾があるからといって、反社となんのちがいがある。シビックの蛮行すら、架禱斗が政権を乗っ取っていたころには、すべて適法とみなされていたではないか。

青柳が平然とつづけた。「雲英亜樹凪さんがおいでになるとはうらやましい。ぜひ私の職場にも来ていただけないでしょうか。歓迎しますよ」

これまた露骨なほのめかしだった。観念して公安に出頭しろと脅している。亜樹凪は目を伏せた。「いえ……」

「ぜひお願いします」青柳が語気を強めた。「亜樹凪さんがおいでくだされば、こちらのみなさんにも平穏が訪れるでしょう」

亜樹凪がぴくっと反応した。凜香は苛立《いらだ》ちを嚙《か》み締めた。青柳による脅迫内容は明白だった。亜樹凪がおとなしく連行の要請に応じれば、瑠那や杠葉夫妻に危害を加えない。そんな交換条件を提示している。

凜香はあえて茶化してみせた。「青柳さんの職場ってどこ？　雲英家のお嬢様がうかがうのにふさわしくなきゃ」

青柳が冷やかなまなざしを向けてきた。「とても影響力のある職場です。このへんのPSの判断を左右するぐらいには」

微量の電気が肌を駆け抜ける気がした。凜香は青柳を見つめた。青柳はポーカーフェイスで湯飲みを口に運んでいる。

PSとは警察署を意味する隠語だ。公安は荒川署に対し、なんらかの強制力を行使したといっている。

校内で暴れた凜香は取り調べを受けたが、逮捕はされなかった。蓮實教諭は凜香が書類送検されたと嘘をついた。学校もPTAも真実に気づかないままだった。しかしそんなことはありえない。あの不自然な状況は公安の暗躍あってのことか。保護者らの問い合わせに、荒川署は凜香が不起訴になったと答えたのかもしれない。そうさせたのは公安だった。

いまや青柳は凜香をも脅してきている。邪魔をすれば荒川署に起訴させてやる、青柳の目がそう告げていた。

「さて」青柳は日本酒の木箱を手に腰を浮かせた。「すっかりのんびりさせていただきました。これ本当にいただいてもよろしいんですか」

功治がうなずいた。「もちろんですとも。こちらこそ親切にしていただきまして。まだゆっくりしていかれれば……」

「いえ。甘えてばかりもいられませんので。すみません、表に停めたクルマまで行くのに、傘をお借りできませんか。この濡《ぬ》れたダウンを拭《ふ》く布も……。シートに悪いので」

「ああ、はい。ただちに」功治は芳恵とともに立ちあがった。夫妻はそそくさと廊下にでていった。

凜香はすばやく立った。亜樹凪が立つまでのあいだ、油断なく青柳を警戒しつづけた。瑠那も腰を浮かせようとしたが、凜香は片手をあげ制した。

青柳がしかめっ面に戻った。「俺たちが必要とするのは雲英亜樹凪だけだ。優莉家にはおとなしくしていてもらいたい」

「断わったら？」凜香はきいた。

「おい」青柳がじれったそうな態度をしめした。「さっきので気づかなかったか。公安が所轄署を押さえこんでるんだ。おまえが近所に捨てたふたりの死体についても、ここに捜査が及ばないようにしてやる。雲英亜樹凪が来てさえくれればな」

「あくまで拒絶したらどうする？　わたしを殺せるかよ」

「よしておく。いまは分が悪い」

「亜樹凪さんも銃を持ってるから？」

「馬鹿いえ」青柳が正座したままの瑠那に目を向けた。「可能性はあると思ったが、たいしたもんだったな。能ある鷹《たか》は爪を隠すか。あと一年足らずの命なのが惜しい」

瑠那が怯《おび》えた表情で青柳を見上げた。

凜香は青柳を詰問した。「なんの話だよ」

青柳がたずねかえした。「おまえは筋金入りの嘘つきだろ。妹の嘘を見抜けないのか」

「あいにく瑠那は嘘なんかついてない。記憶が飛ぶ理由を知ってんのかよ」

「記憶が飛ぶ？」青柳が鼻で笑った。「めでてえな。優莉凜香」

この男は偏見にとらわれている。瑠那は混乱を生じ、救いを求める目で凜香を見つめてくる。

廊下の先から功治の声が呼びかけた。「青柳さん」

「ああ。いま行きます」青柳は明るく返事したのち、凄《すご》みのある表情を亜樹凪に向け、低く告げた。「公安はいつでもまってる」

青柳が部屋をでていく。杠葉夫妻と談笑する声がきこえてくる。

瑠那の泣きそうな顔が凜香を仰ぎ見た。「わたしはいったい……？」

「いいから」凜香は手を差し伸べた。「いまはなにも心配しないで」

手をとった瑠那がゆっくりと立ちあがる。不安と恐怖の震えが伝わってくる。瑠那は自分でもわけがわかっていない。ただひとつだけ真実がある。もう長くはない。心細さを少しでも軽減させてやりたい。

亜樹凪も目に涙を溜《た》めていた。「凜香さん。わたしが行けば、みんな無事に……」

「駄目ですって」凜香はきっぱりといった。「公安の脅しに屈するなんて冗談じゃねえし」

とはいえどうすればいいのか見当もつかない。拳銃《けんじゅう》を振りかざし、大の大人を射殺したことのある女子高生ふたりが、いま凜香と一緒にいる。瑠那も亜樹凪も悪魔ではない、こうして怯えきっている。そんなふたりが頼るのは、ほかならぬ凜香だった。困惑ばかりが募ってくる。こういう状況には慣れていない。

17

奥多摩《おくたま》にはいくつもの段丘崖《だんきゅうがい》がある。山林のなかに出現する切り立った崖《がけ》は、最も高い頂で谷底まで数十メートルの落差があった。周辺にはただ手つかずの自然がひろがる。民家どころか街灯ひとつ見かけないのは、まともな道路が通っていないからだ。

ところがそんな段丘崖の上、伸び放題の木々や雑草に埋もれ、奇妙にも宅地造成の擁壁がのぞく。周りに人の営みは皆無にもかかわらず、注視すれば区画整理された一帯にはアスファルトの割れた路面と、崩れかけたコンクリートの斜面が点在する。あたかも遺跡のような眺めといえた。

ここは全国いたるところにある放棄分譲地のひとつになる。放棄分譲地とは所有者の利用意欲が失われ、相続登記などの管理がなされないまま、長いことほったらかしにされている宅地を指す。近年では超限界ニュータウンとの俗称もある。

多くは昭和から平成のバブル期、人里離れた二束三文の土地を開発と称し、不動産業者が投資を煽《あお》る目的で造成した。いちおう工事が始まっているとの名目で、新聞広告で購入者を募集。運よく近隣に交通の便が形成され、住宅団地になるめどがつけばそれでよし。そうならなければ焦げついたまま放置。土地を販売した企業は逃亡、分譲地は廃墟《はいきょ》と化す。特にバブルが弾《はじ》けてからは、そういう放棄分譲地が日本じゅうに人知れず増加していった。

いま陽は沈みかけている。警視庁公安部の公安総務課に属する四十四歳、れっきとした刑事の青柳俊淳《としあつ》は、ひとり三菱アウトランダーのステアリングを切っていた。山奥の道なき道に深々と乗りいれていく。サスペンションが吸収しきれない強烈な振動が車体を揺らす。大型SUVの車幅よりやや狭い道だが、かまわずアクセルを踏みつづけた。左右から差し交わす無数の枝も、車体を突進させ、猛スピードでへし折っていく。

ここはいちおう東京都内にあたるからか、宅地造成地という謳《うた》い文句も詐欺ではなく、かなり本気で開発しようとした形跡がある。段丘崖ぎりぎりには、鉄筋コンクリート造の巨大建造物が、ふたつも残されている。ひとつは廃校舎、もうひとつは廃病院だった。

かつて宅地造成に前後し、学校や病院を早々に建てる分譲地が多かった。不動産投資の呼び水になると期待されたからだ。この奥多摩ではどちらも、いちども使用されないまま捨てられてしまった。崖の頂上という立地は、見晴らしのよさだけは格別だが、災害が多発する現代では再活用も無理だろう。

放棄分譲地の擁壁の谷間を駆け抜けていく。家が一軒もないのは、建築確認申請が通らないせいだ。この区画へ至るまともな道がない以上、分譲地内の舗装された生活道路も、建築基準法における道路としては認められない。接道がなければ家を建てようにも不許可に終わる。すっかり緑が生い茂った近年、この辺りはグーグルアースで検索しても、上空からの画像が森にしか見えない。

曲がりなりにも宅地造成された区画をでると、轍《わだち》だけを頼りに木々の隙間を蛇行するしかなくなる。崖の頂に近づいたときには、辺りはもうかなり暗くなっていた。廃病院のシルエットが不気味に藍《あい》いろの空にそびえる。

六階建てで水平方向に広がる大規模な総合病院。七つの病棟の各階がそれぞれ渡り廊下で接続されている。外壁には亀裂《きれつ》が走るものの、いまだ崩落しない造りは、さすが日本の建築技術といえる。窓という窓はガラスが取り除かれ、ベニヤ板で塞《ふさ》いであるように見える。

駐車場になるはずだった一帯の入口には、〝私有地につき立入禁止〟の看板とともに、A型バリケードが並べてある。だが青柳の三菱アウトランダーが近づくと、道端の茂みから人影がふたつ現われ、バリケードをすばやく脇にどかした。青柳は支障なく廃病院の敷地へと進入した。

誰もいないように見えるものの、じつは迷彩服の警備要員らが常時潜む。拠点がここに移ってから現在までに、一般人が立ち入ろうとしたことが何度かあった。通常なら誰も寄りつかないはずの山奥だが、こういう廃墟を訪ねたがるユーチューバーや、ルポライターの類《たぐ》いがいる。ドローンを飛ばそうとした例も二件あったらしい。そいつらがどうなったか考えるまでもない。もうこの世にいなくて当然の奴らに関心は持てない。

ひび割れだらけのアスファルト上に、いちおう駐車場の白線が残される。ほかにクルマはなくとも、青柳は白線の枠内に三菱アウトランダーを停めた。エンジンを切ると車外に降り立った。真冬に戻ったような冷たい空気に包みこまれる。夜空に星が瞬く。黒々とした病棟の正面エントランスへと歩いていく。

暗がりの静寂に青柳の靴音が響く。無人は見せかけだ。スナイパーライフルの暗視スコープが、常に青柳の動きを追っているだろう。

自動ドアが嵌《は》まるはずだったエントランスに、ベニヤ壁が無造作に張り巡らされている。うち一枚の片側は蝶番《ちょうつがい》で留めてあり、ドア状に開けられるようになっていた。その向こうは真っ暗だった。青柳は手探りで進んだ。

てのひらがビニール製のカーテンに触れた。それを払いのけると今度はまともなドアがあった。鍵《かぎ》をとりだし解錠する。ドアの向こうを暗幕が二重に覆う。暗幕を割るや、微光にぼんやりと照らされた無機質な空間にでた。

広々とした病院ロビーの吹き抜けは、待合椅子もなくがらんとしている。あちこちに非常灯が置いてあった。そこを突っ切り通路に入ると、やはり非常灯が等間隔に照らすのみだった。

通路の行く手に人影がひとつあった。無菌服で全身を固めたスタッフが、こちらを見て足をとめた。青柳が片手を振ると、無菌服は警戒したようすもなく、病室のひとつに入っていった。

もし部外者がふいに紛れこんだのだとしたら、いまの無菌服の存在にも仰天しただろう。しかし青柳はすっかり慣れていた。よく目を凝らすまでもなく、通路にはほかの無菌服らも複数、そこかしこに現れては消える。静けさのなかにぼそぼそ話す声や、外科手術用メスが皿に戻される金属音、心電図の電子音などが織り混ざっていた。キャスターを転がす音も近づいてくる。通路の角を折れてきた無菌服ふたりは、医療用酸素ボンベ数本の載った台車を押している。

ほかに常時きこえるものといえば、若い女たちの苦しげに呻《うめ》く声ばかりだった。それぞれの病室の光景に、当初は青柳もすくみあがったものだ。いまは無感情のうえ、わざわざ各部屋をのぞこうとも考えない。フロアじゅう、いや全病棟からこだましてくる苦悶《くもん》の息遣いも、ここ特有の環境音でしかない。

無菌服のなかで、ひとりだけ雰囲気の異なる姿が、ゆっくりと角を折れてきた。余裕を感じさせる歩調のせいかもしれない、ここを仕切るくだんの人物なのが遠目にもわかる。

青柳は頭をさげた。それでも靴音のペースは変わらない。無菌服は歩を速めることなく、ただしまっすぐ青柳のもとに近づいてくる。

目出し帽のようなフードをすっぽりとかぶったうえ、ゴーグルとマスクで完全に顔を覆っている。表情ひとつ眺められない。それでもいまどんな面持ちかは容易に想像できる。見つめる対象物を瞬時に凍《い》てつかせるような、極端に冷ややかな目つき。そんな冷凍効果を有する眼光が、ゴーグルを通じ放たれているかに思える。

この男の存在を知ったころは、まだ青柳も若かった。公安総務課がマークする謎のカルト教団、恒星天球教の幹部クラスにおいて、殷堕棲《インダス》なるホーリーネームの人物は脅威でしかなかった。教祖阿吽拿《アウンナ》こと友里佐知子の側近四人のひとりといわれ、あらゆる医療技術に精通、外科手術の責任者とされてきた。

殷堕棲はほかの幹部より年齢が下で、友里が信頼を寄せる忠実な右腕でもあった。本当に信仰心をもって友里を崇拝していたかどうかは、いまもってあきらかではない。組織の宗教体系が本物だったのか、欺瞞《ぎまん》にすぎなかったのかは不明だ。だがその教義が、令和の世を迎えた日本に、いっそう重要とされることは理解できる。概念だけではない。友里の提唱した信条や戒律は、この国を救済する手段の具現化にほかならない。

いまでは殿堕棲も年齢を重ね、幹部より教祖と呼べる資質と貫禄《かんろく》を得てきた。殿堕棲は恒星天球教の名を掲げず、ただ教義を受け継ぎ、新たな指揮系統を有するにすぎない。けれどもこの男は友里の正統な後継者として、正しい未来国家の創造に不可欠な存在だった。

殿堕棲はマスクの下からくぐもった声を発した。「警察のほうは?」

「問題ありません」青柳は応じた。「公安として無関係の手がかりをばらまくことで、刑事警察の捜査の進展を妨げています。ただ、そのう……」

「なんだ」

「今後は維持管理にも力をいれていただけないかと。衰弱死が増えるのは困る。攫《さら》った地域内に捨ててくることで、暴行魔から逃げだしたように装ってきたが、あまり数が増えると……」

「各医師に伝えておく」

それだけでは足りないと抗議したかったが、この男の機嫌を損ねるわけにはいかない。公安の刑事として栄誉ある役職から外されたくもない。

全国各地に放棄分譲地の廃病院を用いた拠点はいくつもあった。最近は奥多摩から動いていない。十代少女らの拉致《らち》を、限定された地域一か所に絞るのは、少人数グループによる快楽的犯行に見せかけるためだ。今月の誘拐活動各班は足立《あだち》区や荒川区を中心に活動している。攫った検体たちはここ奥多摩に運ばれてくる。すべてはシステムとして完璧《かんぺき》に機能している。刑事警察に横槍《よこやり》をいれられる心配もない。

罪悪感がないわけではなかった。だが国家の未来を憂えば、その目的の大きさゆえに、あるていどの犠牲はやむをえないとわかってくる。

エントランスの外にかすかなクルマのエンジン音がきこえた。いつもの来客にちがいない。エンジン音が途絶えると、車体の分厚いドアの開閉音が響いた。高級セダンのようだ。

殷堕棲が青柳に問いかけた。「腐敗分子の排除は？」

「進んでいます。そっちは検体の調達とは別口で、われわれの仕事ですしね。抜かりはありません」

腐敗分子は社会のあらゆる階層に存在する。理想の国家政策に反し、自由主義を掲げつつ無責任な行動を起こし、世を混乱に導く低俗な輩《やから》ども。連中は自分の寿命が尽きるまで平和が保たれていれば、将来など知ったことではないと居直る。それでは国家が破綻《はたん》と破滅に突き進んでしまう。

背後からふたりの靴音が響き渡る。黒いカーテンを割り、頭髪の薄い丸顔の六十代が、男性秘書を従えながら歩いてきた。国会帰りだろう、浜管武雄少子化対策担当大臣は質のいいスーツを着ているものの、議員バッジは外している。顔を見れば誰なのか一目瞭然《りょうぜん》のはずだが、万一の場合は素性発覚を遅らせたい、そんな稚拙な警戒心が生じるのだろう。

浜管は青柳を一瞥《いちべつ》したものの、すぐに殷堕棲に向き直った。「予定どおりの生産状況か？　里親と養子縁組希望の富裕層らが、子育て準備を整えてまっているんでな」

殷堕棲はしばし無言で直立していたが、ほどなくゴーグルとマスクを外した。

浜管より若いが、青柳よりは老けている、そんな殷堕棲の面立ちが露出した。事前になんの情報も得ていなければ、高い知性を備えていそうな中高年、そう感じるだけだろう。しかし友里の後継者と知れば、その射るような視線に、常識を超越した神々しさを見てとるはずだ。鷲鼻《わしばな》に痩《こ》けた頬と突きだした顎《あご》は、どことなく常人離れした異様さを漂わせる。

恒星天球教の元幹部だが教祖と同様、前頭葉切除手術は受けていない。殷堕棲はずっと施術する側だった。低く落ち着いた声で殷堕棲はいった。「生産と出荷は順調。

〝マリア〟の供給が滞らないかぎりは」

「……結構」浜管はぎこちない笑いを浮かべた。「少子化対策担当大臣としては、それ以上に望む報告はない。製造に高品質あってのわが国だからな。先進国になって国民一般に知恵がつくと、貧しい無学ばかりが子供を産むようになって困る」

青柳はこの国会議員が好きになれなかった。本気で国家の将来を危ぶんでいるのではなく、ただ権力と優雅な暮らしだけを追求したがる手合いに思える。皮肉めかした口調で青柳はつぶやいた。「遺伝子がいいからといって、賢い子が生まれてくるとはかぎらないでしょう」

浜管は醒《さ》めたまなざしを向けてきた。「馬鹿の掛け合わせよりましだ。なるべく良質な素材を調達したうえで、生産物には最先端の加工を施す。これ以上に理想的な生産手段はほかにない」

殷堕棲が抑揚のない声でいった。「良家の遺伝子からは、高い知能指数の子供が生まれ、政治や経済の発展に貢献するのは事実だよ。データもある」

「そうとも」浜管が声を弾ませた。「雲英亜樹凪。あれはきっといい子を孕《はら》むだろうな。歴史は最善策へと舵《かじ》をきった。これぞまさに総理のいわれる〝異次元の少子化対策〟だ」

権力志向の議員の声高な叫びに虫唾《むしず》が走る。いつものように躊躇《ちゅうちょ》の念が生じてきた。青柳は心の奥底で思った。異次元の少子化対策か。これしかないのはわかっている。ただ本当に正しいやり方なのか。

18

休み時間、凜香は三年A組を訪ねた。けさは亜樹凪の姿を見ていない。嫌な予感しかしなかった。

進学クラス三Aの生徒らは真面目揃いで、授業時間外でも半分以上が着席し、黙々と自習を進めている。亜樹凪は見当たらなかった。女子生徒にたずねると、亜樹凪は何日か無断欠席しているらしく、担任教師もホームルームで一同に事情を問いかけたという。

胸騒ぎがする。凜香は特別教室が連なる二階に移動した。一年B組の次の授業は、たしかPC教室のはずだ。

室内に駆けこむと、三Aとは異なり、まだ閑散としていた。それぞれの机にはデスクトップパソコンが据えてある。うちひとつに瑠那が座っていた。隣にはおとなしそうな丸顔の男子生徒が寄り添い、パソコンの操作方法を教えているようだ。瑠那は指示どおりにキーを叩《たた》くと、やり方がわかったらしく笑みを浮かべた。

凜香はほっとした。瑠那の身にはなにごともないらしい。青白い顔と痩《や》せ細った姿こそ変わらないものの、どうしても印象は前とちがって見える。骨と皮だけでなく、じつは究極に引き締まった筋肉が備わっている。ところがそのことに本人は無自覚だった。部活はしていないし、朝っぱらから体幹トレーニングに汗を流した気配もない。巫女《みこ》の仕事さえセーブぎみだときく。それであの筋肉が維持できるのだろうか。

ふと瑠那が顔をあげた。「あ。凜香さん」

無邪気で素朴なまなざし。ゴロツキふたりを仕留めたことなど、けろりと忘れている。もし記憶に残っていれば、こんなふうに平然とはしていられない。凜香が名もなきクズを始末した場合でも、断末魔の叫びが耳にこびりつき、死に顔が長いこと目の前をちらついたりする。たぶん結衣姉も同じだろう。どれだけの人数を殺《あや》めようが、他者の命を絶つ行為について、すっかり慣れきることはない。嫌悪感はなくならない。

凜香はぶらりと歩み寄った。「いつの間に仲良しのおふたりさんになったんだか」

男子生徒は戸惑いぎみに身を引いた。イケメンではないが童顔そのものの小柄、いかにも田舎の少年という印象が漂う。男子生徒がおろおろと弁明した。「あのう。僕はただ……」

瑠那が紹介した。「クラスメイトの鈴山耕貴《すずやまこうき》君です。パソコンにとっても詳しいの」

「あー」凛香は苦笑いを浮かべてみせた。「そんな雰囲気だよな」

人畜無害にはちがいない、一見してそうわかる鈴山だったが、あわてたように情報を付け足してきた。「か、空手も小学生のころから習ってるけど」

おや。そういうことかと凛香は思った。鈴山は瑠那に惚《ほ》れている。凛香にからかわれたままではいられなかったようだ。実戦力はともかく実直さが可愛い。もっとも、瑠那は鈴山の好意に気づいていないらしく、ただおっとりとうなずいただけだった。

これでは鈴山のポジションもいい友達どまりだろう。

凛香は鈴山にいった。「余計かもしれねえが助言しとく。長身でイケメンのスクールカースト上位組に勝つのは腕力じゃねえ。人間性だよ。あんたにはちゃんと備わってると思うから、そっちを伸ばしたほうがいい」

「……ありがとう」鈴山は凛香の言葉が、親切心に基づくものかどうか、いまひとつ疑わしく感じているらしい。怪訝《けげん》そうな顔で鈴山はつぶやいた。「だけどナポレオンもチビだったらしいし、アルバタル・サギールとかの例もあるし……」

「なに？　アルバ……誰だって？」

　すると瑠那が微笑を浮かべた。「きいたことがあります。二〇一五年からのイエメン内戦かなにか……。ケニー・ベイカー・レジェンドだっけ」

　鈴山が目を輝かせた。「よく知ってるね。そう。『スター・ウォーズ』でR2－D2に入ってた、ケニー・ベイカーの都市伝説でもある」

　凜香はひとり蚊帳《かや》の外に置かれた気がした。「なんだよ。よくわかんねえ。R2－D2に人が入ってたのかよ？」

　瑠那はいつものように控えめではあるものの、鈴山の前だからか、意外にもわりとよく喋《しゃべ》った。「たしか身体の小さな俳優さんで、アルバタル・サギールの正体じゃないかって噂が、外国のネットで一時的にささやかれて……」

　鈴山が笑った。「冗談みたいなものだったらしいけどね。内戦勃発《ぼっぱつ》の翌年か翌々年に、小人症の兵士が国内難民キャンプを全滅から救ったんだよ。アルバタル・サギールはアラブ語で、小さな英雄って意味。身体が小さくなきゃ入れない土管の奥に潜りこんで、爆弾を処理したとか」

「なんだ」凜香は顔をしかめてみせた。「アルバなんとかは本名じゃねえのか。それ自体が現地の作り話じゃねえの？」

「かもしれないけど、ちょうど同時期にケニー・ベイカーの訃報《ふほう》があったから、海外のネット民が、じつは彼がアルバタル・サギールだったんじゃないかっていいだして。ひところは英語版のウィキペディアにも載ったりして」

「くだらねえ！　ベイカーさんにも悪いだろ。事実とちがうことで持ちあげられても、本人は嬉《うれ》しくねえだろうよ」

「僕がいいたいのは……」

「ああ。チビはチビなりに英雄になる道があるってことだよな。わたしも大柄じゃねえからよくわかるよ。頑張んな、日暮里高校のアルバなんとか」

「いや、あの」鈴山はとぼけた。「頑張るって、なにを……」

パソコンがビープ音を奏でた。瑠那が憂いのいろとともにモニターを眺めた。「またエラーが……」

鈴山が助言した。「たぶん再起動すりゃ直るよ。念のためにファイルはUSBメモリーにバックアップしといたほうがいい。いまロッカーから取ってくる」

腰を浮かせた鈴山が廊下に駆けだしていった。凜香は半ば呆《あき》れながら見送った。「熱心さでカバーするのが、あいつなりの努力法なんだな」

瑠那はきょとんとしていた。「なんの努力ですか？」

もちろん瑠那の気を引くための絶え間ない積み重ねだ。思春期の男子生徒には欠かせない、修行に似た鍛錬の日々といえる。凜香は瑠那にきいた。「ああいうのが好きなの?」

「好きって……。いえ。とてもやさしい人で、話しやすいなと思って」

「こりゃ、あいつもまだまだ鍛錬を積まなきゃな」

「なんのことですか」

「いやべつに」凜香がにやりとしてみせたとき、廊下から話し声がきこえてきた。

鈴山の声が困惑の響きを帯びていた。「クラスメイトだから教えてあげるのは当然だよ」

舌打ちにつづき、男子生徒の声がささやいた。「関わる相手を選べってんだよ。あのキモい巫女だかは、優莉凜香とつるんでやがるだろうが」

別の男子生徒の声が同調した。「優莉に刀伊たちがボコられたってのに、呑気《のんき》な奴だな」

女子生徒の声もあった。「杠葉は孤立させるって、わたしたちがきめてんだよ。B組ならしたがえよ」

教室と廊下を隔てる磨《す》りガラスに、数人の人影が映っている。凜香はため息をつき、引き戸へと向かいだした。「やれやれ」

　瑠那はトラブルの気配を察知していないらしい。座ったままぼんやりとたずねた。「どこへ行くんですか」

「そこにいなよ。まちがっても廊下にでてくるんじゃねえ」凜香は瑠那にそういうと、悠然と教室をでた。

　廊下ではヤンキーの男子生徒ふたり、女子生徒ひとりの三人組が、鈴山に詰め寄っている。男子のひとりが鈴山の胸倉をつかみあげた。「口ごたえするなってんだよォラ」

　鈴山は緊張に身を硬くしたものの、空手で根性を鍛えたのは本当かもしれない。毅《き》然《ぜん》たる態度を鈴山は崩そうとしなかった。「校則でもないのに、変なルールにしたがう謂《いわ》れはないだろ」

　女子生徒が腕組みしながら近づいた。「謂れとか笑わせんじゃねえよ。逆らおうってんならおまえも……」

　凜香はつかつかと歩いていった。「どうなるって？」

　三人の血の気がいっせいに引くのが見てとれた。まだ鈴山の胸倉をつかんだままの男子も、狼狽《ろうばい》するしぐさをしめしている。

「ったく」凜香は頭を掻《か》いた。「おめえらみたいな手合いはよっぽど暇人なのか。そんなにおんなじことばっか、よく繰りかえせるな。自分たちの人生が厄介なカスキャラだって自覚はあんのかよ」

男子生徒が表情をひきつらせ、あわてぎみに鈴山を突き飛ばした。鈴山はふらつきながら後ずさってきたが、凜香はすばやく抱きとめた。

鼻を鳴らした男子生徒が虚勢を張った。「優莉なんか怖くねえ。こないだのも警察に書類送検されたんだろ？　今度やったらアウトのはずだよな。手をだしてみろよ、元死刑囚のクズ娘」

かちんときた以上、人をぶっ殺したあとのことなど、もう考えられなくなるのが常だ。凜香は憤然と歩を踏みだした。「カスキャラの天命を全うしやがれ、B組の害虫ども！」

跳躍して蹴《け》りを浴びせてやるつもりだった。ところが猛烈な風圧が割りこんできた。巨漢がグローブのように大きなてのひらで、三人に矢継ぎ早の平手打ちを放った。こぶしを固めていないだけで、ほとんどボクシングのフックと同等の威力に思える。すさまじい音が響き渡り、男子ふたりと女子ひとりは鼻血を噴きながら、廊下の壁にまで吹き飛んだ。

蓮實教諭は仁王立ちをしていった。「いじめは駄目だといっただろう」

へたりこんだ三人のなかで、女子生徒が手で頰を押さえ泣き叫んだ。「体罰じゃん！」

「ちがう」蓮實は動じなかった。「教育だ」

「お父さんにいいつけてやる」

「そうしろ。いますぐ電話で呼べ。いじめを受けたほうの苦痛は、鼻血を噴くどころじゃないってことを、何時間でも何日でもいってきかせてやる」

凜香は慄《おのの》く三人から蓮實へと目を移した。「熱血馬鹿教師。じつは公安の手先かよ」

「なんの話だ」蓮實が見かえした。

「わたしに手をあげねえくせに、いつも都合よく躍りこんできては、クズを排除してくれる。青柳にサービスしろって命じられたんか」

「いってる意味がわからん。生徒の指導は教師の務めだ。いじめは断じて見逃さない」

蓮實の頑《かたく》なな態度に揺るぎない信念がのぞく。少なくともそう見える。凜香は苛立《いらだ》ちを募らせた。「本当はどっちだよ」

「なにがどっちだ。先生は先生だ」

生徒の前では本音を明かせないのかもしれない。そのとき背後にかすかな靴音をきいた。凜香は振りかえった。瑠那が茫然《ぼうぜん》としながら廊下に歩みでてきた。鈴山を見てから、床で小さくなった三人を眺める。

変貌《へんぼう》されてはまずい。凜香は三人にいった。「おめえら、もういいから、さっさと教室に入れ」

三人は跳ね起きるように立ちあがり、逃げるも同然に教室内に消え去った。

蓮實は妙な顔になったが、すぐに瑠那に向き直った。「杠葉。どうかしたのか。教室にいなさい。いじめられる側に責任はないが、面倒に首を突っこむのはよくない」

凜香は蓮實を制した。「やめなって、そんな口をきくのは。暴れだしたらどうするんだよ」

「暴れる？　誰が？」

思わず言葉を失う。蓮實はなおも凜香を凝視してくる。本当になにも知らないのだろうか。ならばいじめの現場にいちいち介入するのは、ただの熱血馬鹿教師という解釈でいいのか。そんなに単純な話なのか。

蓮實は元幹部自衛官で、しかも特殊作戦群にいた精鋭だ。凜香や結衣の所業にも詳しい。公安に知り合いがいるともいった。ただし青柳とつながっているのなら、もう少しましなやり方をとるはずだ。

「先生」凜香はささやいた。「ちょっと話があるんだけど。無理?」

「無理なわけがない」蓮實は頑固に応じた。「先生は生徒の相談に耳を傾ける。教職にある者なら当然の義務だ」

19

次の授業が始まるまで、もうしばらく余裕があった。化学準備室の棚の谷間、狭いスペース内で、凜香は蓮實とふたりきりで立った。

いろいろ事情を伏せておくのが賢明だろうが、黙ってばかりいたのでは道は開けない。蓮實の内心を探りたくもあった。なにか秘めごとがあるなら反応でわかるかもしれない。

ただしすべてを明かすわけではない。たとえば瑠那がふたりのゴロツキを殺した事実は伏せておいた。ただ暴力に反撃するだけの強さを発揮したというだけに留《とど》めた。

蓮實は真顔できいていた。鼻で笑って馬鹿にすれば、まるっきり一般人の感覚だとわかる。けれども蓮實は終始、真面目に傾聴する態度をとりつづけている。いったいどれだけのことを事前に知っていたのか。まるで推測がつかない。

蓮實はつぶやいた。「なるほど。たしかに雲英亜樹凪が無断欠席してることは、三Aの担任の先生にきいた」

凜香は語気を強めた。「公安の青柳ってのが脅したんだって。亜樹凪さんはそれに屈して、自分から出向いちまった可能性がある。誰も巻きこまないよう、ひとりで責任を負うつもりでよ」

「青柳という名はきいたことがあるが面識はない。本当に公安の刑事だったのか？」

「ＩＤは見慣れてるんだよ。偽造ならわかる。わたしに会いに来るのに、わざわざ公安を装ったりする奴なんかいねえ。最初から波風立ちまくりで、かえって接触困難になるだけだからな」

「そんな男が公安に……」蓮實は渋い顔になった。「にわかには信じがたいが」

「公安に知り合いがいるんだろ。きいてみりゃいい」

「いや。公安にかぎらず自衛隊でもどこでも、国家絡みの組織というのは一枚岩じゃないんだ。常にあらゆる意向が渦巻いてて、トップですら全容は把握できていない。なかには陰謀めいた企てもあるだろう。結果をだしてから事後承諾を得ればいいとばかりに、いっさい手段を選ばずにな」

「そういうのをなくすと矢幡総理が宣言したんじゃなかったっけ」

「前総理だ。奥方も故人だし子供もいない以上は、消息がたしかめられない。新たな内閣のもとで、いろんな思惑の勢力が動きだしてるのかもな。世のなかは乱れてきてる。まだこの学校の女子生徒には被害者がでてないが、いつそうなってもおかしくない」

「青柳はゴロツキを雇ってたんだぜ？　なのに勢力と呼べるほどの奴らなのかよ」

「足をつきにくくするために、わざわざそういう輩《やから》どもに襲わせたのかもしれん。ひょっとしたら女子高生連続失踪《しっそう》事件もそいつらが……」

「関係ないって青柳は主張してたけどな。雲英亜樹凪がほしいだけだって」

「なにが真実かはわからんな」

本音では蓮實もそのひとりだ。けれども凜香だけではなにも見えてこない。「なあ先生。一緒に動いてみねえか」

「動くとは？」

「反社を片っ端から叩《たた》いてまわって、手がかりを探すとか」

蓮實は突っぱねてきた。「そんなこと論外だ。先生と生徒だぞ」

「いまさらかよ。先生といっても元特殊作戦群のエリートだろ。わたしの過去の所業はいまさら話すまでもないよな？　信用してるわけじゃないけど、ふたりで共同戦線を張って、亜樹凪さんを捜せないかってんだよ」

「まだ失踪したときまったわけじゃない」

「あの生真面目なお嬢さんが、渋谷《しぶや》か原宿《はらじゅく》で油を売ってると思うかよ。急がなきゃ取りかえしのつかねえ事態になっちまうかもしれねえだろが」

「駄目だ。現社の教科書をちゃんと読んでみろ。捜査をおこなうのは警察だ。市民は法を犯しちゃいけない」

「なんでだよ⁉︎　阿宗神社に来たゴロツキどもは銃を持ってたんだぜ？　あんたならそういう相手でも、びびらず立ち向かえるだろうが」

「その銃はどうした？　そいつらが持って帰ったか？　そろそろ新入生の緊張が解けてきたところだ。所持品検査をしないとな」

「んな馬鹿なこと……」

「なにが馬鹿なことだ。見られて困る物でもしのばせてるのか？　銃なんか触っちゃいかんぞ。もう刑事で裁かれる年齢だからな。一発でも撃ったら刑務所行きだ」

「とっさに身を守るため、敵から銃を奪ったら、先生だって反撃するだろが」

「いや。俺はやらない」

「はあ?」凛香は思わず頓狂《とんきょう》な声を発した。「やらないってなんだよ。元特殊作戦群だろ」

「銃は撃たない。撃てないんだ」蓮實に感情の揺れがのぞいた。「手が震える。あまりに大勢の人の死に直面してきた。シビック政変でも親しい人たちが死んだ」

「……同僚とか?」

「いや」蓮實はためらいがちにささやいた。「婚約者の両親だ。彼女はショックで入院、関係は解消になった。銃なんて忌まわしい発明だ」

「でも反社どもはすでに持ってるじゃねえか。ただ撃たれるにまかせるってのかよ」

「とにかく銃なんか駄目だ。日本じゃ所持が禁止されてるんだぞ。まして未成年が触っていい物じゃない」

「だからいまさらそんな話……」

「いまさらでもなんでも、人は正しくあるべきなんだ! 過去をリセットして、まともな高校生になれ。父親が歩んだ道とは決別しろ!」

沈黙のなか蓮實の怒鳴り声が尾を引く。凛香は蓮實を見かえした。蓮實の目は真剣だった。ほかの教師とちがい、いっさい弱腰にならない。迷いも生じない。

まっすぐすぎるだけの馬鹿だったか。凜香は苛立《いらだ》ちとともにつぶやいた。「そんなことといって、このままでいいのかよ。全国で女子高生が消えてる。現に亜樹凪さんも失踪しちまってる」

「そういうことは大人にまかせて、おまえは学業に専念しろ」

「警察なんか頼りにできねえ。先生もさっき一枚岩じゃねえっていったじゃねえか。亜樹凪さんはこの学校の生徒だろが。見捨てるつもりかよ」

「見捨てやしない。先生が調べてみる」

「調べるって……?」凜香の心はふたたび躍りだした。「よしきた。まずはどこに乗りこむんだよ」

「乗りこむとはなんのことだ。雲英亜樹凪の周囲の人の話をきくとか、常識の範疇《はんちゅう》で情報集めをするだけだ」

「おい。サリンプラントには突入してきてドンパチやったくせにか? 怪しい輩を片っ端《ぱし》から吊るしあげて吐かせろよ。ケツの穴に銃身突っこんで脅せばいいじゃねえか。田代ファミリーの兵隊どもにしたみてえによ」

「そんな口をきくな! 高一らしい言葉遣いを心がけろ。物騒な発想もよせ。真人間になると作文で誓わせるぞ!」

凛香は歯ぎしりした。生活指導の教師はいつも同じことをいう。今回ちがっているのは叩きのめせないことだ。強靭《きょうじん》な肉体の持ち主のくせに非暴力を主張しやがる。こんな面倒な教師は出会ったことがない。

蓮實が腕時計に目をやった。「そろそろ授業だ。教室に戻れ。優莉。いまの話は忘れて勉強に……」

廊下にあわただしい足音がきこえた。鈴山の声が呼びかけた。「先生！　優莉さん！」

凛香は息を呑《の》み、引き戸を振りかえった。ただちに戸を開け放つ。鈴山が血相を変え廊下に立っていた。

「なんだ？」蓮實がきいた。

鈴山は救いを求める目を向けてきた。「杠葉さんが……」

思わず蓮實と顔を見合わせた。しかしそれは一瞬にすぎず、ふたりとも全力で駆けだした。鈴山もあわてたようすでついてくる。

ＰＣ教室の前に達した。なかに入ると、生徒たちが途方に暮れたように、室内の一角に群がっていた。さっきのヤンキー三人は怯《おび》えた顔で壁際にたたずんでいる。凛香が視線を投げかけると、なにもしていない、必死にそんな態度をしめしてきた。

瑠那が椅子から転げ落ち、床に横たわっている。吐いた血が辺り一面にひろがっていた。苦しげに咳《せ》きこむばかりではない。まずいことに過呼吸をともなっている。

凜香は傍らにひざまずいた。机の上に瑠那のポーチがあった。なかをまさぐると錠剤が見つかった。凜香は瑠那にいった。「落ち着いて。息をゆっくり吐いて」

蓮實が上着を脱ぎ、丸めて枕の代わりにし、瑠那の頭の下に押しこんだ。スマホをいじりながら、蓮實が焦燥のいろとともにつぶやいた。「救急車を呼ぶ症状だな」

全身を痙攣《けいれん》させつつ、瑠那がぜいぜいと必死に喘《あえ》いでいる。汗だくの苦悶《くもん》の表情があまりに痛々しい。凜香はただ見守ることしかできなかった。短い寿命をさらに縮めるようなできごとばかりだ。せめて安らぎはあたえられないのか。

20

凜香は学校が終わると、前に瑠那が入院していた病院に向かった。指定難病でさまざまな症状を併発する瑠那は、担当医でないと対処できないときいている。搬送先は同じ病院ときまっていた。

ナースステーションに立ち寄り、凜香は看護師にたずねた。「杠葉瑠那さんの病室はどこですか」

初めて顔を合わせる看護師だった。妙な表情で見かえしてくる。「どなたですって？」

「杠葉瑠那さん。日暮里高校から救急車で運ばれてきたでしょ」

なぜか要領をえない。看護師はクリップボードを確認したものの、眉間《みけん》に皺《しわ》を寄せたままいった。「入院されておられませんが」

視界の端に白衣が近づいてきた。男性の声が呼びかけた。「優莉さん」

三十代ぐらいの医師は、瑠那を担当する若松だった。ずいぶんのんびりした歩調だった。凜香は問いかけた。「きょう瑠那は……？」

「はて」若松医師は緊張感のない面持ちで応じた。「なんの連絡もありませんが」

凜香は固唾《かたず》を呑み若松を見つめた。とぼけているようには思えない。とっさに身を翻し、凜香は通路を駆けだした。病院内を走ってはいけない、そんなルールを守ってはいられない。

気が逸《はや》る思いとともに電車を乗り継ぎ、江東区の阿宗神社へ向かった。住宅街のなかに人だかりがしている。あわてて歩を速め、野次馬の群れのなかに身をねじこませた。

鳥居の前にパトカーが停車していた。私服と制服の警官らが立っていた。斎服姿の杠葉夫妻が、ひどく狼狽《ろうばい》しながら刑事にうったえている。芳恵の声がきこえた。学校から搬送されたはずなんです、なのに病院にはいないといわれて。

制服警官のひとりが周りにデジカメを向けている。レンズがこちらをとらえた。凜香は自分の失態を呪った。すぐに背を向け立ち去ったが、あれが動画撮影モードなら、まちがいなく映りこんでしまった。阿宗神社の近くに来たというだけで、ただちに咎《とが》められることはないだろうが、見当ちがいにしろ所轄に睨《にら》まれたくはない。

動揺を抑えられない気分のまま、凜香はまた電車に乗り、鶯谷まで戻った。斜陽の射す飲み屋街だが、営業している店はまだまばらだった。一本裏に入ったスナックも看板に明かりが灯《とも》っていない。かまわず凜香はドアを開けた。

準備中の店内だった。岸本映見がカウンターのなかで立ち働いている。娘の弘子は椅子に座りスマホをいじっていた。ふたり揃ってこちらに怪訝《けげん》な目を向ける。

弘子がきいた。「なんだよ」

凜香は弘子を見つめた。「あの青柳って公安、あれ以来また現れたりした?」

「さあ。見てない」弘子は映見にたずねた。「お母さんは?」

映見はグラスを拭《ふ》きながら首を横に振った。「来てないと思う。どっちにしても飲まないのは客じゃないしお断り」

ならここにいる意味はない。凛香は踵《きびす》をかえした。「もし姿を見かけたら知らせて」

「まてよ」弘子が呼びとめた。「なにかあったのかよ」

「瑠那が消えた。でも神社には行くなよ。お巡りが群れてやがる」凛香はそれだけいうと、さっさと外にでた。

辺りが暗くなってきている。鶯谷駅の周辺はガラが悪くなりつつある。繁華街で金髪にスタジャンのヤンキーが絡んできた。「お茶しない？」

「急いでる」凛香は歩を緩めなかった。

「いいじゃねえかよ。そのへん散歩するだけでも」

鶯谷駅前で〝そのへん〟とはラブホ街になる。凛香は鼻を鳴らした。「おめえなんかとぶらつくぐらいなら死んだほうがまし」

むっとしたヤンキーが遠ざかりながら吐き捨てた。「死んでろよ自意識過剰のブス」

また瞬間湯沸かし器のごとく頭に血が上った。凛香が振りかえると、ヤンキーは近くの交差点に立っていた。赤信号で足をとめた別の女子高生にちょっかいをだしている。

凜香は猛然と突進していき、ヤンキーの背に飛び蹴《げ》りを食らわせた。交差点に飛びだしたヤンキーが、あたふたと両手を振りかざし、横断歩道上に突っ伏した。走ってきたクルマが急ブレーキをかける。轢《ひ》かれる寸前で停車した。

ざわつく群衆のなか、凜香は冷ややかにヤンキーを見下ろした。悪運のいい奴。街頭防犯カメラの死角を維持しながら、凜香はその場から立ち去った。鶯谷駅前交番の人員はわりと優秀だ。長居しないにかぎる。

ライフ東日暮里店の近くにある、二階建て住宅にしか見えない児童養護施設が、いまの凜香の住まいだった。千葉にくらべると土地代が高いせいもあって、いちいち手狭ではあるが、それ以前にいた麴町《こうじまち》近辺よりはましだった。

二段ベッドがふたつ、計四人でひと部屋に押しこめられている。女子ばかりだがプライバシーはないに等しい。とはいえまだ時間が早いせいか、ルームメイトは誰もいなかった。幸いだと凜香は思った。

自分用のクローゼットにはＤＩＹで頑丈な鍵《かぎ》をつけてある。解錠すると衣類のほかには、銃器類が無造作にびっしりと詰まっていた。アサルトライフル数丁が立てかけてあるほか、段ボール箱にはハンドガンが山積みになっている。適合する弾とセットで整頓《せいとん》しておきたいと常々感じるものの、なにしろスペースがない。

凜香は腰の後ろに手をまわした。ブレザーの下、スカートベルトに挟んであったグロックを引き抜くと、拳銃《けんじゅう》の山に放りこんだ。

神社でゴロツキの死体から拾ったグロックだ。きょう学校へ持って行ったのは、蓮實に見せればなにかわかるかも、そう期待したからだった。ところが特殊作戦群出身の熱血馬鹿教師は、もう銃が撃てないとか抜かしやがる。

段ボール箱のなかをまさぐり、このところお気に入りのFNハイパーをとりだした。ポリマーフレームのオートマチック拳銃で、全長十八センチで銃身が十センチ、とにかくグリップが握りやすい。ずしりと重いがそのぶん頼りがいがある。マガジンの装弾をたしかめてから、腰の後ろに突っこんだ。

クローゼットの扉を閉め、しっかり施錠してから、自分のベッドに身を投げだす。

スマホをとりだした。

しばし画面を眺めたまま静止する。結衣にメッセージを打つのは容易《たやす》いが、なんだか癪《しゃく》に障る。大学生になった姉の手を煩わせたくないという思いもある。というより頼りたくはない。

なおも悩むこと数分、凜香はため息をつき、スマホのタッチパネルに指を走らせた。

いままでの経緯を半ば投げやりに打ちこむ。結衣のラインアカウントへメッセージを送信した。

やがてルームメイトたちが帰ってきた。中学生がひとり、小学生がふたり、特に仲がいいわけでも悪いわけでもなかった。凜香は私服に着替えてからも、FNハイパーは手放さずにいた。食事は一階の和室だが、ほかの部屋に暮らす男子らも集まる。こういうとき雑然とした施設はありがたい。FNハイパーがベルトから畳の上に落ちても、ポリマーフレームと玩具《おもちゃ》然とした形状のおかげで、ただのモデルガンに見える。しかも施設に住む男の子はたいていおとなしく、モデルガンには興味をしめさない。

自室のベッドに戻ってからも、凜香は左手でスマホをいじりながら、右手は掛けブトンの下でFNハイパーのグリップを握りつづけた。

公安が敵なら凜香のいる施設の所在はわかるはずだ。亜樹凪に次いで瑠那もいなくなってしまった。なんらかの勢力の意図はいまだ判然としないが、不意を突かれ襲撃を受けることは充分にありうる。

パジャマには着替えなかった。夜が更けていき、ルームメイトらが寝静まっても、凜香はひとり眠らずにいた。ヤー公どもの奇襲も、警察のガサも、油断しがちな早朝が狙われやすい。むかし父がそういったのを思いだす。その言葉を想起すればこそ、朝方になっても寝られない。

やむをえず凜香は辞典をカッターナイフで刳《く》り貫《ぬ》きだした。大判の製本だけに、FNハイパーをすっぽり収められる。蓮實が所持品検査を示唆している以上、いちおう対処が必要だった。もっとも、このていどの小細工で蓮實の目がごまかせるとは思えない。抜き打ち検査はほかの教師が受け持つことを祈るのみだった。

結局カーテンの向こうが明るくなってきて、朝食の時間を迎えた。凜香は悪態をつきながらベッドから起きだした。

頭がぼうっとしたまま通学することになった。かえって危険ではないのかと苛立《いらだ》ちが募ってくる。

学校に着くと、FNハイパーを収めた辞典を机の上に置き、凜香はその上に伏せて仮眠をとった。寝ておけばよかったといまさら後悔させられる。

うとうとしたのち目が覚めた。周りはみな着席している。教壇には蓮實でなく、数学Iの男性教師、三十代ぐらいの石橋《いしばし》が立っていた。石橋はたしか二年C組の担任でもある。負の数の二乗でルートの外し方がどうのといっていた。淡々とした語り口がまた眠気を誘う。

鈍い頭にぼんやりと疑問符が浮かんでくる。一時限目の授業開始時、起立と礼のあいだは寝ていたとして、その前に朝のホームルームがあるはずではなかったか。担任の蓮實が来て、凛香が寝ているのを許したのだろうか。

隣にいる女子生徒に、凛香は喉《のど》に絡む声でささやきかけた。「ねえ。けさ蓮實は？」

女子生徒は眉《まゆ》をひそめた。「来てないってさっききいたでしょ？」

「寝てた……。ホームルームも石橋だった？　なんだって？」

「蓮實先生はしばらく休みだって」

じわりと緊張が高まってくる。凛香は身体を起こした。しだいに集中力が研ぎ澄まされてきたのか、校舎の外にクルマのエンジン音をききつける。わりと静かだが独特の音《ね》いろ。210系クラウンロイヤルのくせに、エンジンはアスリートの三・五リッターV型六気筒。高速隊の覆面パトカーにも多いが、荒川署の庭先をチェックしたとき、一般捜査車両に同型車を複数見かけた。

エンジン音はグラウンドの反対側、正門から校舎の職員玄関前に乗りいれたようだ。おそらく警察が来た。なんの用だろう。

そのとき廊下に面した引き戸にノックが響いた。石橋が言葉を切った。引き戸が開き、女性職員が頭をさげながら入室してきた。教壇の石橋になにやら耳打ちする。石橋ははっとする反応をしめした。

なにやら落ち着かなげに石橋はいった。「みんな、ちょっと自習していてください」

女性職員とともに石橋が廊下にでていく。あるていど靴音が遠ざかると、教室内は休み時間のようにざわめきだした。

自由な空気がひろがったおかげで、席を立ってもさしてめだたない。凜香は辞典を片手に、そそくさと後ろの引き戸から退室した。

廊下を遠ざかっていく石橋の後ろ姿があった。女性職員は歩を速め、一階玄関へと先行したようだ。凜香は石橋を追いかけた。「先生」

石橋が立ちどまり振りかえった。焦燥に駆られた顔をしている。「なんだ」

「蓮實先生になにかあったんでしょうか。しばらく休みって」

そのことかとぼやくような顔で石橋が応じた。「学校にそう連絡があった」

「本人から電話でですか」

「メールだろう。チェックするのは学年主任の先生だし、けさ職員室できいただけだ」

「本人からの連絡だったんでしょうか」

「どういう意味だ？　いいから教室に戻ってなさい」

「いま警察が来たっぽいですけど、なんか関係あるんですか」

「なんで警察が来たと……。いや。蓮實先生の休みとは関係ない」石橋は背を向けると、下り階段へと歩を進めた。「優莉、自習しとけよ。未提出の課題を少しでも進めておくように」

石橋が階段を駆け下りていく。踊り場をまわり階下に消えた。凜香は辞典を開き、拳銃《けんじゅう》をとりだした。腰の後ろに挿し、ブレザーの裾《すそ》で隠す。上履きを脱ぎ、辞典とともに廊下の端に置いていく。凜香はすばやく階段を下りだした。この歩調でも靴下なら足音は響かない。外に飛びだす必要があっても、一階なら昇降口のシューズボックスから靴が盗《と》り放題だ。

一階廊下にひとけはなかった。生徒が利用する区画から職員室方面へと走る。その先は校長室、そして職員用玄関とつづく。

外気を感じた。凜香は歩を緩めた。広い靴脱ぎ場の向こう、扉は開放されていた。屋外のようすが目に入った。玄関前ロータリーにクラウンが横付けしている。校長や教頭、石橋ら教職員らが神妙にたたずみ、制服と私服の警官たちを出迎えていた。

凜香は廊下のロッカーの陰に身を隠した。刑事らしき男の声がきこえてくる。「二Cの安藤瑛茉《あんどうえま》さんですが、先生の教え子さんですか」

石橋の声は動揺の響きを帯びていた。「そうです。私が二Cの担任です」

「きょう瑛茉さんは……?」

「欠席しています。家に問い合わせたところ、ちゃんと学校に行かせたと、母親から返事が……」石橋が息を呑《の》む気配があった。「まさか……」

「ええ」刑事の声が低くなった。「どうやらそのようです。じつはここ数日、うちの管内で女子高校生の失踪《しっそう》が相次いでいます。まだ確たることはいえませんが、例の事件の拠点が、この辺りに移ってきたのではないかと」

教職員らのうろたえる声を耳にしながら、凜香は唇を噛《か》んだ。ついにこの学校からも被害者がでた。

21

亜樹凪の目はうっすらと開いた。ぼやけた視野が灰いろに染まっている。光量が乏しく、辺りは薄暗いとわかる。徐々に焦点が合ってくる。天井だ。塗装が剝《は》げ落ちたコンクリート面。表面に亀裂《きれつ》が走り、染みや汚れが生じている。

既視感がある。急速に意識が戻ってきた。緊張と恐怖のせいだった。テグシガルパのベアトリス・スクール、あの忌まわしい記憶がふたたび蘇《よみがえ》った。

思わず跳ね起きた。悪夢から覚めたのではない、まだ囚《とら》われたままだ。もっと酷《ひど》いかもしれない。これは現実だと気づいた。しかも亜樹凪の周囲には鉄格子があった。

戦場と化したベアトリス・スクール、優莉架禱斗やヴコール・ミシチェンコフ率いるゼッディウムの捕虜になった。あの荒廃しきった校舎内に、ここはそっくりの空間だった。ぼろぼろのコンクリート壁に囲まれたワンフロア、床面積がやたらと広い。照明は非常灯のみのようだ。

ただしフロアの真んなかに、一辺五メートルほどの立方体の檻《おり》が据えられている。

亜樹凪はそのなかにいた。

砂埃《すなぼこり》だらけの床の上にマットレスが敷いてある。さっきまで亜樹凪はそこに横たわっていた。毛布が一枚。まるで動物の飼育のように、食事の入った皿が床に置かれている。それらが檻のなかにあるすべてだった。

やけに肌寒い。亜樹凪は自分の腕に目を落とした。鳥肌が立っている。しかしそれ以上に衝撃をおぼえることがあった。亜樹凪は全裸にされていた。

あわててマットレスに戻り、毛布にくるまった。必死に辺りの暗がりを見まわす。誰もいないようだ。そうわかっても動悸《どうき》の異常な亢進《こうしん》はおさまらない。何者かの手で服を脱がされたのはあきらかだった。

混乱する思考のなか、なにが起きたのかを少しずつ想起した。そうだ。阿宗神社から帰った翌朝、亜樹凪は自宅マンションのエントランス前に、一台のクルマが横付けされているのを見た。運転席には青柳という公安の刑事がいた。

迎えがきた。亜樹凪の胸中から希望の光が消えていった。心が果てしない奈落《ならく》の底へと沈んでいく、そんな感覚だけがあった。引き寄せられるも同然に、亜樹凪はクルマに近づいた。青柳の運転するクルマに乗った。クルマが走りだしたのちも、なにひとつ言葉を交わさなかった。

出頭しなければ瑠那や杠葉夫妻の身に危険が及ぶ。公安が相手である以上、凜香や結衣にまで迷惑をかけてしまうかもしれない。亜樹凪の胸のうちにあったのは、そんな思いだけだった。誰も犠牲にしたくない。大勢が亡くなったテグシガルパの惨劇の再来は望まない。

途中でクルマは赤信号に差しかかった。停車したのは街なかの交差点だった。青柳がいきなりハンカチを亜樹凪の口に押しつけてきた。ハンカチは湿っていて、マーカーペンに似たにおいがした。息苦しくなってもがいたものの、身体に力が入らず、意識が遠のいていった。

おぼえているのはそこまでだった。あれが刑事の連行手段とは思えない。むろんここも警視庁公安部の取調室ではなかった。

攫《さら》われた。これが女子高生連続失踪致死事件の真実なのだろうか。フロア内にはほかに誰もいない。被害者はここでなにをされてきたのだろう。

暗闇に目が慣れてきた。檻の一部が閉鎖状態の扉だと気づいた。毛布を身体に強く巻きつけ、またマットレスを離れる。扉に近づいた。そこにも鉄格子が嵌《は》めてある。鍵《かぎ》がかかっていた。揺すってみてもびくともしない。

フロアには窓がないように思えたが、実際には壁のあちこちに暗幕が張ってあった。暗幕の端からベニヤ板がのぞく。窓を塞《ふさ》ぐため打ちつけられたらしい。非常灯の明かりは外に漏れないのだろう。声も届くかどうか疑わしい。

孤独感に涙が滲《にじ》んでくる。またこんな目に遭ってしまった。ホンジュラスから生きて帰れたのは奇跡にちがいない。森本学園の〝同窓会〟からも運よく生還できた。ただしどちらも結衣が一緒にいた。いま亜樹凪はたったひとりだ。

鉄格子をつかみ必死に揺する。亜樹凪は呼びかけた。「誰か！　助けて。ここからだして！」

反応はやけに早かった。壁ぎわのカーテンのひとつが払いのけられた。そこは窓ではなく、廊下に面したドアのようだった。全身を無菌服で固めた人影がゆっくりと入室してくる。しばしこちらを観察したのち、また踵《きびす》をかえした。無菌服はドアの外に呼びかけた。「殷堕棲尊師《インダス》」

無菌服は退室していった。入れ替わりに別の無菌服が姿を現した。さっきの人影より背が高かった。ゆっくり檻のほうに歩いてくる。歩調から中年以上の男性に思えた。

亜樹凪は思わず後ずさった。尊師というからには宗教関係者か。踵《かかと》がマットレスに当たり、ふいに体勢が崩れた。足もとがおぼつかなくなった末に、亜樹凪はマットレスの上に尻餅《しりもち》をついた。はだけそうになった毛布に、また死にものぐるいでくるまった。

鉄格子の向こうに無菌服が立った。ゴーグルとマスクを外す。亜樹凪はすくみあがった。面長にごつごつとした骨格の中年男だった。鋭い目が亜樹凪の裸体を刺し貫かんばかりに、ひたすらじっと睨《にら》みつけてきた。

殷堕棲尊師と呼ばれた男の虹彩《こうさい》のいろが、わずかに濃くなったように感じられる。ゴーグルを通さず肉眼で亜樹凪を見たとたん、なんらかの欲望を生じた。こんな男のまなざしなら、前にも見たことがある、亜樹凪はそう思った。動物じみた性的欲求にほかならない。

22

午後九時すぎ、凜香は私服姿でネットカフェの共同スペースにいた。

壁ぎわにドリンクバーがあって、近くには受付カウンターが見えるものの、従業員はたいてい席を外している。そこかしこの個室を見まわったり掃除したり忙しいのだろう。

共同スペースのほとんどを六人掛けのテーブルが占めているが、いまこの時間は凜香以外に誰もいない。都内といっても東日暮里のネカフェは、いつも閑古鳥が鳴きっぱなしだった。おかげでこうして油を売っていられる。ただし身分証を提示しないと個室は利用できない。優莉という苗字《みょうじ》の小娘が来たというだけで、警察に通報をいれる馬鹿従業員も少なくない。よって共同スペースにいる以外になかった。

積んだ漫画に手がでない。楽しめる気分でもない。メロンソーダをストローですすりながら、ひたすらスマホをいじりつづける。日暮里高校の女子生徒の件は、台東区《たいとう》や足立区で発生したほかの失踪《しっそう》とひとくくりにされていた。きょうだけでも四人が消えている。

成績優秀で真面目な女子生徒ばかりが狙われるらしい。その意味では凜香が標的になることはなさそうだ。それでも公安の青柳に目をつけられたからには、いつトラブルが降ってこないともかぎらない。青柳は女子高生失踪事件とは無関係だと主張したが、亜樹凪がいなくなったいま、あの発言はきわめて疑わしいと感じる。公安が容疑者を連行するにあたり、なぜ精神的に屈服させ、みずから投降させる必要があったというのか。

瑠那もどこへ行ったのだろう。地域の消防署は救急車を出動させてはいないという。偽の救急車が瑠那を連れ去った。そんな手口はほかの失踪事件ではいちども伝えられていない。

悶々《もんもん》とした気分でスマホを操作するうち、ふいに人影が近づいてきた。風が吹きこむようにいきなり現れたように思える。人影は黒革表紙のファイルをテーブル上に投げだした。

凜香は顔をあげた。黒のワンピースに羽織ったライダースジャケットが、多少は大人びて見えるものの、総じて高三のころとあまり変わっていない。九頭身のすらりとしたボディにストレートロングの黒髪、色白の小顔に整った目鼻立ち、特につぶらな瞳《ひとみ》。報道写真に残る友里佐知子の面立ちに、ほんの少し似てきたようでもある。

結衣は立ったままファイルに顎《あご》をしゃくった。「それわかる？」

ひさしぶりに会ったのに挨拶《あいさつ》もなしかよ。凜香はファイルに手を伸ばし引き寄せた。

「東京湾観音の地下で見つけたやつだろ。友里佐知子の犯罪計画全集。メタンハイドレートの開放手段が載ってなかったら死んでたよな」

「紙を挟んであるページを見て」

いわれたとおりファイルを開いてみる。なにこれ。凜香は目が点になった。

鎧《よろい》のような筋肉に覆われた全裸男の写真が現れた。ほかにも過剰なぐらいマッチョな男女の画像が連なる。複雑な化学式や細胞の電子顕微鏡写真が添えてある。グラフには薬品名と作用時間、用量、抗炎症作用、電解質作用、生物学的半減期と題した数値が網羅されていた。なんのことかはまったくわからない。

結衣が椅子に腰掛けた。「当時の報道にもあったけど、友里佐知子は女医としてステロイド研究に明け暮れてた」

「ステロイドって、ドーピングの定番のあれかよ」

「そう。もともと体内の副腎《ふくじん》って臓器で作られるホルモンだけど、その作用を薬として応用したのがステロイド。筋肉量と赤血球新生を増加して、体内に多くの酸素を取りこめる」

「おかげで体力とスタミナが大幅に増すんだろ。用心棒か兵隊代わりになる怪力の信者でも増やそうとしてた？」

「友里は……」

「お母さんっていわねえのかよ」

仏頂面で結衣が見かえした。「いうわけないでしょ」

「優莉匡太はお父さんって呼びがちなのに？」

「それはあんたじゃん」

「結衣姉もときどき……」

「小さかったころ刷りこまれた呼び方が、ふと口を衝《つ》いてでるのと、本当に親と思ってるのとはちがう。どっちも親なんかじゃない。友里は特に」

これ以上からかうと、どうせ凜香の母親である市村凜について言及される。日本の犯罪史上稀《まれ》に見る女のもとに生まれた不運は、姉妹ふたりとも変わりはしない。

「で？」凜香は先をうながした。「マッチョな下僕を作るのが、結衣姉のオカンの趣味だったとして、それがなんだよ」

「友里のステロイドによる肉体改造実験は、胎児にまで及んでた。母親にステロイド注射をして、出産前から筋肉増強と肺活量の向上を図った」

「妊娠中にステロイド注射？　効果あんのかよ」

「胎児の発育と発達が早まって、産後はIQが高く、筋力も強い子になることは、ドイツの医学団体の研究でも裏付けられてる。しかも次のページを見てよ」

凜香はページをめくった。おぞましい写真の数々に気分が悪くなる。死産したらしい未発達の胎児、しかも開頭手術をおこない、脳の状態をたしかめたようだ。

結衣がいった。「友里は波長の長いレーザーで、母親の身体の表層を透過し、胎児を照射した。レーザーをメス代わりに、胎児の脳手術も実験してた」

「マジで？　生まれる前の赤ん坊の脳みそをいじって、より天才の子にしようって？」

「そこにも書いてあるけど、理論自体はそんなに突飛でもない。昭和十七年の東京大学医学部の論文にも発表されてる。優秀に育った子の、胎児時点の脳をモデルにして、物理的に無理やり同じように改変操作するの」

「脳の働きなんて、ぜんぶはわかってねえんだろ。むかしならよけいに」

「それでも神経や細胞配列だとか、形状のうえで天才の子とまったく同じ脳にすれば、同等の能力になるんじゃないかって、かなり乱暴な理屈。でも医学ってのはそういうトライ・アンド・エラーから発展してきたって、友里の著書にも載ってた」

凜香はファイルに目を落とした。「こんな実験に応じる母親なんているはずが……」

結衣がうなずいた。「妊娠した信者で人体実験してた」

「天才のガキなんて生まれたのかよ」

「数千の胎内実験のうち数人は生まれた記録がある。でもみんな副作用で短命だった。いちばん長く生きた子も、大静脈の狭窄《きょうさく》と閉塞《へいそく》に苦しんで、成人前に亡くなったとか」

「……ちょっとまった」凜香は結衣を見つめた。「大静脈の狭窄と閉塞?」

「そこの写真を見てよ」結衣がページを指さした。「胎児の脳に繰りかえしレーザーメスをいれた結果、母親の腹には無残に焼け焦げた痕《あと》が、点々と残ってる」

思わず鳥肌が立った。これなら東京警察病院の隔離施設内で目にした。紫野佳苗の腹に残る火傷《やけど》の痕に酷似している。凜香は動揺した。「タ、タバコを押しつけた火傷じゃなかったのかよ……?」

「なわけない」結衣はきっぱりと否定した。「お父さ……優莉匡太に暴行された女なら、六本木オズヴァルドの店内で何人も見た。あんたはまだ五、六歳だったから、さすがにホステスたちも遠ざけたんでしょ。タバコによる火傷の痕は全然ちがう。ヤクの注射痕《こん》も」

凛香は前のページに戻った。肘《ひじ》の内側から前腕にかけ、黒々とした斑状《まだら》の変色がひろがる。凛香は吐き捨てた。「これヤクじゃなくてステロイド注射の痕かよ⁉　瑠那の母親の腕にも同じもんがあったぜ？　なら……」

結衣は真顔でつぶやいた。「瑠那は十五年前、友里佐知子による人体実験で生まれた子でしょ」

「マジで……？」

「母親は前頭葉切除手術を受け、優莉匡太の性奴隷にされていた。妊娠後はステロイド注射と、胎児へのレーザーメス」

「天才を生んだってのか？　それが瑠那？　パソコンの使い方をクラスメイトにきいてたぐらいなのに？」

疑問を口にしながら凛香ははっとした。ふだんはなにもおぼえていない。銃の撃ち方すら記憶の表層に上らず、人を殺したことも忘れてしまっていた。

茫然《ぼうぜん》とせざるをえない。凛香はファイルを押しやった。「漫画だろ。瑠那が胎児のころから脳をいじられ、ステロイド投与で身体能力も異常発達して生まれてきたって？」

「それを熟読するとわかるけど、子供は四歳から八歳までに運動神経と身体能力が急激に育ち、十二歳あたりで神経系の発達が終わる。でも三歳までに、脳からの指令を身体の各部位に伝わりやすくすれば、反射神経が早々と醸成される。ステロイドによる心肺機能も備わっているから、幼少期から強靭《きょうじん》になれる」

「だからって拳銃《けんじゅう》をなんで使いこなせるんだよ！　亜樹凪さんの話では、瑠那はただの筋肉馬鹿じゃなく、体術で大の男を圧倒してたっていうぜ？」

「瑠那は神社の境内で発見されたときは、十歳になる寸前だった。それまでどこでなにをしてたかはわかってないんでしょ」

「全身虐待の痕だらけだったんだぜ？　ヤー公にしごかれてたとでもいうのかよ」

結衣が平然といった。「六本木オズヴァルドに機動隊が突入したとき、わたしは九歳だった。それまでの教育は身体に染みつくどころか、嫌になるほど思考や感情の源になってる。あんただって六歳までの経験がいまに影響をあたえてるでしょ」

「そりゃそうだけど、瑠那はわたしみたいにはグレずに、真面目でおとなしい巫女《みこ》に育って……」

カウンターに従業員が戻ってきたため、ふたりは黙らざるをえなかった。客が入店してきた。従業員は案内を始めた。こちらの会話に耳を傾けるようすはない。

六歳までの凜香は不本意ながら、優莉家でも落ちこぼれの扱いを受けていた。重苦しい気分で凜香はささやいた。「瑠那は天才に生まれたおかげで、銃の撃ち方やらなんやら、小さかったころから難なく吸収できたっての？　体幹筋トレを積まなくても、ゴロツキふたりをあっさり殺《あや》められるってのかよ」

結衣は腑《ふ》に落ちない顔になった。「そこは不可能でしょ。ステロイドは胎児の発育を増進させたにすぎない。脳がいじられても、よくて頭の回転が速くなるだけ。ほっといても筋肉が維持されるなんてありえない」

「でも瑠那は体育をいつも見学してるけど？　無理すると吐血しちまうからよ」

従業員が客を個室へといざなっていく。共同スペースの周辺にはまた誰もいなくなった。

結衣が身を乗りだした。「そのファイルに経費の明細が添えてある。脳切除手術もそうだけど、恒星天球教のお布施を得るだけじゃなく、友里佐知子には潤沢な研究資金があった。当時の政府筋に賛同者がいて、国家予算の一部が提供されてたらしい」

凜香は面食らった。「ステロイドとレーザーメスで胎児に手を加える研究にかよ？」

「もちろん表向きはそういう触れこみじゃなく、友里のほかの医療やカウンセリングへの支援だっただろうけど、当事者たちは知ってたふしがある。少子化対策だとか、天才に生まれた子をヒエラルキーの頂点に動員するとか書いてあるし」

「ヒエラルキーの頂点ねぇ。社会を動かす一部の連中を、最初から天才として製造するわけか。頂点があるなら底辺もあるよな」

「別のページに計画表がある。身寄りのない低賃金労働者や無職、または貧しい家族を丸ごと、前頭葉切除手術で社会の底辺で働くロボットにするって」

「そんなの世間が許すかよ」

「中間層は誰も気づかないって……。自治体ごとにそういう人たちの帰る場所を設けて、単純作業のためだけに出向させる。街の片隅で黙々と肉体労働する人たちが、どこから来てどこへ戻るのか、ふだんの暮らしはどうなのか、誰も疑問を持たないって」

ふいに寒気が襲い、凜香は思わず身震いした。たしかにそうかもしれない。現代もそう変わらなかった。その日暮らしの金を稼ぐためだけに働く層がある。頭数は極めて多いのだろうが、社会から切り離されているがゆえ、世間はふだんそういう人々の存在すら意識しない。いまのところ貧困に喘《あえ》ぐ労働者らは、ときおり待遇の改善や人権を求める主張をする。しかし意思を持たず、ただ指示にしたがうだけになれば、日々変わらない労働力が保証される。娯楽費などいっさいかからない、ただ生命を維持するだけのコストさえ提供していればいい。

ヒエラルキーの頂点は人工の天才、底辺も人工の働く肉体。それら上下の狭間《はざま》で、なにも知らない中間層が生まれては死んでいく。一定の国力が維持されるシステムが構築される。ファイルには、恒星天球教という謎の宗教団体の存在が、事実の隠れ蓑《みの》としてうまく作用するとあった。法により保護される信教の自由、信者のプライバシー、教義。深く理解することがタブー視される以上、恒星天球教が君臨することで、国民による社会への無関心を誘発できる。多様性や寛容さという言葉をもって、放任主義が肯定される。

凜香は鼻を鳴らした。「現社の教科書より読みごたえがある」

結衣もため息をついた。「政教分離はどこへやら、政治とカルト教団が結びついて国民を翻弄《ほんろう》し、貧富の拡大から目を逸《そ》らさせ、利権だけは追求する。いままでとそう変わらない。ただし友里の医学の力で、いっそう堅牢《けんろう》なものにする計画だった。全体主義的社会主義として」

「全体主義的社会主義か。北朝鮮みたいなもん？」

「行ってきたけど、あの国でもみんなが絶対服従に疑問を持ちがちなのと、各組織のリーダーが天才じゃないのが悩みだった。どっちも物理的になんとかできるなら、そうしたいってのが政治家の考えなんでしょ」

「そんなことしてなんになるの？　なにが政治家の喜びになる？」

「機械のように完璧《かんぺき》に機能する社会システムによって、国が栄えて力を有し、経済的にも豊かになる。その政府で権力をほしいままにできれば裕福に暮らせる。世襲にしておけば未来永劫《えいごう》、恵まれた家系になる」

「あー。プーチンもロシアの政治費を私的流用しまくって、巨万の富を築いてるっていうし」

「公には大統領の年収は千四百万円ぐらいだそうだけど」

「架禱斗ってプーチンとつるんでた？」

「たぶん。最後は輸送機で北に逃げようとしてたし」

「おかげで誰かさんが北海道の干し草に落ちて生存。架禱斗兄も南に逃げてりゃよかったのに」

凜香の嫌味にも結衣は無反応だった。淡々とした口調で結衣がいった。「いまも友里が生きてた当時と同じ発想の権力者がいるのかも。少子化と国力低下に悩む支配層が、かつての狂気の施策をひっぱりだしてきた。矢幡総理がいなくなったのをいいことに」

「でもさ。生まれてきた子供たちは短命に終わっちまうんだろ？　ヒエラルキーの頂点に君臨するなんて無理じゃねえか。それともそこから研究し直して、長生きできる子供を作りだそうとしてるとか？」

「ありうるでしょ。そのために女子高生を攫《さら》って、次々に妊娠させ、人体実験をおこなってる。全国あちこちに拠点を移し、いまはこの近辺のどこか」

「なんで女子高生だけを選ぶ？」

「年齢的に適齢期なのと、一定以上の知性が備わった母親として選ばれてる……。たぶんそんなとこ。成績優秀者も多いっていうし。レーザーメスで脳をいじるにしても、元がよければ加工の手間が減るから」

「なら亜樹凪さんも……」

「彼女は慧修学院でも成績上位者だった。そのために攫われた可能性は充分にある」

ということはやはり公安の青柳はグルか。凜香は腸《はらわた》の煮えくりかえる思いにとらわれた。「結衣姉、どうするんだよ。前に東京湾観音に行ったみてえに、なんか奇策はねえのかよ」

結衣の顔に翳《かげ》がさした。「いまは大学に行く合間を縫って、矢幡前総理がどこに消えたか探ってる。それも公安どもを撒《ま》くのに苦労しながら。きょうここに来るだけでもけっこう大変」

「おい？　なにいってんだよ。結衣姉が動かなくて、十三番目の高校事変が成り立つかよ」

「成り立つもなにも、わたしもう高校生じゃないから」

「んなこと関係あるかよ」

「高校生はあんたでしょ。事変になる前に食いとめなよ」

「なにもしねえつもりかよ！」

「なわけがない」結衣はファイルに手を伸ばし、勢いよく表紙を閉じた。「これをコピーして警視庁捜査一課に送っといた」

「捜査一課かぁ」凜香は嘆いた。「課長は坂東だろ？　わたし嫌われてるんだよ」

「そりゃ妻子ともども印旛沼に沈めようとして好かれるわけがない。逮捕されなかっただけでも儲《もう》けものだし」

シビック政変が終わって、第三次矢幡政権になったのち、双方の弁護士が折衝のため水面下で協議してくれたおかげだった。とはいえ犯罪者も同然の合意事項を突きつけられてしまった。凜香は結衣にぼやいた。「坂東の家族がいる半径二キロ以内に近づいたら、今度こそ家裁行きだってよ。わたしはストーカーかよ」

「どうやって半径二キロ以内だってわかるの」

「知らねえよ。スマホの位置情報でも、どっかでモニターしてんじゃねえのか。とにかくそのせいで坂東には連絡もとれねえ。捜査状況をきいて先まわりして、敵をぶっ殺すこともできねえじゃんか」

「敵って誰？」

「知らねえ。まだわからねえから調べようとしてんだよ」凜香のなかでじれったさが募りだした。「なあ結衣姉。一緒に動いてくれよ。瑠那や亜樹凪さんを助けださなきゃ」

「そのために全力を尽くしてる」

「どこが？　そこいらの馬鹿を蟹挟《かにばさ》みで倒して、脳天に千枚通しを突き立てなくて、結衣姉の全力なわけがないだろ」

「もう犯罪に手を染めないと約束した。矢幡前総理に」

「マジでいってんのか」

「その矢幡前総理がいなくなってる。政治に均衡をもたらすには、強いリーダーがいないと」

「結衣姉！　蓮實といい結衣姉といい、なに腑抜《ふぬ》けてんだよ！　銃を撃たねえとかほざいてて、蓮實みたいにいなくなっちまうなんて嫌だからな」

感情に声が震えたのが自分でも腹立たしい。結衣に心を見透かされたくなかった。だが結衣は鼻で笑ったりせず、ただ椅子の背もたれに身をあずけた。

ため息とともに結衣はささやいた。「瑠那にはまだ会えてない」

「いい子だよ」凜香は思いのままを口にした。「わたしたち以上におかしいとこがあるけど。……それにしてもさ」

「なに？」

「いったい馬鹿親の尻拭《しりぬぐ》いがいつまでつづくんだか」

「馬鹿親のもとに生まれたせいで、不幸になってる子がいなくなるまでかな」結衣は押し黙った。瑠那の余命に考えが及んだからだろう。わずかになんらかの感情をのぞかせ、結衣がぼそりといった。「わたしたちは生きてるだけまし」

「だよね」凜香は小声で同意した。「無事でいるのなら、せめてあとしばらくは、穏やかな日々を過ごさせてやりてえ」

「亜樹凪も心配。マラスみたいなのに身体を売って、そのおかげで生き延びたといっても、日本に戻ったとたん父親を射殺した。わたしたちみたいな人間になっちゃったかも」

「わたしたちは糞親父《くそ》を殺してねえぜ？」

「そう」結衣は視線を落とした。「父親を殺したいほど憎んでたけど、自分では殺せなかった。それがぎりぎり見境を失わずに済んだ理由だったかも。でも亜樹凪は一線を越えた。わたしたちより先へ進んだ。どんな心境の変化を迎えるか」

「ぎりぎり見境を失わずに済んだって？」凜香は苦笑してみせた。「わたしたちはとっくに集団殺戮《さつりく》姉妹だろ」

結衣は顔をあげなかった。テーブルに目を伏せたまま、まあね、ひとことだけそんなふうにつぶやいた。椅子を後ろにずらし、結衣はゆっくりと立ちあがった。

ファイルを脇に抱えた結衣が、凜香を見下ろした。「帰る」

凜香も腰を浮かせた。「児童養護施設をでて、いまはひとり暮らしだろ。わたしも泊めろよ」

「公安が見張ってるっていってるでしょ。兄弟姉妹は成人するまで一緒にいられない」

「こうやって頻繁に会ってるのにか？　瑠那や亜樹凪さんはどうするんだよ」

結衣は凜香をじっと見つめてきた。「あんたと同じ学校でしょ。しっかりしなきゃいけないのはあんた」

沈黙が降りてきた。凜香がいままで感じたことのない静寂だった。結衣は背を向け、カウンターに五百円硬貨を置くと、店外に立ち去っていった。

突き放されたような寂しさをおぼえる。なんだよ、凜香はひとりそうつぶやいた。こんな空虚さを抱えるのなら、結衣姉には会いたくなかった。

23

坂東が若かったころ、証券取引所はインターネット取引による合理化システムの導入前だった。金曜の大引けを迎えた立会場はやたら騒々しかった。

いま警視庁捜査一課は、当時の立会場さながらの喧噪《けんそう》に包まれている。電話がひっきりなしに鳴り、怒号さながらの大声が絶えず飛び交う。ふだんより多くの捜査員でひどく混みあっているうえ、誰もが右往左往しせわしなく駆けまわる。どの手にも同じコピー書類の束があった。フロアの片隅ではコピー機が唸《うな》りつづける。文書の束はどんどん部数を増やしていく。

うち一部が坂東のデスクにもあった。坂東は中腰に立ちながら、それらコピーを一枚ずつ丹念に読みこんでいった。

なんと恐ろしい内部文書だ。かつて世を震撼《しんかん》させた友里佐知子と恒星天球教、そのあらゆる犯罪計画が一冊のファイルにまとめてある。実際に起きた事件の詳細な段取りから、いつでも実行可能なほど煮詰められた作戦、机上の空論としかいいようのないしろものまで、国家転覆を意図した大規模テロの百科事典といえる。どうやって知りえたのか、当時の警視庁庁舎内部の見取り図、皇居の警備配置図さえ掲載されている。友里佐知子の死後、警察のガサ入れでは犯罪の部分的な証拠しか収集できなかった。ここまですべてを網羅した文書が存在したとは。

コピーの束は匿名による郵送でけさ届いた。いまになって誰がこれを提供したのだろう。前頭葉切除手術を受けていない恒星天球教の幹部は、全員の素性があきらかになったわけではない。そのうちのひとりのしわざなのか。友里佐知子の子供といえば優莉結衣だが、可能性からは真っ先に除外される。彼女は物心ついて以降、母親に会ったことさえない。こんな文書を相続する機会などなかった。

目の前を駆けずりまわるスーツのなかに、渡辺班長の姿を見かけた。坂東は渡辺に声を張った。「奥田医師はまだ見つからないのか」

渡辺は足をとめる時間も惜しむかのように、せかせかと移動しながら応じた。「依然として連絡がとれません」

大学にも医療機関にも現れず、突然行方をくらましてしまった。というより五十六歳の奥田宏節なる医師は、最初から実体のない存在だったと判明した。実績は確認できるものの、独身で家庭を持たず、現住所となっている千代田《ちよだ》区のマンションはもぬけの殻だった。

もともと奥田が科捜研の信頼を得たのは、恒星天球教絡みの事件が頻発していたころの話になる。ほかの医師が手を焼く、前頭葉切除手術済みの元信者らの延命治療に、奥田はみずから名乗りをあげた。思考や感情は戻らなかったものの、生存する元信者らが多くいたことが、事件の立証の大きな決め手となった。その功績が当時の警察庁長官からも評価された。

いまにして考えれば、友里佐知子がマッチポンプとして奥田を送りこみ、司法機関の情報を得ると同時に捜査の攪乱《かくらん》を図っていたことは、想像に難くない。だが恒星天球教の解散後も、奥田は潜伏しつづける道を選んだのだろうか。その目的はどこにある。友里佐知子の後継者にでもなるつもりか。

四十代の新渡戸《にとべ》係長が足ばやに歩み寄ってきた。「課長。順天堂医科大医院の別の医師チームに、被害者らの遺体を精査させた結果ですが」

「どうなった?」坂東は問いかけた。

新渡戸の表情は極度にこわばっていた。「腹部の火傷《やけど》がタバコの火によるものという判断は、まったくありえないとの見解です。原因不明とした各所轄の司法解剖こそが正しかったのです。さらに今回のコピー文書に記載された、胎児の脳への長波長レーザー照射は、遺体の火傷痕《かしょうこん》と矛盾を生じないと」

坂東は衝撃を受けた。「奥田医師による報告は完全な虚偽だったというのか」

「薬物注射痕もステロイド注射痕とみるのが正しいらしく……電話で専門家と直接話されますか?」

「いや」話したところで事実は動かない。坂東は急《せ》かした。「ほかには?」

「奥田医師は女子高生連続失踪《しっそう》致死事件に関する、全情報を集約するとの名目で、各所轄間の司法解剖結果のやりとりを禁じるよう、捜査本部に要請しました。それにより奥田医師がデータの管理を独占したのですが、被害者の性交相手の痕跡について、精液やDNA鑑定の結果も改竄《かいざん》したようです」

もはや驚きさえおぼえない。坂東は新渡戸を見つめた。「性交の相手は不特定多数で過去に記録なし、そんな報告はぜんぶ嘘っぱちだったわけか」

「そうです。発見された被害者の遺体から検出された精液は、すべて同一人物のものと判明し……」新渡戸は一瞬言葉に詰まった。「奥田宏節医師のDNAと一致しました」

「なんだと⁉　被害者全員に関してか！」

騒々しかった捜査一課の刑事部屋が、フェードアウトするように静まりかえった。近場にいた捜査員らは、新渡戸の報告を耳にしたらしく、坂東と同じく仰天の反応をしめしている。そこからざわざわと情報が伝達していった。なにがあったって？　被害者らが性交した相手は全員同じ、しかも奥田医師だと……。

さすがに肝が冷えていく。慄然《りつぜん》とせざるをえない事実に、室内を埋め尽くす私服たちも一様に固唾《かたず》を呑《の》んでいた。あまりのおぞましさに誰ひとり声をあげられない、そんなありさまにちがいない。

黙って突っ立っていても始まらない。坂東は一同に呼びかけた。「奥田医師の行方を追うことに全力をあげろ」

また時間が動きだした。室内に喧噪が戻りつつある。そんななか人混みを掻《か》き分け、渡辺班長が駆け戻ってきた。脇にタブレット端末を携えている。緊張の面持ちで渡辺がきいてきた。「紫野佳苗という名をご記憶ですか」

「前頭葉切除手術の被害者だろう」坂東はいった。「娘がいたな。杠葉瑠那だ。DN

A鑑定で父親が優莉匡太と判明したことは、公安が長いこと極秘事項にして、俺たち刑事警察にも伝えられなかった」

「その瑠那についてです。深川《ふかがわ》署によると、義父母が瑠那の行方不明者届を提出したと」

坂東は開いた口が塞《ふさ》がらない思いだった。「そんないわくつきの少女まで攫《さら》われたのか」

「ほかとは少し状況がちがいます。瑠那には持病があったんですが、日暮里高校で倒れ病院に搬送される途中、救急車ごと行方不明になりました」

新渡戸係長が眉《まゆ》をひそめた。「救急車ごと?」

渡辺班長はうなずいた。「奇妙なことに、学校の教師からの119番通報は、直後にまちがいだったという電話があり、地域の消防署にキャンセルされ……。代わりに偽の救急車が学校に到着したようです」

「学校に防犯カメラはなかったのか」

「プライバシー重視の観点から未設置でした。しかし」渡辺はタブレット端末の画面をタップし、坂東に差しだしてきた。「これは瑠那の住居、阿宗神社のようすです。義父母が警察に瑠那の失踪をうったえるのを、現地の警察官が動画に記録していました」

受けとったタブレット端末には、手ブレの激しい動画が映しだされていた。斎服姿の男女が制服警官らに対し、涙ながらに捜索を懇願している。カメラが水平にパンした。停車中のパトカーをとらえたのち、路上の野次馬に向けられる。

群衆のなかでエンジとグレーのツートンカラー、派手めで知られる日暮里高校の制服が目を引く。とたんに坂東の心臓は凝固しそうになった。髪は黒く染めているが、ショートボブのヘアスタイルは以前と変わらなかった。

渡辺班長がいった。「ご覧のとおり優莉凜香が映りこんでいます。成人するまで兄弟姉妹どうしは接触できない規則のはずですが」

パンしたカメラが戻っていき、ふたたび人の群れをとらえる。もう凜香の姿はなかった。撮影に気づいたのだろう。

穏やかならざる感情が胸の奥で軋《きし》む。こんなところに優莉凜香がいた。偶然とはとても考えられない。

坂東はタブレット端末を渡辺に突きかえした。「俺はでかける。報告は随時、電話かメールで寄越《よこ》せ」

渡辺班長が当惑ぎみにタブレット端末を抱えた。「どちらへ行かれるんですか」

「同行しなくていい」坂東はデスクの下からカバンをとりあげた。「ひとりでたしかめたいことがある」

24

殷堕棲《インダス》は検体F－11を観察するにあたり、無菌服のフードを脱ぎ、ゴーグルとマスクを外すのがふつうになっていた。

誘拐活動各班が攫ってきた十五から十九歳の少女らを、この施設では検体と呼ぶ。検体はまず数日、各々ひとりずつをほかに誰もいないフロアの檻《おり》のなかにいれ、生態を観察する。ここで過剰な反抗心がみられたり、不健康が顕著だったりした場合、その検体は破棄処分となる。

一週間の観察が終わると、同時期の検体が複数まとめられ、入試《エグザム》にまわされる。エグザムの内容は特に高校での出題と変わらない。ここで知性をみる。晴れて合格した検体のみが〝マリア〟として〝生命の畑〟に加わる。

最初の段階である検体観察において、殷堕棲が素顔を晒《さら》すことは通常ありえなかった。廃病院の内部を利用した拠点は、清潔とはいいがたいが、検体の育成には充分な環境といえる。それでもどんな病原菌が持ちこまれるかわかったものではない。健康そうに見えても、なんらかのウイルスに冒されていることは充分にありうる。ほかの病原菌と結びつき、さらなる変異を生じないともかぎらない。〝マリア〟の前段階、検体と同じ部屋の空気を吸うのはありえなかった。

しかし検体F―11、雲英亜樹凪の観察においては事情がちがった。殷堕棲はすでに最初の対面時、みずからゴーグルとマスクを取り払った。

検体はほぼ一日じゅう檻のなかにいる。バスルームの使用と医療検査のため、定期的に部屋をでるが、それらが終わるとまた檻に戻される。最初期の数日、検体は泣きわめきつづける。鉄格子に頭突きを食らわせたり、毛布の端を歯で嚙《か》んだりする行動がみられる。毛布を嚙むのは紐《ひも》状に引き裂き、首《くび》吊りの道具にするためだ。検体が自殺を図ろうとするなら、そのまま捨て置く。みずから命を絶つ心の弱さは、子にも遺伝する可能性がある。それでは〝マリア〟にふさわしくない。

しかしF―11こと亜樹凪はまったく異質な検体だった。初めて殷堕棲が檻の観察に訪れた日、亜樹凪はしばらく恐怖をしめしていたものの、ほどなく毛布から抜けだしてきた。一糸まとわぬ姿を晒しながら鉄格子に近づいた。

まだ不安が残るまなざしだったが、どこかうっとりと恍惚《こうこつ》とした表情を漂わせる。

そんな亜樹凪に殷堕棲の心は掻き乱された。まったく予測不能な反応だったからだ。初めから殷堕棲は亜樹凪を肉眼で観察したかった。それがゴーグルとマスクを取り払った理由だが、素顔を見せたことで検体に変化が生じたのか。いや。あんなに早く恐怖を克服できる検体はない。

毎日同じ時間に、殷堕棲は検体観察をおこなった。檻の外から眺めるだけだが、生態の貴重なデータを収集するための、重要な段取りにちがいなかった。

だが亜樹凪の観察は殷堕棲にとって、しだいに特別な時間へと変わっていった。亜樹凪はなにを考えているのか不明瞭《ふめいりょう》だった。檻のなかでの生活にすっかり適応しているようにも思える。あわてたようすもなくしなやかに動き、毛布で身体を隠そうとしては、ときに肌が露出してもかまわない素振りをみせる。鉄格子越しに殷堕棲をぼうっと眺めては、恥ずかしげに目を逸《そ》らすこともあれば、微笑さえ浮かべるときもあった。

マットレスに寝たままの亜樹凪が、毛布のなかからすらりと長い脚を立て、軽く太腿《ふともも》を揉《も》むしぐさは定番になった。殷堕棲は冷静に努めながら観察をつづけた。これは検体だと繰りかえし自分にいいきかせた。

それにしても美しい裸体だった。プロポーションは十頭身といえるだろう。豊満な胸と腰のくびれの落差が著しい。肌もきめ細かで滑らかそのものに見えた。

殷堕棲の心情に決定的な異変が生じたのは、亜樹凪の観察中ではなかった。F－11の検体観察が始まって以降、殷堕棲は〝生命の畑〟での行為に、達成感や使命感を失いつつあった。

ステロイド注射やレーザーメス照射前の、無垢《むく》な少女の白肌をまのあたりにしても、以前のような喜びは感じられない。性交に充分な興奮を得られない事態もしばしば生じた。〝生命の畑〟の各部屋には、縦横に無数の診療台が並び、全裸の十代後半の少女らが横たわる。みな尊師の種付けをまっている。けれども彼女らは自分の意思でそうしているわけではない。意識を失った〝マリア〟はみな人形も同然だった。無抵抗な美少女らを意のままにできる快楽は、ここにきて急速に退屈極まりない、単なる倦《けん》怠《たい》へと変わってきた。なにもかも飽きつつあった。

亜樹凪に惹《ひ》かれたせいだろう。あの女は危険だと殷堕棲は思った。いままでの概念を覆し、殷堕棲にとって要らぬ動揺を誘発する。とはいえ不良検体として処分する気にはなれない。彼女がなにを意図しているか見極めねばならない。

亜樹凪は日を追うごとに、露骨に官能的な表情やしぐさを見せるようになった。まるで発情したかのように毛布を抱き、誘うまなざしを殷堕棲に向けてくる。目が離せなくなる一方、これは彼女の防衛本能のなせるわざだ、殷堕棲はそう推測した。マットレスの上で毛布と戯れ、なまめかしく嬌声《きょうせい》すら発する亜樹凪を、殷堕棲はじっと見守った。

「よせ」殷堕棲はつぶやいた。「わざと品位に欠ける行動で惹きつけようとしても無駄だ。おまえはほかの検体と同じ運命をたどる」

亜樹凪は上半身を起こした。かすかに表情がこわばったものの、ぼんやりした目つきは相変わらずだった。ささやくような声を亜樹凪が漏らした。「検体って?」

「〝マリア〟になれば誰も意思を持たない」

「……ああ」亜樹凪は両手を後ろにつき、片膝《かたひざ》を曲げながら、二本の美脚を前に投げだした。胴体は毛布がわずかに覆うのみになっている。ため息をともないつつ亜樹凪がいった。「薬で眠ってるお人形さんとしか交われないのね。可哀想」

想像力と理解力に優れている。〝生命の畑〟を目にしたわけでもないのに、ここで実施されていることを正確に把握していた。さすが秀才というべきだろう。

殷堕棲は鉄格子に歩み寄った。「きみは雲英家という名門の育ちだ。そんな淫《みだ》らな女ではないはずだ」

「なんでそんなことというの? ほかにどんなふうに時間を過ごせばいい? 檻に閉じ

こめたのはあなたでしょう」

「マラスに身体を売って、日本への密航の手助けを受け、拳銃《けんじゅう》の撃ち方も習った。調べはついてる。そのときにおぼえたのか。男を誘惑して生き延びるすべを」

亜樹凪は目を伏せ、何度か瞬《まばた》きをした。困ったような顔になり、胸もとをそっとさする。「わたしが知ったのは喜びだけ。いままでになかった甘酸っぱい快楽」

また混沌《こんとん》とした感情に思考が掻《か》き乱される。こんな欺瞞《ぎまん》は誘惑の典型的な手口ではないか。見え透いたやり方だ。

だが一方で疑念も湧いてくる。亜樹凪が本気だという可能性はない、果たしてそういいきれるのか。マラスと日本に帰る船内で、亜樹凪は性交渉に際し、真の快楽に溺《おぼ》れたのかもしれない。殷堕棲の素顔を見たうえで、亜樹凪が本当に欲情しているのだとしたら。

愚かしい。そんなふうに自分をだます、あるいは疑いを持つことを故意に遅らせる、それが男にとって破滅の第一歩だ。賢人であっても神がインプットした欲望には勝てない。よって理性を狂わされ判断力を失ってしまう。強い意志力により煩悩を撥《は》ね除《の》けねばならない。

そこまで自覚していても、なお亜樹凪の純真を信じたがる思いが、繰りかえし胸の内に生じてくる。しだいに考えるのが煩わしくなってきた。幸運を期待し分析を放棄する、それは悪いことなのか。現状には当てはまらない。亜樹凪は検体だ。殷堕棲の意に沿わなければ破棄するか、ほかの検体と同じく薬漬けにし〝マリア〟とするだけだ。だがいまは人間的な気まぐれや曖昧《あいまい》さに向き合いたくなった。不可解を残す女の誘惑にあえて乗りたい。身体ばかりか心まで結ばれれば、それ以上の歓《よろこ》びはないではないか。

ふと冷静になった。殷堕棲は亜樹凪に問いかけた。「私がなにをしようとしているのか、おまえは理解できるのか」

「詳しくは知らない」亜樹凪の表情は穏やかだった。「でもだいたいはわかる。この国の未来のためだってことも」

「勘がいいな」

「立派な人だもん。奥田先生」

全身にぴりっと電流が走る気がした。殷堕棲こと五十六歳の奥田宏節は、油断なく亜樹凪を見つめた。「知ってたのか」

「有名人なんだから当然でしょ。中学生のころ父の書斎にあった医学誌で見たの。司法や行政が最も信頼を寄せる天才的な研究者だって」

「人には二面性がある。多面性というべきか」

「殷堕棲尊師？　恒星天球教の尊師は友里佐知子さんじゃなかった？」

「……尊師の称号はかつての指導者への敬意として受け継いでいるだけだ。おまえは阿吽拏《アウンナ》に否定的か？」

「まさか」亜樹凪は真顔になった。「女医として名を馳《は》せた人だったらしいけど、わたしが知ったのは、とっくに素性が報じられたあとだった。でもわたしには友里さんの善意が手にとるようにわかった。この人は世を変えたかったんだろうって」

「世間はそれを反社テロという」

「堕落と腐敗に満ちた国家だもん。体制側のマジョリティから見れば、恒星天球教は危険な勢力だったでしょ」

「まちがいではなかったと思うのか」

「歴史はときどき過ちを生じる。だから父のような人間がのさばり、シビック政変が起きた。増えすぎた人口でも秩序を維持し、食糧や環境など諸問題を解決に導く策があるとすれば、人権以前の抜本的な改革に立ちかえるしかない」

「前頭葉切除手術に理解があったというのか。……〝生命の畑〟にも」

「わたしは嫌よ。意思を失いたくない。だって」亜樹凪ははにかみながら、上目づかいで奥田を見つめてきた。「先生を好きでいられなくなっちゃうから」

「茶番だ」奥田は突っぱねた。「猿芝居だ」

「そう？　ためしてみればいいんじゃない？　本気かどうか、肌が触れあえばわかってくることもあるから」

あまりにわざとらしい誘惑だった。だがあくまで拒絶しきれない。これまで真面目ひとすじに生きてきた。国家の将来を心から憂慮しつづけた、そんな人生だった。さまざまな思いが去来する。友里佐知子は側近を顔で選ぶところがあった。報道でも恒星天球教の幹部は美形揃いだといわれた。正体が割れていなかった殿堕棲も、そのひとりに含まれるのだろう。それなら女性から純粋に恋愛感情を抱かれることもありうるのではないか。

学生のころは未経験だった。あそびにうつつを抜かす同世代を心底軽蔑《けいべつ》しつづけた。欲望に走るのは大人になってからでいい、そんな頑《かたく》なな心情を胸に刻んできた。もう五十六だ。しかしかつて予想したよりも、内面の感覚は若い。肉体もさほど衰えてはいない。これが男女の本来あるべき姿だというのなら、受容してなにが悪い。未確定で不確定な要素も、性交渉における駆け引きの一部なのだろう。奥田は圧倒的に優位な立場にいる。裏切られても対処できる。なにを迷うことがある。

鉄格子越しに奥田はきいた。「きみはパトリツィア・グッチのようなものなのか」

「尊敬してるうえに好意を抱いた人の寝首を掻いたりはしない」亜樹凪は不敵な微笑を浮かべた。「未来を築く手伝いをしたいんだもの」

胸騒ぎの理由は不安か興奮か。自分でもよくわからなかった。雲英グループが創始者一家と分離したとはいえ、まだ亜樹凪は将来的に影響力を有するだろう。亜樹凪を引きこめればプラスになる。理性で考えられるのはそこまでだった。打算というより言いわけがましい。色香に迷うとはこのことなのか。自分を嘲《あざけ》りながらも、奥田はそれで納得した。

檻《おり》の扉に近づくと、奥田は鍵《かぎ》をとりだした。扉の解錠にかかる。亜樹凪はマットレスから立ちあがらなかった。無防備なまま奥田を迎えようとしている。それが亜樹凪の誠意の証《あかし》に思える。

扉を開け、奥田は檻のなかに踏みいった。ただちに後ろ手に扉を閉める。亜樹凪を見下ろす。警戒しながらゆっくりと歩み寄った。

亜樹凪はそっと手を差し伸べてきた。奥田はその手をとった。マットレスの端に座る。亜樹凪の端整な顔が距離を詰めてきた。

奥田はたずねた。「信用していいのか?」

「約束する」亜樹凪は奥田に絡みつくと、艶《あで》やかな声で耳打ちした。「後悔はさせない」

25

蓮實の目が暗がりに慣れてくるぐらいの時間は過ぎた。いまやぼんやりと辺りが見える。それでもまだ後頭部はずきずきと痛んだ。傷のぐあいをたしかめたいが、後ろ手に樹脂製カフを嵌《は》められているため、指先で触れることさえ不可能だった。

頭を強打し昏倒《こんとう》に至ったのは初めてではない。防衛大の訓練中にいちど、特殊作戦群と米海兵隊の合同演習でもういちど経験している。ただしいずれも殴打されたわけではない。

無断欠席した雲英亜樹凪のようすをたしかめようと、彼女の自宅マンションを訪ねた。エントランスはオートロックだったが、部屋番号を押しチャイムを鳴らしたところ、なぜか自動ドアが開いた。亜樹凪の住む部屋に向かってみると、玄関ドアは施錠されてはいなかった。なかに踏みいったとたん、背後に人の気配を感じた。だが振りかえる余裕もなく、硬い棒状の物が振り下ろされた。

意識が戻ったとき、草むらの上に寝ている感触があった。後ろ手に拘束されていると気づいた。なんとか半身を起こしてみると、木々が微風に揺れ、枝葉を擂《す》り合わす音がきこえた。ほどなく闇のなかに、うっすらと山林の景色が浮かびあがってきた。

いつしか日没後になっていた。ここは人里離れた山奥にちがいない。街路灯ひとつ見えないが、なぜか緑に埋もれた擁壁が視認できる。雛壇《ひなだん》状の宅地造成のなか、中腹あたりの平面にいる。噂にきく放棄分譲地、いわゆる超限界ニュータウンだろう。住宅建設予定地は剝《む》きだしの土で、地中に根が多く張る山林よりも、ずっと掘りやすい。すなわち人を埋めるのに適している。

年貢の納めどきだろうか。蓮實を殴打したのは雲英亜樹凪の誘拐犯にちがいない。その場で殺さず、ここに連れてきたのには理由があるのか。凜香は公安の青柳なる男のしわざといっていたが、いまだに信じがたい。

学校で凜香の話をきいた直後、蓮實はスマホで公安の知人に連絡し、青柳の顔写真を送ってもらった。七三分けで没個性的、ただし目つきの鋭い中年男。公安にはめずらしくないタイプだった。本当にあんな男が関わっているのか。

そのとき擁壁のわきの階段を、複数の靴音が上ってくるのがきこえた。目を凝らすまでもなく、三つの人影が見てとれる。

　蓮實は息を呑《の》んだ。まるで特殊作戦群の演習時点に戻ってしまったかのような、奇妙な感覚に包まれる。迷彩服がふたりいた。演習で敵方を演じる部隊のように、国籍のワッペンを身につけず、装備もやけに軽い。防弾ベストやチェストリグはなく、アサルトライフルも携えていない。迷彩服の上下だけだ。日中に木立に紛れることだけが目的なのか。ただし腰のベルトに拳銃《けんじゅう》のホルスターを吊《つ》っている。プロっぽく見えるところといえば、短く刈った髪と体格のよさ、軍用ブーツぐらいか。あるていど鍛えたサバゲーマニアに思えなくもない。

　とはいえホルスターの垂れ下がりぐあいと、いかにも重そうな揺れ方が気になる。ガスガンではあんなふうにならない。少なくとも装弾した本物の拳銃と同等の重量がある。男たちの年齢は二十代半ばぐらいか。大胸筋が分厚い。自衛官の身体測定でも優か良と評価されるだろう。

　ふたりの男は、制服の女子高生の左右に立ち、両脇を抱えていた。連行してきた女子高生を草むらに放りだす。女子高生もやはり後ろ手に拘束されていて、前のめりに突っ伏した。

　日暮里高校の制服だった。痩《や》せた身体つきに長い黒髪、雲英亜樹凪かもしれない。蓮實はあわてて呼びかけた。「雲英か？　だいじょうぶか」

女子生徒はかすかに呻《うめ》き声を発した。俯《うつぶ》せの姿勢から徐々に腰が持ちあがり、ひざまずいた姿勢で、ようやく上半身を起こす。

蚊の鳴くような声がささやいた。「蓮實先生……?」

亜樹凪ではない。髪の奥に垣間《かいま》見える哀感に満ちたまなざし、色白の細面。なんと一Bの杠葉瑠那だ。蓮實はきいた。「杠葉、怪我はないか?」

瑠那は悲嘆に暮れた顔でうつむくと、声を押し殺しながら泣きだした。嗚咽《おえつ》を漏らすたび肩が震える。

蓮實の胸は痛んだ。病弱な少女になんて酷《ひど》い仕打ちをする。凜香は瑠那が驚くべき強靱《きょうじん》さを発揮したといったが、とても信じられない。

新たに靴音が響き渡った。今度はふたりに思えるが、軍用ブーツでなく革靴らしい。歩調からするとさほど若くない。

先に上ってきた男は薄手のロングコートを着ていた。四十過ぎで頭髪が薄く、黒縁眼鏡をかけている。猫背の前屈姿勢で歩き、手もとのタブレット端末に目を落としつづける。

同行するのはスーツの男だった。蓮實は愕然《がくぜん》とした。七三分けの中年、いかにも夜目が利きそうなほどの鋭い眼光。公安の青柳にちがいない。凜香の話は本当だったのか。

眼鏡のロングコートと青柳が近づいてきた。迷彩服のふたりと合流する。人質にはろくに目もくれず、四人がぼそぼそと立ち話を始める。青柳が眼鏡のロングコートにいった。「四月でも寒いな。庵桁《あんぎょう》さん、冷えこむ前にさっさと片付けようや」

庵桁と呼ばれた男は眼鏡の眉間《みけん》を指で押さえ、タブレット端末の画面をタップした。「きょうの腐敗分子の始末は……。ふたりだけか。蓮實庄司《しょうじ》。それに杠葉瑠那。日暮里高校の教師と生徒」

蓮實は嚙《か》みついた。「なにをする気だ」

青柳が醒《さ》めた顔で見下ろしてきた。「素っ裸になって横たわってもらうだけだよ。あとは心配すんな。頭を撃ち抜かれるのは一瞬だから、痛みを感じる暇もないっていうしな」

「こんなところで殺人？　わかってるのか。所有者がいる土地だぞ」

「超限界ニュータウンに所有者もへったくれもねえんだよ。周りのほかの宅地にも、それぞれ死体が埋まってる。服を着てなきゃ自然に土に還《かえ》る。分解を促進する薬品も地面に混ぜてある」

「夏になったら腐敗臭が漂うだろうな」

「浅く埋めた場合はな。宅地ってのは深掘りしやすくってよ」

「家の基礎を組むより深くなきゃな」

「建築確認申請が通らねえのに、誰がどうやって家を建てるんだよ。悪いがきのうきょう思いついたやり方じゃねえんだ。国土交通省の役人も絡んでる、土地の有効活用ってやつでな」

「自分を大きく見せたがる小物は、国だのなんだの権威をすぐに引っ張りだしてくる。飽きてんだよそういうのは」

俺桁がまたタブレット端末をタップした。「蓮實庄司……。前職は自衛官のキャリア組か。道理で度胸が据わってる。いい身体もしてる。公立高校の教員になるとは変わり種だね」

青柳は鼻を鳴らした。「蓮實。あいにく俺たちは張り子の虎じゃねえんだよ。おまえには想像もつかねえだろうが」

蓮實はいった。「この近くに潜んでることぐらいわかってる」

俺桁が表情を硬くした。「なぜそれを……」

すると青柳が片手をあげ俺桁を制した。「クルマのエンジン音も、ドアの開閉音もきこえなかったからだよな。拠点が歩ける距離にあるって憶測だ。防衛大で教わるのはそのていどか？　戦場じゃ生き延びられないぜ」

きいたふうなことを。蓮實はからかってみせた。「おまえが戦場を知ってるのかよ」

ふいに瑠那がむせだした。咳《せき》がどんどんひどくなる。瑠那は荒い息遣いで喘《あえ》ぎながら地面にうずくまった。髪のかかった顔が苦痛に歪《ゆが》んでいる。大きな目を固くつむったとき、ひとしずくの涙が搾りだされるように流れ落ちた。

まずい。過呼吸の併発はないようだが薬の投与が必要だった。蓮實は青柳にうったえた。「手当てをしてやってくれ」

青柳がしらけた面持ちでつぶやいた。「寝ぼけてんのか。これから土に還ろうってのに、なんで手当てしなきゃならねえ」

瑠那の華奢《きゃしゃ》な身体は草むらに横たわり、咳《せ》きこみながら痙攣《けいれん》を起こしていた。青白い顔はいっそう血の気を失い、儚《はかな》げに半目を開いては、焦点の合わないまなざしで虚空を眺める。救いを求めているのはあきらかだった。血が口の端から滴り落ちる。あまりに哀れで見ていられない。

「頼む」蓮實は青柳を仰いだ。「彼女のカバンに薬があったはずだ」

「カバン？」青柳はじれったそうに頭を掻《か》いた。「そんなもん捨てちまったよ」

庵桁が眼鏡を外し、ロングコートの襟でレンズを拭《ふ》いた。「持病なら承知済みだよ。胎児の時点でのステロイド注射と、脳へのレーザーメス照射は、発育過程に深刻な影響をもたらす。大静脈の狭窄《きょうさく》と閉塞《へいそく》にともなう発作が頻発する」

蓮實には意味がわからなかった。「なんの話だ」

「興味深いサンプルだったんだが、腐敗分子に指定された以上、処分の対象となるんでね」

瑠那の咳はひどくなるばかりだった。気管が詰まったのか、嘔吐《おうと》のように濁った声を発し、地面に血を撒《ま》き散らす。細い身体が仰向《あおむ》けに転がった。泣き腫《は》らした目が夜空を仰ぐ。乱れた呼吸に胸もとが激しく上下する。

青柳が嫌悪をあらわにした。「耳障りな雑音だ。静かにさせろ」

迷彩服のふたりが瑠那に駆け寄る。脇腹を蹴《け》り、瑠那を横方向に転がす。俯せになった瑠那の後頭部を、ひとりがブーツで踏みにじり、顔を土のなかに埋《うず》めさせた。

蓮實は怒鳴った。「やめろ!」

立ちあがりかけた蓮實に、迷彩服のひとりが駆け寄ってきた。ホルスターから拳銃《けんじゅう》を抜いている。本物のベレッタにちがいない。蓮實の両手は自由にならなかったが、みずから身体ごと突進し、迷彩服の懐に飛びこんだ。銃の発砲より早く、敵の腹部に頭突きを食らわせる。蓮實と迷彩服は揃って転倒した。

青柳の声が耳に届いた。「蓮實」

はっとして顔をあげる。青柳は瑠那の傍らに片膝《かたひざ》をついていた。手にした拳銃を瑠那の頭に突きつけている。

「よせ！」蓮實は声を張った。「この野郎。おめえらには情けってもんがねえのか！」

蓮實が抵抗できないと知ったからだろう、迷彩服はふたりがかりで猛然と襲いかかってきた。重いローキックを矢継ぎ早に浴びせてくる。蓮實は激痛とともに地面に這《は》った。それでも瑠那から片時も目を離せない。瑠那の身が危険だ。

青柳は瑠那の髪をわしづかみにした。咳きこむ瑠那の顔を何度も土に叩《たた》き伏せた。腹から絞りだすような声で青柳が罵《ののし》った。「この実験材料の副産物が。それは猿芝居か？　つくってねえで暴れてみろよ。俺が連れてったチンピラふたりを始末したようによ」

宙に浮いた瑠那の顔が、嗚咽《おえつ》とともにささやいた。「なにをおっしゃってるのか……。ごめんなさい。わたしにはなにもわからないんです」

怒りをあらわにした青柳が、また瑠那の顔を地面に衝突させた。「ふざけんな！

未来を担えるのは尊師と〝マリア〟のもとに生まれる子だけなんだよ。元死刑囚と性奴隷のガキに手を加えたところで、欠陥品にしかならねえんだよ！」

意味のすべては理解できなくとも、蓮實は青柳の蛮行を許せなかった。憤怒《ふんぬ》を瞬発的な力に換える。迷彩服ふたりに足払いをかけ、その場に転倒させると、蓮實はがむしゃらに跳ね起きた。「やめろ！」

だが瑠那はぐったりと脱力しきっていた。俯《うつぶ》せに草むらのなかに沈んでいる。もう痙攣すら見てとれない。息絶えてしまったのか、まだ瀕死《ひんし》の段階かはわからない。いずれにせよ瑠那は意識を喪失している。呼吸ひとつ感じられない。

蓮實のなかに激昂《げっこう》の炎が燃えあがった。「貴様ら……」

青柳は立ちあがると拳銃を向けてきた。迷彩服のふたりが蓮實の背後に迫り、膝の裏側を蹴ってきた。蓮實は力ずくでひざまずかされた。後頭部にも二丁の拳銃が突きつけられる。後ろ手にカフで拘束されていてはどうにもならない。

庵桁は眼鏡をかけ直すと、悠然とした歩調で蓮實に歩み寄ってきた。「きみは私たちを軽く見ているようだ。ただのならず者集団かなにかだと思っているんだろう。しかしそうではない。私は腐敗分子排除のいっさいをまかされている。世を刷新するための重要な役職だよ」

蓮實は庵桁を睨《にら》みつけた。「攫《さら》った女子生徒たちも地面に埋めたのか」

「まさか。まるで理解できてないな。十五から十九歳の少女らは〝マリア〟候補に選別された検体だよ。それとはまったく別に、尊師による改革の支障となる者を、私たちは腐敗分子と呼んでひとくくりにしている。きみらはその腐敗分子だ。だからどこにも迎えることなく処分する」

「尊師だ？　恒星天球教じゃあるまいし」蓮實はからかってみせたものの、庵桁と青柳の真顔に向き合ううち、不穏な空気を察した。蓮實はきいた。「恒星天球教なのか？」

「これから土に還《かえ》るきみに伝えることはない」

黙って運命を受けいれるわけにいかない。特殊作戦群でも西洋の軍隊における基本精神を学んだ。どうせ死ぬからと情報を得る機会を放棄するのは愚かだ。たとえ捕虜になり、銃殺刑を申し渡されようとも、本当に死ぬとはかぎらないからだ。最後の一瞬まであきらめてはならない。戦局とはひとりの兵士に予測可能なほど単純ではない。

「そういうな」蓮實は語気を弱めてみせた。「あとはトリガーを引くだけなんだろ。宗教団体なら死者への手向けに、未来のこの国の姿を教えてくれよ」

青柳がぴしゃりといった。「時間稼ぎなんか無駄だ。疑問を抱いたまま死ね」

だが俺桁は好奇心をしめされることに、特に悪い気はしなかったようだ。淡々とした口調で俺桁が告げてきた。「少子化社会の改善のためには、ただ子供が増えればいいというものではない。貧困層の無学な子供ばかりでは国力が失われる。生物学的によい胎児を育《はぐく》む適年齢期は十代後半。知性が備わっていれば良質の遺伝子を残せる。尊師との子が将来の国家を担う」

「雲英亜樹凪もそのなかに含まれるのか？」

「〝マリア〟候補の検体は厳格な品質チェックを受ける。社会から姿を消したからといって、本当に〝マリア〟に選ばれるかどうかはわからない」

「その〝マリア〟とやらになって、尊師との子供を妊娠して……。さっき妙なことをいってたな。ステロイド注射に脳へのレーザーメス？　胎児を手術するのか」

青柳が苛立《いらだ》たしげに俺桁をうながした。「もう戻る時間だ」

間髪をいれず蓮實は問いかけた。「戻るって、どこへだ？　ここから歩いて行ける距離に、誘拐した人質女子生徒たちの産婦人科なんかあるわけない。家一軒建ってないんだしな」

蓮實はわざと煽《あお》ったものの、俺桁はその意図に気づいたのか、硬い顔で黙りこんだ。ところが青柳のほうが侮辱に堪えきれなくなったのか、ふいに饒舌《じょうぜつ》に転じた。「落ちこぼれ自衛官が教員になるしかねえ理由がよくわかった。そんな頭じゃな」

挑発に乗ってきた。蓮實は畳みかけた。「電気も水道もきてない山奥に、難民テントみたいなのが張ってあって、そこに助産師が控えてるうえ、尊師とやらのヤリ部屋があるってのか？　おまえらはそのテントの守り神だって？　狸にでも化かされてないか？　山奥だけによ」

青柳が顔面を紅潮させた。「無知もたいがいにしろ！　全国の十ヘクタールを超える放棄分譲地のうち、三割には廃病院があるんだ！　ここにもな。無知蒙昧《もうまい》な高校教師の近視眼的な思考で、精密機械のようなシステムの一部すら理解できるか。己れの単細胞ぶりを呪いながら地獄に落ちろ、腐敗分子が！」

「……あー」瑠那の低くつぶやく声がきこえた。「そう。ならこの近くの廃病院が〝生命の畑〟」

総毛立つとはこのことにちがいない。青柳も目を剝《む》いていた。蓮實は青柳の視線を追い、瑠那を振りかえった。

寝ていた瑠那がゆっくりと上半身を起こす。前髪に目もとが隠れていた。制服の胸もとは吐血に赤く染まっている。両膝《りょうひざ》を立てながら瑠那は、わずかに腰を浮かせた。縄跳びの後ろ跳びに似た動作で、あっさりとカフの嵌《は》まった後ろ手を飛び越え、両腕を身体の前へと移動させた。

蓮實は衝撃を受けた。なんという柔軟な身体だ。まだカフに両手首が固定されているものの、瑠那は両手を揃えて真正面に突きだせる状態になった。それでも瑠那はまだ両腕をだらりと垂れ下げたまま、脚と腰の力だけで立ちあがった。

庵桁が怖《お》じ気づく態度をしめしだした。「杠葉瑠那。やはりさっきまでのは猿芝居か。だがなにをするつもりなのかね。いまはもう処刑が不可避の運命……」

「ありがとう」瑠那がうつむいたまま静かにいった。「ここに連れてきてくれて。ずっとまってた」

「……なに？　どういう意味だ？」

「女子高生を次々に攫って〝マリア〟にし始めた。手を加えた胎児が出産後、短命に終わらずに済む治療法が見つかったからでしょ。だからぜひ来たかった。この近くに〝生命の畑〟があるなら、きっと治療法もそこにある」

青柳が焦燥のいろとともに怒鳴った。「この小娘を先に始末しろ！」

迷彩服らがそれぞれ拳銃《けんじゅう》で瑠那を狙い澄ます。蓮實はとっさにひとりに飛びかかり、体当たりで草むらに押し倒した。だがもうひとりがトリガーを引こうとしている。瑠那が撃たれてしまう。

蓮實が顔をあげたとき、一陣の風が吹いた。瞬時に瑠那が突進した、その風圧だとわかった。瑠那は高々と跳躍した。新体操のように前方回転しながら、迷彩服の頭上を飛び越えつつ、両手首のあいだのカフを迷彩服の口に嚙《か》ませた。着地するや片膝をつくと、瑠那は両腕を前に振り、迷彩服を背負い投げにした。驚くべき重心の見極めにより、迷彩服の身体はあっさりと宙を舞い、瑠那の前方へと俯せに叩《たた》きつけられた。馬乗りになった瑠那が、顎《あご》で迷彩服の頭頂を強打した。頭部がひしゃげんばかりの衝撃により、迷彩服の強く嚙んだ歯が、樹脂製カフを嚙み切った。

両腕が自由になった瑠那は、すかさず迷彩服を仰向《あおむ》けにした。左のてのひらを迷彩服の額に這《は》わせ、右手は胸倉をつかんだ。テコの原理を最大限に生かすポイントを知り尽くしているのか、瑠那は迷彩服の額を押さえたまま、胸倉を一瞬にして強く引いた。竹が割れるような音がした。

目に映る光景を蓮實は信じられなかった。瑠那は迷彩服の頸椎《けいつい》をへし折った。首の骨が砕けた迷彩服の頭部は不自然にのけぞり、身体ごとばったりと倒れた。

青柳が恐怖にひきつった顔で拳銃を構えた。「こ、この……」

瑠那は異常な勢いでなにかを投げつけた。迷彩服から奪った拳銃だった。サイドスローを描く腕が、風を切る高い音を奏でた。物体の投擲《とうてき》というより射出に近い、それぐらいの勢いだった。投げつけた拳銃は青柳の手に命中した。二丁の拳銃は弾《はじ》けるように遠くへ飛んでいった。

拳銃を失った手に激痛が走ったらしい。青柳は短い叫びを発し、苦悶《くもん》の表情でてのひらを庇《かば》った。

立ちあがった瑠那はぶらりと庵桁に歩み寄った。そのさまは幽霊のようだった。風にそよぐ長い黒髪、色白の小顔とつぶらな瞳《ひとみ》、かぎりなく細い腕と脚。まるで力強さを感じさせない、その姿のすべてが逆に力強かった。

「や」庵桁は慄然《りつぜん》とした面持ちで後ずさった。「やめてくれ。来ないでくれ」

「あるんでしょ」瑠那はささやいた。「治療法」

「たしかに……。いまはもう副作用を抑えられる。尊師による研究の賜物《たまもの》だ……。私なら知ってる。廃病院のどこにあるか知ってるよ」

体温が異常に上昇しているのか、庵桁の顔は汗だくになり、眼鏡は真っ白に曇りだした。

瑠那は庵桁と距離を詰めた。両手を庵桁の顔に伸ばし、眼鏡をそっと外す。

無表情の瑠那は、自分の手もとを眺めることもなく、ふいに力をこめた。左右の手のなかで、眼鏡をわずかに圧縮させた。レンズは割れ、左右の丸いフレームはいずれも、縦長の楕円《だえん》と化した。眼鏡のつるの間隔は数センチほど縮まった。本来は両耳の幅だったが、いまはほぼ両目の幅になった。

「眼鏡」瑠那はつぶやいた。「かけたら？」

瑠那はいきなり眼鏡のつるを、庵桁の両目に突き刺した。断末魔に近い絶叫が辺りにこだました。なおも瑠那は瞬時に力をこめ、つるを深々と脳のなかへ突き通した。楕円になった眼鏡が、血まみれの庵桁の顔面に張りついた。庵桁が仰向けに倒れていく。瑠那は返り血を浴びながら、瞬《まばた》きもせずに庵桁の死を見守った。

甲高い叫び声を発したのは青柳だった。尻餅《しりもち》をつき後ずさると、四足動物のように逃走しだした。

蓮實は青柳を追いかけなかった。というより一緒に逃げだしたい気分だった。膝が震えだし、とても立ってはいられない。蓮實は草むらにへたりこんだ。

そのせいで迷彩服の残りひとりが自由を得た。まだ身体を起こせずにいたが、迷彩服は拳銃を瑠那に向けようとした。

ところが瑠那はそれより速く迷彩服に肉迫していた。スカートの裾《すそ》から露出する長い脚を、拳銃を持つ迷彩服の右腕にしっかりと絡める。迷彩服の頭部が地面から浮きあがるほど、腕を強く上方へと引っ張ったうえ、ありえない方向へと身体をひねる。

迷彩服のあちこちから骨の折れる音が響き渡った。変形した骨格が服の表層にも見てとれるほどだった。粉砕骨折に悶絶《もんぜつ》した迷彩服が、文字どおり崩れ落ちていく。握力を失った右手から、瑠那が拳銃をひったくった。

ひたすら驚愕《きょうがく》をおぼえる蓮實の前に、瑠那が歩み寄ってきた。拳銃の向きを変え、グリップのほうを差しだしてくる。

蓮實は首を横に振った。後ろ手にカフを嵌められ、受けとろうにも手を差しだせない。それだけが理由ではなかった。蓮實はいった。「駄目だ。そんなものは捨てろ。拳銃なんか持っちゃいけない」

瑠那は蓮實を見かえした。白い顔は返り血と吐血に汚れているが、見開いた目は無《む》垢《く》な少女そのものだった。

しばし瑠那は静止していたが、ほどなく拳銃を両手でつかみ、スライドを強く後方に滑らせた。薬室に装塡《そうてん》済みの弾一発が放出される。瑠那はテイクダウンレバーを押し下げ、スライドを除去すると、手早く拳銃を分解していった。撃鉄《ハンマー》を外し、こぶしの指に挟む。ファイアリングピンを叩く尖《とが》った部分を、指のあいだから突きださせた。

瑠那は蓮實の背後にまわり身を屈《かが》めた。カフに手ごたえを感じる。ハンマーの釘《くぎ》で樹脂製カフを断ち切ろうとしている。苦戦するだろうと思っていたが、あっさりと切断が果たされた。蓮實の両手は自由になった。

どうしても瑠那に背を向けてはいられない。蓮實はふらふらと立ちあがると、思わず後ずさった。近くに倒れる迷彩服ふたりや庵桁を見下ろす。三人とも絶命はあきらかだった。

いったいどういうことだろう。瑠那は凶暴さを発揮しただけではない。恐ろしく強《きょう》靭《じん》だった。のみならず軍人のように知識が豊富だ。拳銃を分解し、刃物の代わりになる部品を獲得することに、なんら手間取らなかった。

蓮實は震える声を絞りだした。「こんなことは許されない」

瑠那のまなざしにかすかな戸惑いのいろが浮かんだ。妙に穏やかなささやきを瑠那は漏らした。「先生。感謝してます」

「……なにをだ」

「いじめっ子から助けてくれた。わたしを差別しなかったし、見捨てなかった」

「教師として当然のことだ……」

「ずっとふつうの生徒になりたかった。だから嬉《うれ》しい」

「これからもきみはうちの学校の生徒だよ。だから道を踏み外しちゃいけない。暴力は悪いことだ」

いたんですね」


「先生」瑠那は仏頂面のなかに、なんらかの思いをのぞかせていた。「特殊作戦群にいたんですね」

瑠那がそのことを知っているのは、さっきの庵桁の発言をきいたからだ。蓮實はうなずいた。「ああ」

「やりたくなくても、ほうっておけば誰かが命を落とすかもしれないのなら、やらなきゃいけないこともありますよね」

深く心を抉《えぐ》られるような気がした。蓮實は思いのままを口にした。「先生はそれで自衛隊を辞めたんだよ」

「でもそれなら」瑠那の目は気遣わしさを増した。「先生の代わりに誰かがやってるんですよね。やりたくないことを」

蓮實は言葉を失った。瑠那の指摘は的を射ていた。正論の受容は難しい。いまは沈黙する以外になかった。

瑠那は無言で蓮實を見つめていたが、そのうち軽く咳《せ》きこんだ。

うわずりがちな声で蓮實はきいた。「だ……だいじょうぶなのか？　病気は……」

すると瑠那は制服の襟を嚙《か》んだ。襟の裏側に錠剤がいくつも縫いつけてあった。半分ほどはもう消費したらしい。また新たにひと粒を吞《の》みこむと、瑠那はため息をついた。「これでしばらく落ち着きます」

「……杠葉。どういう経緯があったかは知らない。でもきみは日暮里高校の生徒だし、いまは病気だ。だから……」

「一緒に保健室に行こう、って？」瑠那は意外にも微笑した。「先生。わたしのことを一瞬でも心配してくれただけで、わたしは先生のことが大好きです。そんな大人は義父母《ふぼ》のほかにいなかったから」

「それは誤解だ。みんなきみのことを知れば、心から案じるはずだよ」

「すべてを知れば、そうはなりません」瑠那は寂しげに視線を落とした。「本当のわたしは生徒じゃない。ただの実験材料で化け物だし」

「遅れてきた中二病の高校生から、そんな言いぐさの相談をよく受けるよ。きみの場合は少し事情がちがうかもしれないが、でもそんなに変わりはない。こうして先生とふつうに喋《しゃべ》ってるじゃないか」

「先生。十代はいつも辛《つら》い思いをしてます。女の子も男の子も。少子化なんだから、もっと大事にしてあげればいいじゃないですか。なのにいまは特に女の子たちが、理不尽に命を落としてる。身勝手な大人たちのせいで」

「警察を呼ばないと……」

「公安の刑事が信用できないのに？」

返事をまつような間があった。けれども蓮實はなにもいえなかった。そのうち瑠那は踵《きびす》をかえした。身を翻したというべきかもしれない。動作の加速があまりに突然かつ急激だった。蓮實が意識したときには、瑠那はもう擁壁わきの下り階段に達していた。たちまち姿が見えなくなった。

躊躇《ちゅうちょ》の念にしばし立ち尽くした。ポケットのなかにはなにも入っていない。通報しようにも、当然ながらスマホは奪われている。

ひとりでは行かせられない。蓮實は走りだした。瑠那の消えた階段を駆け下りていく。古いセメントの足場は至るところで割れていた。滑落の危険があるばかりではない、木の根にも足をとられそうになる。転倒しかけては踏みとどまり、必死に斜面を下りつづけた。

ほどなく擁壁の谷間に着いた。幅の狭い道路がある。どちらに向かうべきか見当もつかない。

だがよく目を凝らすと、夜空にぼんやりと建造物のシルエットを確認できた。数階建ての横に広い鉄筋コンクリート造、ごく近くに存在している。蓮實はそちらに走りだした。

宅地造成時、住民の呼び水にする予定だったからか、距離はきわめて近かった。ただし敷地はフェンスに囲まれている。門にも進入禁止のバリケードが築いてあった。とはいえ密閉状態ではない。左右には隙間も生じている。瑠那もこのなかに入っていったのだろうか。

蓮實は敷地内に足を踏みいれた。建物までのあいだに鬱蒼《うっそう》とした森がひろがる。ここも平らに均《なら》された地面だったようだ。駐車場にでもする予定があったのか。そのわりには剝《む》きだしの土ばかりだ。枯れぎみの植物が辺り一帯を覆い尽くす。四月にしてこのありさまでは、夏場になると木々が生い茂り、歩くのも難しくなるだろう。

なにかにつまずいた。蓮實は飛び退いた。地面を見下ろし、思わず全身が硬直する。迷彩服の死体が横たわっていた。首筋に深々と突き刺さっているのは拳銃《けんじゅう》のハンマー、ファイアリングピンを叩《たた》く針だった。さっき瑠那がとりだした部品だ。瑠那はまたひとり殺した。しかも頸動脈《けいどうみゃく》を確実に貫いている。

死体の右手には拳銃があった。瑠那に襲われる寸前にホルスターから抜いたが、発砲は間に合わなかったようだ。完品の拳銃がここに落ちている。拾うべきかどうか迷う。

蓮實は首を横に振った。拳銃を放置したまま死体を乗り越え、森のなかを歩きつづける。いまはもう教員だ。人殺しの道具を持ちたくない。瑠那に人生の手本をしめせない。

建物が見えてきた。闇のなかにうっすら浮かんでいる。四階建てだが、片側の端が崩落したのか、全体が斜めに傾いていた。窓はすべてベニヤ板で塞《ふさ》いである。どうも妙だと蓮實は思った。病院には見えない。強いていえば学校だ。目の前の建物には校舎の趣がある。そういえば手前の平らな地面も、グラウンドと考えればしっくりくる……。

歩を踏みだしたそのとき、いきなり身体が落下する感覚に包まれた。足もとが崩れた。いや竪穴《たてあな》のなかに呑まれた。故意に掘られた落とし穴か。考える余裕もなかった。蓮實は転落しながら激しく取り乱した。竪穴の内壁を掻《か》きむしろうにも、木の根を含む堅い土が爪を弾《はじ》きかえすだけだ。ほぼ垂直に近い穴を蓮實は滑降していった。いっこうに減速しない。むしろどんどん加速しつづける……。

26

夜八時すぎ、凜香は阿宗神社に来ていた。学校帰りにあちこち当たってから、こちら《ら》に向かったため、日暮里高校の制服姿のままだった。

社務所とつながる民家の二階に、瑠那の部屋があった。六畳ひと間の和室だが、絨《じゅう》毯《たん》を敷き洋室風に使っている。とはいえなにもかも質素そのものだ。勉強机と本棚、シングルベッドにカラーボックス、すべてディスカウントショップで揃いそうだった。

室内はきれいに片付いていた。机の上にも教科書とノートが整然と並ぶ。一緒にいる功治がひどく心配そうにいった。「救急車で運ばれたきり、なんの音《おと》沙《さ》汰《た》もありません。カバンは教室に残っていて、私が引きとりましたが……」

凜香はきいた。「カバンの中身は？」

「これら教科書とノートのほかには……」功治が机の引き出しを開けた。「ここにある物でぜんぶです」

財布と定期、キーホルダーに鍵《かぎ》、ポーチ、小さく畳んだエコバッグ。生徒手帳には学生証がおさまっている。ほかには折り畳み傘、ヘアゴム、カンペンケース。なにより重要な物があった。凜香はスマホを手にとった。画面が点灯したものの、ロックがかかっている。

ため息がでる。凜香は功治にたずねた。「PINコード、知っちゃいないですよね」

キーホルダーに小さな円盤状の物体が嵌《は》まっていた。アップルのエアタグだった。

「あいにく……」

凜香はそれをつまみあげた。「エアタグ、瑠那はほかにも？」

「ありましたけど……。財布のなかです」

凜香は財布を開けた。落胆せざるをえない。小銭入れにエアタグがおさまっている。いま瑠那は位置情報を発信する物をいっさい持っていなかった。

半開きの襖《ふすま》の向こうから芳恵が呼びかけた。「警察から電話が……」

功治が振りかえった。「いま行く。優莉さん、ちょっと失礼します」

瑠那の義父母は一階に下りていった。凜香は部屋にひとりきりになった。

本棚を眺める。まだ高一だというのに、大学受験問題集の赤本がずらりと並ぶ。それも難関大学ばかりだ。専門書も多かった。『解析入門』『線形代数学』『有限要素法』『微生物学』『流体力学』『化学プロセスの熱的リスク評価』……。凜香はつぶやいた。

「大学院生かよ」

棚の最下段は大判の本を収められる高さがあった。そこには『古典美術』なる箱入りの図鑑が並んでいる。やれやれと凜香は思った。ボビナムやシステマ、ジークンドーの教本はねえのか。メイク用品もなければK‐POPアーティストのグッズもねえ。

これが女子高生デビューしたばかりの自室かよ。

『古典美術』の一巻を引き抜いた。やたら大きな箱からA2サイズのハードカバーをとりだす。かなり重かった。メモでも挟んでいないだろうか。本を机に置き、ページをぱらぱらとめくろうとした。

ところが本の側面は妙に堅く、どこも開けなかった。全ページが貼り合わせてある。表紙を開いた。なんと中身は綺麗《きれい》に刳《く》り貫《ぬ》かれ、コピー用紙の束が入っていた。

凜香は面食らった。手製のブックボックスか。器用で丁寧な仕上がりだ。たしかに市販のブックボックスなら、商品を知る者は一見してわかってしまう。三流の半グレは、乾電池を模したシークレットケースにヤクをいれたりするが、警察に見抜かれパクられてばかりだ。

ほかの『古典美術』もそうなのか。二巻目を書棚からとりだす。今度もやはり本の内部が空洞だった。中身はA3サイズの古本だった。『国土地理院　航空写真集　1978年度神奈川県版』。付箋《ふせん》つきのページを開くと、上空から山林ばかりをとらえた写真のあちこちに、赤いペンで丸印がつけてあった。緑のなかに宅地造成された区画のみをマークしている。

いま開いたページの端に写っているのは、丹沢《たんざわ》湖と三保《みほ》ダムだった。ダムが建造されたばかりなのか、縮小された写真でも真新しいとわかる。

ふと気になり、さっきのコピー用紙の束を探る。どれもグーグルアースの上空画像がプリントアウトされていた。縮尺は国土地理院の写真集に合わせてあるようだ。丹沢湖と三保ダムが見つかった。周りはかなり開発が進んでいる。一九七八年当初は、ごく小さな宅地造成にすぎなかった区画が、ひとつの街にひろがっていた。

一方でかつて宅地造成されたはずなのに、山林のなかに埋もれるように消えてしまった、そんな場所もいくつかある。プリントアウトのそれらの場所は、なにも見えなくなっているものの、過去の航空写真を参考に瑠那がマーキングしていた。

不穏なものを感じる。凜香はスマホをとりだした。電話帳から結衣の番号を表示し、通話ボタンを押す。

呼びだし音が数回。応答した結衣の声がぶっきらぼうに告げてきた。「凜香。電話はまずいでしょ。公安がうるさい」

「そんなことといってらんない」凜香は早口にまくしたてた。「瑠那は神奈川の超限界ニュータウンを片っ端から調べあげてた。どんな意味がある？」

しばし沈黙があった。結衣がつぶやくようにたずねかえした。「神奈川だけ？」

「ええと」凜香は本棚から『古典美術』を次々と引き抜いた。開いてみると、どの本もブックボックスに改造済みで、一九七〇年代の航空写真集が収納してあった。それらを机に並べながら凜香はいった。「東京、埼玉、千葉もある。年代は七〇年代後半を網羅してやがる」

「……廃病院」

「なに？」

「大規模な宅地造成地には、住宅より先に病院や学校の建設が進んだの。大勢の女子高生を攫《さら》って、強制的に妊娠させ、胎児に手を加えたうえで出産させるのだとしたら、放棄分譲地の廃病院を拠点にできる」

「胎児に手を加えるって、あれか？　ステロイド注射と脳へのレーザーメス……」

「衰弱死した女子高生たちは、誘拐された場所の近くに戻され、全裸のまま捨てられた。その地域に無差別誘拐グループが巣くってるように見せかけるためでしょ。でもみんな火傷《やけど》の痕《あと》と注射痕《こん》があった。クルマで往来できるぐらいの距離に、もっと大きな研究用の拠点がある」

「超限界ニュータウンなら理想的ってわけか。足立区や荒川区で誘拐が多発してるいまは、関東のどこかが拠点だろうって？　でも行政に見放された宅地造成地なんて山ほどあるぜ？　七〇年代の写真を見ても、先に病院らしきものが建設されてる新開発地区がゴマンと……」

結衣の声が遮った。「奥多摩」

「……あん？」凜香は問いかけた。「なんで奥多摩？」

「架禱斗が廃校をアジトにしてた」

「ありゃ超限界ニュータウンじゃなく限界集落のそばだったろ。曲がりなりにも人が住んでた地域じゃねえか」

「手製超電磁砲《レールガン》で校舎を吹っ飛ばしてやったのは、山中に高圧電線が通ってて、無人の受変電設備があったから」

「あー。大規模産婦人科病棟を二十四時間稼働させるにゃ、かなりの電気が必要かぁ。妊婦が大勢いるんだし、冷暖房完備じゃなきゃな」

「お父……優莉匡太は発電所テロも画策してたでしょ。電力会社から受電した電力は、負荷設備に適した電圧に変換しないと、施設に供給できない。分岐させて電気を吸いとれるシステムは全廃されたはずだけど、じつは東京電力の無人受変電設備が奥多摩に残ってた」

「奥多摩の高圧電線沿いの可能性が高いって？」凜香はプリントアウトと、むかしの航空写真を比較した。「そのへんで廃病院つきの放棄分譲地は……」

「いまパソコンでグーグルアースを見てる」結衣はしばし黙りこんだのち、淡々とした声を響かせた。「北緯三五・八七四三一、東経一三九・〇一八四三八。段丘崖《だんきゅうがい》の頂上付近」

「なに？　ちょっとまて」凜香は一九七六年度の航空写真集のページを繰った。該当する座標を含むページを開く。たしかに段丘崖の走る南側に、ふたつの大きな建物と、広めの宅地造成地が存在する。該当する場所をグーグルアースのプリントアウトから探しだした。そちらは大きな建物二棟以外、緑に覆い尽くされている。凜香は思わず唸《うな》った。「いまじゃまったく見えねえじゃねえか。結衣姉、グーグルアースしかチェックしてねえんだろ？　なんでここに放棄分譲地があるってわかったんだよ」

「そこだけうっすらと森の雰囲気がちがう。宅地造成地があったっぽい」

「……あー、選択的注意の才能だっけ。ほんと便利な奴。瑠那も別の意味で天才だけど、あの子ここに気づいたかな？」

「無理でしょ。旧式の無人受変電設備が残存してることは、わたしも現地で初めて目にして知った。収集可能な情報を机の上で分析したってわからない。瑠那は病弱だし、放棄分譲地を虱潰《しらみつぶ》しにまわることもできない」

「だからわざと攫《さら》われた？」

「たぶん。偽救急車には気づいただろうけど、そのまま拠点に連行された」

　それなら自動的に集団誘拐犯の拠点が判明する。だが素朴な疑問がある。凜香は結衣にきいた。「なんで瑠那は奴らの拠点を探してた？　人体実験の後継者をぶっ殺すためか？」

「……大勢の女子高生が攫われてるのって、子供を長く生かすための実験にしては、大々的におこないすぎてない？　捜査一課もイキってんのに」

「だよね」同感だと凜香は思った。「もう子供を長生きさせるのに成功した？」

　結衣がいった。「長寿化に成功したからこそ、優秀な子の大量生産に入るため、十五から十九の頭がいい女の子を誘拐してる」

「マジか。なら……」

　瑠那は報道を疑った。発見された女性たちの腹部の火傷がタバコによるものではなく、レーザーメスの照射痕ではないかと。自分の目でたしかめるために、瑠那は母親に会いたがった。余命幾ばくもない瑠那がうったえれば、ききいれられるとの読みがあったにちがいない。

　天才新生児の大量生産開始は、長寿化の成功を意味する。瑠那は自分の余命も延ばせると考えた。治療法を知るために首謀者のいる拠点を探しつづけた。しかし地図上だけでは可能性を絞りこめなかった。そんな折、瑠那自身に魔手が伸びるようになった。よって瑠那はみずから攫われることを選んだ。

凜香のなかで焦燥が募った。「国が絡んでるぐれえの規模だろ？　瑠那ひとりじゃさすがにやべえよ。結衣姉、すぐでられねえ？」

「無理。まだ教習所が仮免の段階だし、クルマもない」

「んなこと知るかよ！　ヨンジュは無免でベンツ乗りまわしてたぜ？　結衣姉も大学生ならクルマぐらいかっぱらえよ」

「いったでしょ。公安の見張りがいるし、大学生活以外は矢幡前総理の行方を調べてる」

「なにが大学生活だよ。どうせ学食じゃボッチ飯だろが」

「死にてえのかよ」

「そうこなきゃ。足を洗うなんていわねえだろ、結衣姉？」

ところが結衣の声はまたトーンダウンした。「凜香。瑠那はわたしたちの妹だけど、母親はそれぞれちがう。瑠那のお母さんは友里佐知子のせいであんなふうになった。たぶん殺される以上の憎しみを、友里に対して抱いてる」

「……友里の娘も憎むだろうって？　まさか」

「最近、毎朝鏡を見ると、なんとなく思うの。面影が友里に似てきてるんじゃないかって」

思わず言葉に詰まった。凜香は空虚さを自覚しながらつぶやいた。「考えすぎだろ」

「父親に対する憎悪も、わたしたちどころじゃないと思う。瑠那は胎児のころから苦しめられた。しかも出生そのものが地獄だったから……。友里佐知子と優莉匡太のあいだにできた娘なんて、存在自体が許せないはず」

胸が疼《うず》いた。結衣が瑠那に会おうとしなかったのは、それが理由か。瑠那の感情を乱したくなかったからだ。

「でもさ」凜香は動揺とともにいった。「結衣姉だって可哀想な生い立ちじゃん。わたしだって……。瑠那は賢いんだし、そこんとこわかってくれるんじゃねえの……？」

「優莉匡太の子供が接触してきて、瑠那はきっと混乱して、苦悩してる……。最初から事情を深く知ってれば関わらなかった。わたしたちはあの子に辛《つら》さしかあたえてない」

「そんなことねえよ……。結衣姉が顔を合わせるのが、瑠那を苦しめるってんなら、わたしひとりでも助けに行くからな。わたしは同じ高校でわりとうまくやってるし」

「凜香。それでも気をつけて」結衣の低いささやきが耳に届いた。「あんたも優莉匡太の子なんだから」

沈黙があった。死線を生き延びた姉妹だからこそ、互いにわかることがある。これで会話は終わりだ、凜香はそう悟った。結衣に通話を切らせるより、凜香は自分で切ることを選んだ。スマホのボタンをタップする。通話は絶たれた。

瑠那の机を見下ろす。ため息をついた。凜香はプリントアウトの束や航空写真集を、ブックボックスのなかに戻し、元どおり本棚に並べた。

この時間から電車で行けるところまで行ったのちも、奥多摩山中までとなると、タクシー代はかなり高額だろう。だがいまだ貧乏な結衣姉とちがい、凜香には金がある。阿漕《あこぎ》な手段で稼いだ金だ。犯罪目的に浪費するのがふさわしい。

凜香は部屋をでた。階段を駆け下りると、社務所とつながる廊下で、杠葉夫妻が立ち話をしていた。

功治が憂いの表情を向けてきた。「ああ、優莉さん。さっき警察からの電話で、瑠那のことは公開捜査に切り替えたほうがいいんじゃないかと」

「いえ」凜香はきっぱりといった。「明朝までまってください」

「いいからそうしてください。瑠那について報じられたら、どうせマスゴミが優莉匡太の子だって嗅《か》ぎつけます。瑠那が帰ってきてから肩身の狭い思いをするでしょ。あなたたちも……。とにかく朝までまってよ」

「明朝？　でもなぜ……」

議論は煩わしい。返事をきくつもりもなかった。凜香は歩を速め、靴脱ぎ場で靴を履くと、さっさと外にでた。

境内を突っ切りながら凜香は思った。瑠那は妹というだけではない、この血筋に関わる最悪の被害者だった。だからわかってほしい、兄弟姉妹は同じ境遇だと。子は親を選べない。その辛さならみな知っている。

27

瑠那は廃校舎一階の暗闇に紛れていた。本来は水平だったはずの教室が、大きく斜めに傾いている。傾斜角は四十二度といったところか。まるで沈没しかかっている大型船の内部だ。

壁からベニヤ板が剥《は》がれ落ちた箇所があり、ガラスのない窓が露出している。わりと強い風が吹きこんでいた。外に目を向けると、暗がりにうっすらと景色が浮かぶ。高台だった。数十メートルの眼下に山林がひろがる。奥多摩は段丘崖《だんきゅうがい》だらけだが、なかでもここの落差は激しい。昭和の世には、ただ眺望のよさだけで立地を選んだのだろう。呑気《のんき》な時代だと瑠那は思った。

一階なのにこれだけ傾いているからには、校舎の端が潰《つぶ》れただけでなく、基礎が陥没したようだ。すなわち斜めになった校舎の下方が、崩れた崖《がけ》にめりこんでしまったと考えられる。鬼怒川《きぬがわ》沿いの廃旅館群を彷彿《ほうふつ》させる。こういう建物は全国にさほどめずらしくない。

教室内には机も椅子もなかった。ただ黒板だけは設置済みだった。むかしは内壁工事の時点で埋めこんでいたらしい。黒板のある前方の壁が、傾斜の上方にあたるが、落ちてくる心配がないのは幸いだった。

瑠那は傾斜に足をとられることなく、難なく教室を横切り、引き戸から廊下にでた。亀裂《きれつ》だらけの変形した廊下に立ち、下り坂の果てに視線を向ける。そちらへ行くには、滑り降りたほうが早そうだが、おそらく最後は崖から空中に放りだされるだけだ。いまは坂を上るべきだった。

校舎はまっすぐの状態のまま傾いたのではなく、あちこち折れかけている。よって行く手で傾斜角はやや浅くなっていた。薬品のにおいを嗅いだ。保健室や化学室が機能しているはずはないが、近くの一室を備品貯蔵室に使っているらしい。

においの濃くなった引き戸を入った。教室より狭い準備室の間取りだった。比較的新しい冷蔵庫と清掃用品棚が、傾斜下方の壁にもたせかけるように設置してある。廃校をなにかに用いている証《あかし》といえるだろう。棚のわきに、人がひとり潜めるぐらいの隙間を見てとった。油断なくそちらを先に確認しておく。誰もいなかった。

国土地理院の航空写真集で、この放棄分譲地は見たことがある。段丘崖沿いの並びに廃病院もあったはずだ。拠点はそちらにちがいないが、廃校舎のほうもなんらかの目的に活用されているらしい。警備は手薄なようだが、ここではなにがおこなわれているのか。

瑠那は冷蔵庫に近づいた。ドアを開けると、調理済みの料理がラップをかけた状態で、いくつも保管してあった。最低限の栄養しかとれない少量のメニューのうえ、割れない皿を使っている。人質に差しいれる食事の可能性が高い。すると校舎内に監禁場所があるのか。それにしては数人ぶんの食料しかないのだが。

清掃用品棚から、汚れが少なめの雑巾《ぞうきん》を手にとった。洗剤を含ませてから、皿の上の大根おろしをすくいとる。雑巾を丸め、それらを混ぜあわせたのち、制服の胸もとを拭《ふ》きだした。

混合比は目分量で充分だった。大根おろしに含まれる、タンパク質を分解するプロテアーゼに、アルカリ性洗剤をよく混ぜる。比率と分量が正しければ、乾きぎみの血をきれいに落とせる。戦場の常識のひとつだった。

エンジとグレーのツートンカラーの制服は、そもそもあまり血がめだたない。暗闇のなかなら、もう問題がないぐらい、付着した血液が薄まった。瑠那は雑巾を棚に戻した。

壁には校舎の見取り図が貼ってあった。斜めになった状態のまま、いくつかの部屋を貯蔵室として利用しているようだ。地中に潜った傾斜の下方、地下室に装備品室とある。警備の武装のための部屋にちがいない。ただし空欄も多かった。得られる情報はあまりない。瑠那はふたたび廊下へと向かった。

廃病院が拠点、廃校舎がサブ施設だとして、緊急事態が発令されたようには思えない。瑠那は今夜、銃声をいちども生じさせなかった。百六十デシベルが静寂に鳴り響けば、廃病院まで確実に届いてしまう。一方で死に際の絶叫は二桁《ふたけた》台の音圧レベルに留《とど》まる。さっき庵桁らを殺害した場所から廃病院までの距離なら、トラツグミの鳴き声とさほど変わらない。

坂になった廊下を上るうち、微音をききつけた。瑠那は足をとめた。服のこすれる音。身じろぎしているようだ。呻《うめ》き声も耳に届く。瑠那は前方の昇降口を入った。シューズボックスの設置はない。屋外への出入口も、ここはベニヤ板で閉ざされていた。

傾斜の下方になった壁を背にし、ひとりの少女がうずくまっている。瑠那と同じ日暮里高校の制服だった。身体が縄でがんじがらめにされていた。嗚咽《おえつ》は泣き声を押し殺しているのではない。目隠しのみならず猿ぐつわを嚙《か》まされ、まともに声をだせないからだ。

瑠那は少女のそばに駆け寄った。人の気配を感じた少女が恐怖の反応をしめす。

「怖がらないで」瑠那はささやいた。少女の目隠しと猿ぐつわをほどく。

明かりのない場所でも、少女の面立ちは美形だとわかった。知性と品位も感じさせる。人工天才児を産むための母親としての素質あり、勝手にそう判断されたのだろう。

少女は目を瞠《みは》った。瑠那の制服をまじまじと見つめる。「ありがとう。あなたも日暮里高校？　わたし二Cの安藤瑛茉……」

「小さい声で。一Bの杠葉瑠那です」瑠那は瑛茉の身体を縛る縄をたしかめた。結び目が固い。瑛茉の頭に視線を転じ、ヘアピンに手を伸ばした。「ちょっと失礼します」

ふたつ折りのヘアピンをまっすぐに伸ばし、固くなった結び目のなかに挿しこむ。ヘアピンをV字に折り、引っ張ると結び目はするりとほどけた。

あまりに手際がいいからか、瑛茉は驚きのまなざしを向けてきた。「あなたはいったいどういう……?」

瑠那は片手で瑛茉を制した。「ここではなにがあったんですか」

「……裸にされて、ずっと檻《おり》のなかに閉じこめられて」瑛茉がまた泣きだしそうな顔になった。「防護服っていうのか、無菌服っていえばいいか、全身をすっぽりと覆った人が来て、定期的に観察するの。それが何日もつづいて、きょうここに」

「檻があった場所は、こんなふうに斜めの床でしたか」

「いいえ。平らだった」

廃校舎ではなく廃病院だろう。この少女は服を着せられ、檻からだされたのち、廃校舎に移された。これからなにかが起きるにちがいない。

瑠那は廊下を指さした。「下り坂を三十メートル、わきに準備室の引き戸があります。なかをのぞけば冷蔵庫と清掃用品棚が目につくので、すぐにわかるはずです。棚のわきに隠れられるスペースがあります。そこに行ってください」

瑛茉が切実にうったえてきた。「一緒に逃げようよ」

「無理です。ここは奥多摩の山中で、周りに味方は誰もいません。でもしばらく潜んでいれば、生き延びるチャンスも訪れます」

「だけど……」瑛茉が震えだした。「わたし、怖くて」

瑠那は瑛茉の手を握った。冷たい手だった。怯《おび》えきった瑛茉が気の毒でたまらない。なぜここまでの恐怖をおぼえねばならないのだろう。なんの罪もないのに。

「心配しないで」瑠那はささやきかけた。「なにがあっても無事に帰れます。約束します」

「……でもここにいる人たち、みんな兵隊さんみたいに強そう。銃を持ってる」

「それもだいじょうぶなんです」

「なんで？　あなた優莉結衣さんみたいな人？」

胸を軽く締めつけられるような感覚があった。どんな感情なのか、いまはたしかめたいとは思わない。瑠那はうながした。「行ってください。あとはまかせて」

瑛茉はなおも涙目で瑠那を見つめていたが、やがて抱きついてきた。それで多少の落ち着きを得たらしい。ふたたび身を引いたとき、瑛茉の表情は穏やかになっていた。

ゆっくりと起きあがり、床を這《は》うように進むと、廊下の傾斜を下っていった。

瑠那は自分で目隠しをし、猿ぐつわを嚙んだ。手探りで縄を身体の周囲にまわす。ひとりでは結べないというのが世間の常識だろうが、瑠那には通用しなかった。柔軟な身体の瑠那は関節の可動域が広かった。あたかも他人に縛られたかのような結び目を作る。瑠那は壁際の床に身を投げだした。

なにも見えない状態で頭を働かせる。瑛茉はここに連行されたが、至近に見張りはいなかった。ほかの人質も目につかないが、校舎内のあちこちに分散されているとも考えられる。檻に入った状態で数日の観察を受けた以上、目視で確認できるデータはすべて取得されたにちがいない。医療検査はすべてに先んじて実施されたはずだから、あとは内面のテストしかない。

咳《せ》きこみそうになるのを堪《こら》えた。襟の下には錠剤が残っているが、また縄をほどき、猿ぐつわを外す手間をかけるわけにいかない。そうこうしているうちに誰かが来る可能性が高い。人質がひとりきりでここに長く放置されるわけがない。

ほどなく靴音が響いてきた。四人ほどいる。全員が軍用ブーツだった。装備品の金属音はきこえない。足取りの軽さも考え合わせれば、防弾ベストもチェストリグもないと推測できる。また腰のホルスターに吊《つ》った拳銃《けんじゅう》だけか。利口なやり方だと瑠那は思った。侵攻ならともかく、戦闘状態にない拠点の警備に、重装備は必要ない。迷彩柄の利点と敏捷《びんしょう》性を優先すべきだ。それをわかっていないテロ勢力が、何度かの高校事変で優莉結衣ひとりに殲滅《せんめつ》させられた。

四人が近くに立つ気配があった。瑠那は力ずくで引き立てられた。荷物のような扱いだが乱暴といえるほどではない。妊娠させられることが前提の身体を痛めつけるのは厳禁なのだろう。瑠那の身体は軽々と持ちあげられた。実際に運搬に携わるのは、四人のうちふたりだけのようだ。瑠那は昇降口から廊下へと運ばれていった。

悲嘆に暮れたような呻きを発してみせる。不自然に思われないていどに身じろぎする。図太い神経を悟られるのは得策ではない。咳《せき》を堪えるほうは厄介だった。健康を害しているとバレたら、母親候補から外されてしまう危険が生じる。

一階廊下の傾斜を下っているようだ。かなりの距離を移動した。瑛茉が隠れたはずの備品貯蔵室はとっくに通りすぎただろう。傾斜角がどんどん厳しくなり、歩調も慎重になってくる。

そのうち間近で引き戸を開ける音がした。どこかの引き戸を入った。靴音の反響ぐあいから、準備室ではなく教室の広さがあるとわかる。そこかしこから少女らの呻き声がきこえた。瑠那は緊張をおぼえた。ほかにも人質がいる。この教室に集められたのだろうか。

瑠那を運ぶふたりは、斜めになった床に難儀しつつも、教室内の中央付近に向かった。なんとも奇妙なことに、瑠那はいきなり椅子に座らされた。傾斜の下方が椅子の背になっている。つまりジェットコースターのスタート直後、まだ坂を上っている最中のような体勢だった。座りごこちからすると生徒用の椅子に思える。なぜか脚が机に当たる。四十度以上も傾斜しているのに、机が瑠那のほうにぶつかってくるようすはない。床に固定されているのだろうか。そのわりにはぐらぐらとする。

やがて少女の嗚咽《おえつ》がきこえた。ひとりずつ泣き声が大きくなる。順に猿ぐつわを解かれているとわかる。

少女のひとりが涙声でうったえた。「家に帰らせてください」

「黙れ」男の声が響き渡った。「無駄口は失格になる。死にたくなければ静かにしろ」

一同が息を呑《の》む気配があった。ほどなく瑠那の縄がほどかれた。両手が自由になった。次いで目隠しと猿ぐつわが外された。

唖然《あぜん》とする光景がそこにあった。ほの暗い教室内なのは想像のとおりだ。だが机と椅子が横一列に並んでいた。瑠那は左右を見まわした。左にふたり、右に三人。合計六人の女子高生、みな制服が異なる。戦々恐々とした表情と、泣き腫《は》らした目は共通していた。傾斜の上方が教室前方の黒板になっている。全員がそちらを仰ぐ体勢だった。

なぜ机と椅子が後方に滑落しないのか。理由は単純だった。六本のロープがそれぞれ、教室の前方からまっすぐ机に伸びている。どのロープもぴんと張っていた。六つの机はすべてロープによって現在位置を維持されている。さらに机の四本脚のうち、手前側左右の二本に短いロープが結ばれ、椅子の前部二本の脚に連結されている。これにより、机と椅子の的確な距離が保たれていた。瑠那ら女子高生は、そんな机と椅子の狭間《はざま》で、半ば仰向《あおむ》けの姿勢で着席を強いられている。椅子の背もたれがなければ、とっくに後方に転げ落ちていただろう。

十数人の迷彩服らが教室の左右に引き下がる。みな傾斜に慣れているらしく、危なげない歩調だった。全員がやはり腰に拳銃を吊っている。

女子生徒らと向かい合う教卓は当然、俯角《ふかく》になっていた。教卓はロープではなく、床にネジ止めしてあるようだ。頭の禿《は》げあがった年齢不詳の髭面《ひげづら》が、ひとりスーツ姿で、黒板を背に立った。教卓の向こう側に前のめりに寄りかかっている。クリップボードに目を落とし、男は教員を気取るかのように声を張った。「堂徳《どうとく》女子高校、門角《かどすみ》美波《みなみ》」

教室内はしんと静まりかえっていた。女子生徒の誰もが怯えた顔を見合わせる。

男が苛立《いらだ》たしげに繰りかえした。「堂徳女子高校、門角美波! 出欠をとっている。いないのなら失格処分を下す。当校の処分は退学では済まされない。命を失うことになるぞ」

女子生徒らはいっそう恐れだした。いちばん端の席から震える声があがった。「はい」

「次」男がぞんざいにいった。「碕木《さきぎ》高校、柏舘由里《かしわだてゆり》。追栄《ついえい》学園、蔦澤玲子《つたさわれいこ》。桃園《ももぞの》高校、宮杜瑞穂《みやもりみずほ》。須浜《すはま》高校、桂藤葵《かつらふじあおい》」

ひとりずつ名を呼ばれるたび、びくっと慄《おのの》く反応をしめしながら、かろうじて返事をする。どの女子生徒も目鼻立ちが整っていて、スタイルにも恵まれていた。攫《さら》われた少女たちのうち、檻《おり》で篩《ふるい》にかけられたのち、六人が選ばれたと考えられる。

最後に男が呼んだ。「日暮里高校、安藤瑛茉」

瑠那も控えめに応じた。「はい」

男は瑠那を一瞥《いちべつ》したものの、特に凝視するようすもなく、また手もとに視線を戻した。周りの迷彩服らも無言で見守るばかりだった。

予想どおり廃病院と廃校舎の部隊には上下の隔たりがある。軍事組織が形成されればどこもそうなる。さっき逃げだした青柳は、廃病院に駆けこんだかもしれないが、情報はなかなか廃校舎に下りてこない。青柳本人だけでなく、報告を受けた部署も含め、各段階の人員には無駄なプライドがある。男に特有の欠点といえる。戦場はいつもそうだ。最初の失策を軍隊全体が即座に知れば、緊急に対策も立てうる。負の情報について伝達の遅れがちな傾向が敗北を生む。

男がつづけた。「私は試験官の式村《しきむら》。これから知性および平常心についてテストする。出題に正解できれば〝生命の畑〟の一員となれる。そうでなければロープを断たれる」

少女らが悲鳴を発しつつ背後を振りかえる。四十度以上の傾斜の果ては真っ暗でなにも見えない。おそらくは段丘崖《だんきゅうがい》の崖下だろう。ロープを断たれれば転落しかない。

式村がいった。「最初は化学。アルカンの性質について。気体か液体かの状態を答えよ。六人で六問を答えればよい。同じ者による解答も二度まで許可する。まず門角美波。メタン」

「き」美波がひきつった表情で答えた。「気体です」

「次、柏舘由里。プロパン」

由里は食いぎみに発言した。「気体です、気体」

「答えはいちどでいい。次、蔦澤玲子。ブタン」

玲子がうろたえだした。「化学は……選択してません……」

「ブタンだ。蔦澤玲子。答えられなきゃ失格だぞ」

すると桃薗高校の宮杜瑞穂が助け船をだした。「気体です」

「正解だ」式村の目が瑞穂に向いた。「宮杜瑞穂。ヘキサン」

「液体です」瑞穂が即答した。

「よし。次、桂藤葵。ペンタン」

葵は瑠那の隣に座るナチュラルボブの少女だった。動揺をあらわにしながら葵がつぶやいた。「まだ習ってない……。一年生なんです」

「ペンタンだ。ロープはあと十秒で断たれるぞ。九、八、七、六……」

「そ、そんなこといったって」葵は涙ながらに震える声を絞りだした。「き、き……」

瑠那は葵の発言を遮りながら解答した。「液体です。最後に残ったエタンは気体です」

沈黙がひろがった。女子生徒らがこちらを見つめる。葵が青ざめた顔を瑠那に向けてきた。「ありがとう……」

「安藤瑛茉」式村が瑠那を睨《にら》みつけた。「正解だが、きかれるまでは答えるな。もういちどやったら失格にする」

うわべだけはすくみあがる素振りをしてみせる。内心はただ反感の炎が燃えあがっていた。なにが〝生命の畑〟だ。ここを生き延びたところで、自我を喪失させられ、意識のない肌馬として飼育されるにすぎない。

母の無念を晴らさずにおけるものか。余命一年では終わらない。ここでかならず命をつなぐ。友里佐知子を継ぐ者のいっさいを根絶やしにする。

28

凜香の目はすっかり暗闇に慣れていた。かつてグラウンドだったとおぼしき木立を抜けると、大きく斜めに傾いた校舎が出現した。外壁はいたるところでセメントが剝《は》がれ落ち、歪《ゆが》んだ鉄筋があらわになっている。一階から二階にかけ、傾斜の下方が地中に陥没していた。たぶん段丘崖ごと崩れたのだろう。

ぼやくばかりのタクシー運転手に、一万円札をどんどん投げつけ、奥多摩の道なき道へと深く分けいった。これ以上はさすがに無理ですと、運転手が音を上げた時点でタクシーを降りた。それから小一時間、ほとんど遺跡も同然の擁壁の谷間をうろつき、ようやく放棄分譲地の果てにたどり着いた。段丘崖の手前に広い敷地を見つけた。廃病院に向かう前に、凜香はあえて廃校舎に近づいた。

廃病院が敵勢の拠点だとすれば、警備は厳重なはずだ。一方こちらは人の出入りの形跡があったものの、ろくに監視の目を感じない。拠点の最寄りの建物は倉庫がわりに使われがちだ。うまくすれば廃病院へ入りこむ手段が見つかるかもしれない。

阿宗神社からまっすぐ奥多摩まで来た。よって凜香は日暮里高校の制服のままだった。エンジとグレーの派手なツートンカラーも、暗がりのなかではめだたなくて済む。廃校舎の外壁に近づきつつ耳を澄ました。内部にかすかな物音が響く。低い話し声もこだまする。ただしなにを喋《しゃべ》っているかはわからない。

まちがいなく誰かがいる。凜香は腰の後ろに手をまわし、スカートベルトから拳銃《けんじゅう》を引き抜いた。てのひらに馴《な》染《じ》んだFNハイパーのグリップをしっかり握り、銃口を行く手に向ける。校舎の入口を探しながら、壁づたいにゆっくりと進んだ。

背後に土を踏みしめる音、それに草の擦《こす》れ合う音をきいた。凜香は瞬時に振りかえり、拳銃を水平に構えた。闇の向こう、さほど遠くない場所でも、呼応するように金属音が響いた。

凛香は油断なく暗がりを狙い澄ましつつも、もやっとした気分に浸った。感じたままを凛香はつぶやいた。「シグ・ザウエルP230のスライドを引く音じゃん。足音もただの革靴だし。警視庁捜査一課？」

しばし沈黙があったのち、前にきいたことがある中年男の声が耳に届いた。「あきれた奴だ。恩赦を受けときながら高一の分際で拳銃の不法所持か」

闇のなかをゆっくり前進してくる人影がある。男も拳銃を右手に構え、銃口をこちらに向けていた。左手はスマホを耳に当てているが、まだ通話はしていないようだ。スーツにハーフコートを羽織っている。捜査一課長、坂東の据わった目つきが凛香をとらえた。

互いをかろうじて視認できるぐらいの間合いで、凛香と坂東は拳銃を向け合った。うんざりしながら凛香はいった。「嫌な国だな。やっぱスマホの位置情報をモニターしてやがんのか」

「おまえはうちの家族の半径二キロ以内に接近できない取り決めだ」坂東は拳銃を下ろすことなく、怒りの籠《こ》もった口調で告げてきた。「常時モニターはできないが、裁判所を通じ携帯キャリアに問い合わせれば、居場所を知ることができる」

「二キロ以内の接近を警戒しての特例だろ？　こんなやり方に流用するのは違法捜査

じゃねえか。わたしを尾行したんだろ。そっちから二キロ以内に近づきやがって」

「必要なことだ。阿宗神社の近くにいたろ。杠葉瑠那が失踪《しっそう》した直後にな。なにを知ってる？」

「答える義務なんかねえ」

「廃校も所有者の土地だぞ。住居侵入、それでなくても未成年の夜間徘徊《はいかい》。今度こそ逮捕してやる。いま本部に電話して応援を呼ぶからな」

「んなこといってる場合か。おまえらだって女子高生の集団誘拐を捜査してんだろ。ここは主犯どものテリトリーだぜ？」

「超限界ニュータウンだ。電気もきてない」

「あのな。この近くには旧式の無人受変電設備が……」

「きょうは韓国人のお仲間どもはいないようだな。銃を下ろせ。話は署できく」

ふとなんらかの感触が胸をかすめた。凜香は坂東を見つめた。「あんたもひとりだけで来てるのかよ。側近を信用できてねえんだな？　公安の刑事やらなんやら、体制側の奴らが犯行に加担してることに気づいてんだろ」

「嫌な口をきく高一だな。パグェまで牛耳って、すっかり優莉匡太の後釜《あとがま》か」

「あんな糞《くそ》親父の後釜だなんて冗談じゃねえよ。わたしはわたしだろが」

坂東が目を怒らせた。「いいから銃を下ろせ。抵抗をやめないと……」

遠くから集団の怒声がきこえてきた。駆け寄ってくる気配がある。警備が気づいたのかもしれない。坂東がはっとしたようすで後方を振りかえった。

逃走の好機を見逃す凜香ではなかった。身を翻すや凜香は駆けだそうとした。ところが坂東が飛びつかんばかりに接近してきた。

「まて」坂東が凜香の腕をつかんだ。「一緒に来い」

「ふざけんな！」凜香は引きずられながらも猛然と抗《あらが》った。「これがどんな状況なのかわかって……」

揉《も》み合っているうちに、ふいに落下の感覚に見舞われた。足もとの地面は薄い板に土を載せただけだった。板が割れた。落とし穴だ。凜香は瞬時にそこまで理解した。

とっさに縁にしがみつく機敏さも、ふだんなら発揮しえた。しかしいまは坂東に腕をつかまれている。悪いことに坂東はただ体勢を崩し、竪穴《たてあな》のなかに転落していく。凜香も道連れにならざるをえなかった。

ほぼ垂直の竪穴だったが、途中から斜め下へと向かい、気づけば堅く冷たい床の上に放りだされた。しかしそこも滑り台のごとく斜めになっていて、凜香と坂東は猛スピードで滑落していった。

辺りは暗かった。顔に強烈な風圧をもろに食らう。視界を校舎内の廊下の天井が急速に流れる。ここは校舎一階の廊下、地中に陥没した傾斜の下方にちがいない。廊下と教室を隔てる内壁は、ほとんどの箇所で崩壊し、単なるがらんどうの空間と化している。いわば廊下から教室までの幅を有する巨大な滑り台だ。備品もなにもない。つかまれるところは皆無だった。床は亀裂《きれつ》と凹凸だらけで、身体が何度も跳ね上げられる。手をかけて静止することは不可能だ。もう勢いがつきすぎている。

金属の跳ねる音がした。小さな物体が斜面を遠ざかっていく。自分の手にあった拳銃だと気づいた。拳銃はもう一丁投げだされていた。坂東のシグ・ザウエルだった。どちらも回収不可能なぐらい、急速に下方へと消えていった。これでふたりとも武器を失った。坂東の持っていたスマホも、とっくに手を離れてしまっただろう。

「や」凜香は滑落しながら思わず口走った。「やべえ!」

下り坂の果て、ふつうなら校舎の端は、特別教室の扉あたりに行き着く。しかしいま巨大な滑り台の先には、ただ大きな口が開いていた。いびつに割れたコンクリート壁が薄く縁取るものの、穴の直径は途方もなく大きく、下り坂のほぼ全幅がそこにつながっていた。その向こうは数十メートルの崖下《がけした》にひろがる山林だ。このまま滑り落ちていけば空中に投げだされるしかない。山林に転落して生存の可能性はまずない。

滑落しながら坂東が叫んだ。「落ちる！　誰か助けてくれ！」

「馬鹿野郎」凜香は吐き捨てた。「印旛沼と同じ泣き言かよ。なんとかしろよ！」

「無理だ。もうとまらない！」

滑り台の終点、出口の穴がどんどん大きく見えてきた。凜香と坂東は叫び声を発していた。間もなく空中に舞ってしまう。

だが出口の脇、鉄筋が剝《む》きだしになったコンクリート壁から、人影が身を乗りだした。男の声が怒鳴った。「つかまれ！」

人影は坂東に近かった。坂東が必死に伸ばした手が男に届いた。男が坂東をつかむ。静止した坂東の傍らを、凜香は滑落し通り過ぎた。外気の風圧に包まれる。身体が宙に放りだされた……。

そう思ったとき、坂東の手が凜香の腕をつかんだ。締めつけるような痛さ。けれども凜香の身体は落ちることなく、空中にぶらさがった。

凜香は頭上を仰いだ。愕然《がくぜん》とせざるをえない。コンクリート壁に立つのは担任の蓮實だった。蓮實は歯を食いしばっている。ジャケットは失われ、ワイシャツはぼろぼろになり、ほぼ半袖《はんそで》と化していた。逞《たくま》しい腕に筋肉が隆起し、坂東を徐々に引っ張りあげる。その坂東の手が凜香をつかんでいた。ふたりぶんの体重を蓮實は支えるのみならず、少しずつ浮上させていく。

あるていどの高さまで上昇すると、滑り台の終点となる傾斜した床に、坂東が前のめりにしがみついた。なおも凜香は坂東ひとりに支えられていたが、そろそろ握力も限界らしい。苦痛に顔をしかめる坂東の息が荒くなる。手が離れてしまった。だがそれを予期していた凜香は伸びあがり、落下の寸前にもう一方の手で床につかまった。

凜香と坂東はそれぞれ必死に、放出口の床をよじ登った。蓮實の手を借り、穴の脇へと退避する。わずか一メートル足らずの幅だが外壁が残っていた。三人はそこで身を寄せ合った。

しばらくは乱れた息遣いがこだまするばかりだった。心拍が異常な速度で波打つものの、ようやく互いの顔を眺める余裕が生じてきた。

坂東が掠《かす》れた声で蓮實にきいた。「あんたは？」

「蓮實」名乗った蓮實は顔ばかりか全身が汗だくだった。「日暮里高校の教員で、優莉凜香の担任です」

「担任？　すごい身体だ」

凜香はいった。「元自衛官だよ。特殊作戦群にいたって」

深くため息をつき、坂東が疲れきった顔を蓮實に向けた。「警視庁捜査一課長の坂東です。ここでなにを?」

「連行されました」蓮實が切羽詰まったようにうったえた。「うちの学校の杠葉瑠那が一緒でした」

「瑠那?」坂東がぎょっとした目つきになった。「彼女はどこですか」

「……たぶんここか廃病院のどちらかです。杠葉のおかげで私は助かったんです」

多くを語ろうとしない。おそらく瑠那の変貌《へんぼう》ぶりをまのあたりにしたのだろう。凜香はそう思った。いまのうちに捜査一課長に悟らせたがっている、瑠那の暴力行為には正当性があると。

坂東は汗を拭《ぬぐ》いながら唸《うな》った。「ここはいったいなんですか」

蓮實が首を横に振った。「詳しいことはなにも……。でも校舎内の壁はあちこち壊れています。どこで足を踏み外そうとも、ここに滑落してくる運命でしょう。たぶん潜伏者たちは、侵入しづらい建物ゆえ、なにかに利用してるらしいです」

「なぜわかります?」

するど蓮實が穴の反対側の脇を指さした。「あっち側の脇が見えますか? バレーボールのコートに張るネットみたいな物が畳んであるでしょう。あれはこっちまで伸ばして、渡しかけて使うんだろうと……。ここには何本もの鉄筋が突きだして曲がってます。これらをフック代わりに引っかけるんです」

「滑り台の放出口を網で覆うわけですか。そんな物が常備されてるからには……」

「ええ。なにか重要な物を校舎内に搬入したり搬出したりするときには、万が一の事態に備え、網を張っておくと考えられます。それ以外は侵入者対策として、こうして開放してあるんでしょう」

「いま網を張れば、滑り台を這《は》い上がるのが、多少なりとも安全にはなるな」

凛香は面食らった。「本気かよ？　網はあっち側にあるじゃん」

「なんとか向こうまで突っ走ってみる」

「無理だって。この傾斜だよ？　外に放りだされちまう」

「だからってここにいつまでも留《とど》まるわけにいかん。床を這い上がるしかないだろ」

クレージーな思いつきだと凛香は思った。穴からわずかに外に身を乗りだしてみる。斜めになった校舎は、段丘崖《だんきゅうがい》を削るように陥没したうえ、崖《がけ》から空中へと出っ張っていた。穴の外には退避できる場所もない。たしかに滑り台を遡《さかのぼ》る以外に脱出手段はなさそうだ。

やれやれと凛香は思った。「わたしが行く」

「なに？」坂東が驚きの声を発した。「よせ。未成年に無茶させるわけにいかん」

凜香は鼻で笑った。「ただの未成年じゃねえことぐらい、もうわかってるだろが。鈍重なふたりのおっさんには無理だって」

蓮實は腹から絞りだすような声でささやいた。「本当は行かせたくない……。だが優莉。立ちどまらず一気に突っ走れ。そのほうが体勢を崩さずに済む」

「わたしもそう思ってた。いいからまかせといてよ」

いうが早いか凜香は駆けだした。もとより深く考えるのは苦手だった。傾斜した床を一気に横断していく。滑り台の放出口の幅は、廊下と教室の幅を足したのとほぼ同じ。向こう側の脇も狭く、あまり余裕はない。

斜めになった床に対し、靴裏には摩擦がほとんど生じない。床全体にワックスでも塗ってあるのだろうか。わずかに身体を校舎側に傾け、バランスをとりながら走りつづけた。それでも踏んばれないのはきつい。一瞬の油断が命とりになる。

途中で足が滑りかけたが、凜香はあたふたせず、重心を大きく校舎側に移すことで難を逃れた。視界のなかで穴の反対側の脇が迫る。束ねた網はもう目の前だ。あと三メートル。二メートル。一メートル……。

ようやく穴の脇に達した。ここにはもたれかかれるだけの幅の壁がある。到着するや凜香はひと息ついた。

「いいぞ！」蓮實の声がきこえた。「呼吸を整えてから戻れ」

苦笑が漏れる。部活の顧問のような言いぐさだった。ちゃんとわかっている。家に帰るまでが遠足だろう。

網をひろげてみた。たしかにバレーボールのコート用ネットに似ている。向こう側まで渡しかけるだけの長さはありそうだ。

凜香は網の端をつかみ、ふたたび傾斜した床を駆け戻りだした。出発点となった穴の逆側をめざし横断していく。さっきよりは速度がでている。蓮實と坂東のもとへとみるみるうちに迫った。

坂東がいった。「あと少しだ。頑張れ！」

ところが唐突に横風に煽《あお》られた。悪いことに風は校舎内から外に吹きだしている。凜香は体勢を崩した。すぐ目と鼻の先で蓮實があわてぎみに手を伸ばす。凜香もその手をつかもうとした。だが届かない。凜香の身体は空中に放りだされた。

落下する。猛烈な風圧を受けつつも、凜香は網にしがみついた。網が垂直に垂れ下がったとき、凜香の身体はふいに静止した。突きあげる衝撃がいちど襲い、そこから振り子のごとく左右に揺れた。

ポケットからスマホが落ちた。みるみるうちに真下の闇を遠ざかっていく。連絡手段は失われた。

凛香は網にぶら下がっていた。頭上を仰ぎ見る。崖から突きだした校舎は、かなりの高さにあった。網の長さは穴の幅に等しい。いま凛香はそれだけ下方にいる。

蓮實の呼びかける声がする。「優莉！　よじ登れ」

「んな暇あるか。いますぐそこへ行く」凛香は身体を揺すった。網にぶら下がった自分の身体を錘《おもり》がわりにし、振り幅をブランコのように大きくしていく。

網をよじ登ったところで、穴の反対側の脇に逆戻りだ。急がばまわれという格言を凛香は嫌った。大昔のドラマ『3年B組金八《きんぱち》先生』の配信を観たとき、長い人生で五分や十分急いでどうなる、不良役がそうほざいた。そんな考えを持てるジジババが書いたセリフだろうと思った。中高生はとにかく時間をかけたがらない。凛香は特にそうだった。

網の振れ幅がとてつもなく大きくなった。凛香はほぼ水平方向にまで上がり、そこから勢いよく振れていった。異常ともいえる風圧を全身に受ける。振り子の軌道上、最も低い位置を通過し、半円を描くように急上昇、穴の脇へと迫る。視野のなかで蓮實と坂東がたちまち拡大された。

ふたりの大人に体当たりを食らわす勢いだった。ところがそうなる前にまた身体が下降しだした。蓮實と坂東は身を乗りだし、凜香を網ごとつかんだ。ふたりがかりで凜香を引っ張りあげる。

穴の脇に戻った。三人はまた合流した。蓮實が真っ先に笑顔になった。凜香がつられて笑うと、坂東も声をあげて笑った。

ほどなく気まずさがぶりかえした。一家殺害未遂の不良少女、坂東はその事実を思いだしたらしい。仏頂面で目を逸《そ》らした。凜香も狭い空間内でできるだけ距離を置こうとした。刑事との馴《な》れ合いなんかまっぴらだった。

蓮實が網の端を鉄筋に引っかけだした。「手伝ってくれ」

凜香と坂東は互いを牽制《けんせい》しながら作業に取りかかった。ほどなく帯状の網が滑り台の放出口に張られた。頼りなく風に揺れているが、なんとかもちそうだ。これで床を這い上がれる。凜香は内心吐き捨てた。五分や十分も無駄にできるかよ。

29

薄暗く床の傾斜した教室内で、瑠那はふざけた試験に臨みつづけていた。

六人の女子生徒にまだ脱落者はでていない。数学、国語、現代社会の問題で、かろうじて全員が正解した。瑠那の隣の桂藤葵は、いちいち危なっかしいところをみせたが、なんとかぎりぎりに正解をだした。保健体育の問題では瑠那の助け船が功を奏した。葵とは笑顔を交わしあう機会が増えた。

式村がじれったそうな面持ちになった。「次は世界史の問題だが、答えは三つしかない。よって早いもの勝ちとする。ほかの生徒が正解したら、その答えは口にできない」

瑠那を除く五人の女子生徒らに狼狽《ろうばい》がひろがった。蔦澤玲子が泡を食って式村にきいた。「さ、三人が脱落確実とおっしゃるんですか」

「そのとおりだ。ちゃんときこえるように声を張れ」

教室の両端で見守る迷彩服らが、にやにやしながら小声でささやきあっている。女子生徒のうち誰かに顎《あご》をしゃくっては、指を何本か立て、周りに数字を伝える。迷彩服らはギャンブルをしている。六人の女子高生を賭《か》けの対象にしていた。瑠那のなかに沸々と怒りがこみあげてきた。腐った大人たちはいつも女子高生を娯楽として消費したがる。十代の生き死にすら見世物ととらえる。社会が先細りするのはこういう大人たちのせいだ。

「問題だ」式村がクリップボードに目を落とした。「国際連盟の設立当初、加入を見送った主要な国を、三つ挙げろ」

すかさず柏舘由里が怒鳴った。「ソ連！」

負けじと宮杜瑞穂も声を張った。「ドイツ！」

瑠那はしらけた気分で沈黙を守った。こんな争いになんの意味がある。〝生命の畑〟に送られたところで地獄を見るだけだ。ほかの女子生徒を蹴落《けお》としてまで、この場をしのぎたいとは思わない。

ところがあとの女子生徒たちは要領を得なかった。門角美波と蔦澤玲子は、先のふたりにつづけとばかりに、猛然と声を張った。だがそれぞれの解答は、瑠那にとって耳を疑うものだった。

美波が必死にわめいた。「中国！」

玲子も同時に大声で告げた。「イタリア！」

ふいに鈍い音が響いた。張り詰めた六本のロープのうち二本が、教室の前方でぷつりと切れた。

ふたりの甲高い悲鳴は、瞬く間に後方へと遠ざかっていった。瑠那は傾斜の下方を振りかえった。机と椅子ごと女子ふたりが滑落していく。美波と玲子の姿はたちまち闇に呑《の》まれ、まったく見えなくなった。

残った由里、瑞穂、葵は机にしがみついた。声をあげて泣きながら首を横に振っている。瑠那は芝居をする気も起きなかった。まだ解答していないのは瑠那と葵だけだった。

式村が語気を強めた。「早く答えろ。安藤、桂藤。無解答も失格になるぞ」

葵は顔を真っ赤にしながら、震える声を響かせた。「イ、インド」

「駄目」瑠那は思わず声をあげた。「桂藤さん……」

瞬時にロープが切断された。葵の机と椅子が猛スピードで後退していく。葵は悲鳴とともに傾斜を滑り落ちていった。恐怖に歪《ゆが》んだ顔が小さくなり、暗がりのなかに消えた。

教室内はまた静かになった。生存した由里と瑞穂は、心底ほっとした顔をしつつ、机から身を起こした。迷彩服たちは揃って口もとを歪め、指先の数字のやりとりに忙しい。式村は鼻を鳴らした。

どの態度も腹立たしく、また悲しかった。大人たちばかりか由里と瑞穂も、自分のことしか考えていない。みずからの幸運に安堵《あんど》するか、悲劇の運命を嘲笑《ちょうしょう》するか、それらのあいだにはさして差がない。どちらも人としてまちがっている。

式村が醒《さ》めたまなざしを向けてきた。「安藤」

瑠那はつぶやいた。「アメリカ」

「そのとおり。正解だ」

盛りあがっていた迷彩服らが、なんとなくしらけたという素振りをする。由里や瑞穂も、生存者が絞りこまれなかったことに、どこか不服そうな表情をのぞかせる。最後に残ったひとりかふたりが合格、そう言い渡されているわけでもないのに、不可解な態度だと瑠那は思った。

ライバルが減るのは歓迎できる、そんな生得的な思いのなせるわざかもしれない。追い詰められると人は見境を失う。残酷さが垣間《かいま》見えるようになる。裏切りも生じる。だがなにがあっても、由里や瑞穂を恨んではいけない。窮地に追いこんだ大人たちが悪い。

式村は片方の眉《まゆ》を吊《つ》り上げ、平然とした口調でつぶやいた。「やっと人数が絞りこまれたな。次はもう一段難しくしよう」

30

凜香は傾斜した床を這《は》い上ろうと躍起になっていた。

近くで蓮實と坂東も同じように、滑り台のような床面にへばりついている。後方の終点には網が張ってあった。万が一にも滑り落ちても、ひとりかふたりなら網がキャッチしてくれるはずだ。

斜めになった校舎か。さすがに結衣姉でも未経験だろう。またひとつ自慢の種が増えた。姉に勝る武勇伝は人生の励みになる。あの性格のねじ曲がった結衣姉は、どうせ鼻を鳴らすだけだろうが、内心は凜香の現役JK生活に嫉妬《しっと》しているはずだ。

心に余裕が生じつつある、凜香がそう思ったとき、異音をききつけた。なんらかのノイズが反響している。傾斜する床の上方だ。廊下の行く手を仰ぎ見た。真っ暗でなにも見えないが、音はたしかに耳に届く。蓮實も動きをとめた。いちばん鈍い坂東は、最後までぜいぜいと呼吸しながら這い上っていたが、それでも硬い顔で静止した。

「なんだ?」坂東が怪訝《けげん》そうにつぶやいた。

凜香は上り坂の先、真っ暗な空間に目を凝らした。廊下と教室を隔てる内壁は、とっくに崩壊しきっていて、幅広な滑り台だけがつづく。物音は少しずつ大きくなってきた。反響ぐあいがボーリング場の環境音に似ている。

だしぬけに女子の悲鳴が交ざった。しかも複数だ。ふたつの机と椅子が、まるで遊園地のコーヒーカップのように、急速に横回転しながら急滑降してくる。それぞれに女子生徒がおさまっていて、どちらも戦慄《せんりつ》の絶叫を発していた。

「な」坂東が目を瞠《みは》った。「なにい⁉」

机と椅子のあいだは、短いロープで結ばれているらしく、着席する女子生徒とともに一体化している。そんな奇妙な乗り物ふたつが超高速で間近に迫った。蓮實が急斜面で跳躍し、女子生徒のひとりに抱きつくと、机から救出した。蓮實は女子生徒を抱き締めながら斜面を転げ落ちた。無人化した机と椅子も下方へ滑降していく。

もうひとりの女子生徒が乗った机と椅子は、真正面から坂東に激突した。女子生徒は投げだされ、坂東とともに滑り落ちていった。

凜香もひとり留《とど》まってはいられなかった。みずから滑降し全員を追う。しかし滑り降りる速度では間に合わない。凜香は斜面で立ちあがると、下り坂を駆けだした。へたをすると速度がつきすぎて止まらなくなる。そこまで馬鹿ではないと凜香は思った。がむしゃらに走るうち、まず蓮實に追いついた。女子生徒を抱いた蓮實は、巧みに膝《ひざ》を立て、靴底に摩擦を生じさせている。おかげで減速しつつあった。凜香が追いつけたのはそのせいだった。ただちに凜香は蓮實と女子生徒を横方向に突き飛ばし、滑降のコースを変えた。ふたりは穴の脇の安全地帯へと向かっていった。

問題は坂東ともうひとりの女子生徒だった。ふたりは滑り台の放出口に達し、網にぶつかり転がった。そこには机と椅子がひと組投げだされていたが、もうひと組も勢いよく滑降していく。女子生徒に机が迫った。坂東が必死に起きあがり、女子生徒を引き立たせ、机にぶつかるのを間一髪回避した。坂東と女子生徒が、蓮實らのいる穴の脇へと退避しようとする。

校舎内に別の悲鳴がこだました。凜香は斜面の上方を振りかえった。なんともうひとり滑ってきた。ナチュラルボブのヘアスタイルの女子生徒が、泣き叫びながら机と椅子ごと滑降してくる。

凜香は思わず机に飛びついた。しかし踏みとどまれなかった。女子生徒も必死に机にしがみつくため、いっこうに椅子から引き離せない。あっという間に凜香と女子生徒は、机と椅子に乗ったまま、網の上へと投げだされた。先に降下していた机や椅子と激しくぶつかり、全身に激痛が走った。

まずいことに網の中央が大きくしなるように下がった。蓮實の切迫した声がきこえた。「網の端が外れる！　破れるぞ。早く退避しろ！」

坂東はまだ穴の脇に達していなかった。大慌てで女子生徒を連れ、蓮實のもとへと逃げていく。ただし網の上では走るどころか、まともに立つこともできないようだ。ふたりとも何度となく転倒している。凜香からは反対側の脇のほうが近かった。ナチュラルボブの女子生徒に手を貸しながら、死にものぐるいでそちらをめざす。しかし女子生徒は泣き叫ぶばかりで、しっかり自分の足で立とうとしない。

「走ってよ！」凜香は一喝した。「網にくるまって山林墜落で死ねるかよ。いい笑いもんだろうが！」

びくっとした女子生徒が、かろうじて体勢を立て直す。ふたりとも繰りかえし網に足をとられながらも、なんとか穴の脇へと行き着いた。

直後に網全体が剝《は》がれ落ちた。机と椅子三組の重さに耐えられなかったらしい。それらを包みこむように網が垂直に落下し、眼下の暗闇に消えていった。

凜香は唇を嚙《か》んだ。網が失われた。斜面を這い上がるのは極めて危険な行為になった。ましで三人もお荷物が増えた。

静寂が戻った。吹きすさぶ風の音のなか、女子生徒たちの嗚咽《おえつ》がきこえる。穴の向こう側の脇には、蓮實と坂東のほか、ふたりの女子生徒が身を寄せ合う。こちら側は凜香とナチュラルボブの女子生徒だけだ。

女子生徒らは三人とも制服が異なる。ナチュラルボブが泣きながらすがりついてきた。「た、助けてくれてありがとう。須浜高校、一年二組の桂藤葵です」

ため息とともに凜香は応じた。「日暮里高校一年C組、優莉凜香」

「ゆ」葵が目を丸くした。「優莉……？」

またその反応かよと凜香は思った。「わからない？　いまはほかの苗字《みょうじ》の奴より頼りになるってことが」

31

雲英亜樹凪は、綺麗《きれい》にクリーニングされた日暮里高校の制服に、ふたたび袖《そで》を通した。エンジとグレーのツートンカラーを着た自分の全身が、目の前の姿見に映っている。髪もきちんと整えた。それが終わると真っ暗な外にでることになった。

水道も通っていなそうな山奥で、熱いシャワーを浴びられるとは驚きだった。さっき奥田が説明したところによれば、廃病院では一定量の水を濾過《ろか》しながら再利用しているのだという。湯を沸かすのは電力。どこから電気を得ているかは、これから徐々にわかってくる、奥田はそんなふうに謎めかした。

ここは廃病院の離れといえる平屋建てだった。ツーシーター仕様のロールス・ロイスが横付けしている。運転席には奥田医師がいた。エンジンをかけ亜樹凪をまっている。まるでディナーにでもでかけるかのように、質のいいスーツに着替えていた。亜樹凪は助手席に乗りこんだ。

闇のなかにヘッドライトを灯《とも》し、クルマは走りだした。廃病院の本館が行く手にぼんやりと浮かんでいる。奥田はステアリングを切りながら満足げにいった。「特別限定車でね」

「素敵です」亜樹凪はぼそりと応じた。

ちらと亜樹凪を横目に見た奥田が、また前方に向き直った。「このうえなくすっきりした気分だ。この歳にして青春を取り戻したように思えるよ。きみのおかげで」

亜樹凪は黙っていた。奥田は五十六歳だが、女性経験が豊富だとは到底考えられない。基本的なことをなにひとつわかっていなかった。攫《さら》った大勢の十代女子を妊娠させたとしても、それは意識を失った相手を一方的に犯したにすぎない。人形以外と交わったのは、おそらく今夜が初めてだったのではないか。少年のような充足感に浸りきり、半ば有頂天にさえなっている。

スマホの着信音が鳴った。奥田は片手で運転しつつスマホを耳に当てた。公道では違反だろうが、こんな山奥の私有地内では、咎《とが》める者は誰もいない。

「なんだと？」奥田は一転して低い声を響かせた。「それで排除できたのか？　どんな連中だったか把握してるのか？……ああ、こっちに支障がないならかまわない。なんにせよ早く手を打て」

通話を切った奥田がスマホをポケットに戻す。また少し若者ぶったような口調で奥田がいった。「廃校舎のほうに侵入者がいたようでね」

「だいじょうぶなんですか」亜樹凪は静かにきいた。

「どうかな。あっちは副次的な施設にすぎないし、警備も下位組織に丸投げしてる。こっちとしては下々のことまで目を向けられんよ」

王と姫のつもりでいるのかもしれない。亜樹凪をエスコートできることがたまらなく嬉《うれ》しいようだ。檻《おり》のなかで激しく交わったのち、奥田はずっとふたりの将来ばかりを語った。都内の豪邸を提供するとか、チャーター機で一緒に海外旅行にでかけようとか、亜樹凪の気を引こうと必死のようすだった。

亜樹凪はなにも感じなかった。庶民の家庭に生まれた女子たちが、パパ活なるもので日々の糧を得るのに対し、どんな心境なのだろうと常々訝《いぶか》しがってきた。けれどもいまはなんとなく理解できた気がする。

巨大な病棟のわきにクルマは滑りこんだ。奥田は運転席を降りながら亜樹凪に声をかけた。「そのままで」

車外を悠然と迂回《うかい》し、助手席のドアを開けに来る。奥田にとってはやってみたかったことなのだろう。亜樹凪は差しだされた手をとった。奥田の気分が昂《たか》ぶっていることは、満面の笑いからもあきらかだった。

亜樹凪は病棟の内部に案内された。さっきの離れと同様、外から見れば窓にベニヤ板が打ちつけられ、いかにも廃墟《はいきょ》然としている。しかし出入口は、工事用のフェンスやドア、何枚もの暗幕によって覆われていた。照明の光が漏れださないための対処法だった。

非常灯のみが照らすほの暗さのなか、内壁の亀裂《きれつ》や崩落箇所が目についた。しかし建物の老朽化とは相反し、床は光沢を帯びるほど磨かれ、清潔に保たれているとわかる。無菌服で全身を包むスタッフらが通路を往来する。ストレッチャーや台車もさかんに通行していた。

通路沿いのドアのひとつに奥田がいざなった。「さあ。これを見るといい。私の〝生命の畑〟だよ」

亜樹凪はドアを入った。そこは狭いブース内だったが、正面に大きなガラスが嵌《は》めこまれ、向こう側に広い部屋が見渡せる。薄暗い空間に心電図の電子音、ロボットアームの稼働音、それに女子たちの呻《うめ》き声がこだまする。

縦横に無数のベッドが並んでいた。仰向《あおむ》けに寝る女子たちの意識は朦朧《もうろう》としている。

みな全裸のうえ、毛布ひとつかけられず、両脚は分娩《ぶんべん》台型ベッドに載せられていた。股《また》を開いた姿勢はみな共通しているものの、腹の大きさは左から右へと、きれいに段階が分かれている。

奥田がガラスに歩み寄った。「かつて女性を〝産む機械〟と喩《たと》えた政治家が失脚した。私はむしろ言い得て妙だと思った。ここはその生産に特化した工場だよ。種付けは別室にベッドごと運んでおこなう。一対一のほうが集中できるのでね」

亜樹凪は醒《さ》めた気分できいた。「この分娩台型ベッドに横たわらせたまま、奥田さんがするわけですか。〝種付け〟を」

「そうとも。せいぜい一、二時間にひとりが限度でね。ああ、そういう作業はまさしく機械的で、工場のいち工程にすぎんよ。さっききみと過ごした素晴らしい時間とは比較にならない」

奥田がじっと見つめてきたため、亜樹凪は微笑してみせた。そうしないと奥田は不安と不満をおぼえ、どうかしたのかときいてくるだろう。惚《ほ》れっぽい男は猜疑心《さいぎしん》も強い。いま亜樹凪が共感めいたしぐさをしたことで、奥田は満足げにまた〝生命の畑〟を眺め渡している。

若い女にやさしくする自分に酔いしれながら、じつは根底にあるものは思いやりではなく、飽くなき性欲と支配欲でしかない。男としてのセックスアピールに欠けることは承知のうえで、権力や金こそが男の武器だと価値観をすり替える。ロールス・ロイス限定仕様車の披露などは顕著な例だろう。亜樹凪にしてみればツーシーターのロールスなど、父が道楽で乗りまわしていた消耗品にすぎない、そのていどの認識だった。

「来たまえ」奥田が歩きだした。また通路にでてから別のドアを入る。

今度もブースからガラス越しに広い部屋をのぞけた。室内のあちこちに、天井から手術用照明灯が複数吊《つ》ってあり、そのぶん明るかった。分娩台型ベッドはキャスター付きで、ここに随時運びこまれるようだ。いくつかの手術ブースで同時に作業が進んでいる。無菌服らがベッドを囲み、女子の腕に注射をする。ロボットアームの先端に装備された、ペン型のレーザー照射装置が、膨らんだ腹の上を這《は》いまわる。傍らではレントゲンや内視鏡のモニターを前に、レーザー執刀医が二本のジョイスティックを操作していた。拡大された脳の透視映像もある。さっきの部屋では女子たちの意識が朦朧としているのが見てとれたが、ここでは完全に無反応だった。

奥田が指さした。「そんなに特殊なことはおこなっていないんだ。脳の内頸動脈《ないけいどうみゃく》を拡張し、ウィリス動脈輪の血液の流れを速くする。これが天才児の脳に特徴的な構造と判明してるからね。物理的に同じ状態を作ってやるだけだ」

亜樹凪はつぶやいた。「〝種付け〟されて、妊娠して、出産……。それまでみんなずっと意識を失ったままですか」

「そうだよ。出産にともなう苦痛も味わわずに済む。その後しばらく身体を休ませておくが、やがてまた〝種付け〟へとまわされてくる。ずっとそんなサイクルがつづく」

「運動不足で筋力が減退し、妊娠や出産に悪影響が生じませんか」

「ステロイド注射による筋肉増強で、あるていどは維持できる。しかし徐々に衰弱していくのは避けられんな。見た目も年齢よりかなり老けてくるし、健康な子を孕《はら》めなくなった時点でお役御免になる」

「処分されるんですか」

「遺体の多くは人知れず土に埋め分解するが、市街地に投棄するなどして、警察の捜査を攪乱《かくらん》したりもする」奥田がふと気遣わしげな面持ちになった。「あくまで検体から〝マリア〟になる女子たちへの扱いにすぎない。生理的嫌悪をおぼえたりはしていないだろうね？　すでに説明したとおり、これは将来への投資なんだ。高品質を前提とした着実な生産作業が、国家の明日《あした》を切り拓《ひら》くんだよ」

「わかってます」亜樹凪は応じた。「ここの重要性なら特に」

理屈は呑《の》みこめていた。けれども実際に〝生命の畑〟をまのあたりにしたとき、自分がどんな心境に陥るか、そこは未知数だった。その時点での己れの感性に従おうと思っていた。嫌悪が募れば、それがみずからのすなおな感情にちがいない。

だがいまは予想もしなかった心境にとらわれている。納得感だった。人類維持のための究極の新社会、その黎明期《れいめいき》がここにある。

同世代の女子たちの気の毒な姿が、自身を改心にいたらしめるのでは、亜樹凪はそう危惧《きぐ》していた。ところがまったくそんな思いは抱かない。むしろこの徹底した生産管理体制は、これまでの社会に決定的に欠けていた最大の要素では、そう信じられるようになった。

人の多くはなんらかの犠牲になる。つまらない結婚や配偶者の浮気、希望のない老後も犠牲の一種に数えられる。どうせ犠牲となる運命なら、意味のあるものに捧《ささ》げるべきだろう。ほうっておいても社会の底辺は貧困に喘《あえ》ぐ。まともな教育を受けた女子でさえ、性欲ばかりの男子の餌食《えじき》になり、不幸なまま歳を重ねてしまう。ここにはそんな分け隔てがない。誰もが生きているだけで等しく社会に貢献できる。意識を喪失している以上は苦痛もない。

雲英家では帝王学を教わった。この理解力はそんな下地のなせるわざかもしれない。特別な地位にあればこそ俯瞰《ふかん》で世のなかを眺められる。そこにはどうしようもない真っ当さだけが残る。

攫《さら》われた女子たちが可哀想という感情は湧き起こらない。無理やり同情心を掻《か》き立てようとしたが、なおそうはならない。むしろ自分のなかに眠っていた正義が、いま呼び覚まされた気がする。社会を根本から変えていくためには生け贄《にえ》も必要、そこから目を逸《そ》らしていたからこそ、従来の社会は膠着《こうちゃく》状態に陥っていた。過去の歴史でも転換点には代償がつきものだった。もとより大衆の大半が見捨てられる、そんな前提の上に成立している現代社会だ。その効率を高めることになんの過ちがあるだろう。

真実を悟りえたきっかけに、ホンジュラスでの経験も多分に影響している。あまりに多くの人の死を見過ぎた。世界はまちがっている。根底から覆らねばならない。

靴音がブースに入ってきた。亜樹凪は息を呑んだ。地面を転げまわったのか、土で薄汚れたスーツを着た男も、亜樹凪と同じ反応をしめした。公安の青柳が苦々しげにいった。「ここに連れてくるとは、どういうおつもりですか」

奥田は片手をあげ青柳を黙らせた。「彼女はほかの〝マリア〟とは立場が異なる。合意のうえで交わるんだ」

「合意ですって？」青柳は目を剝《む》き、疑わしげに亜樹凪を一瞥《いちべつ》した。「妊娠後の施術に同意してるわけですか」

「馬鹿いっちゃ困る。彼女にステロイドは打たない。レーザーメス照射もない。いわば人格を持った伴侶《はんりょ》だ。自然にまかせた場合、私のような天才と良家の遺伝子のあいだに、どんな子が生まれるのか知るのも興味深い」

「失礼ですが……。あなたはこの雲英亜樹凪に踊らされてませんか。たしかに良家出身ですが、マラスと交わったうえ、父親を殺害した疑いの濃い十八歳ですよ」

「現行の法や倫理観に背いたことで、偏見や先入観を持たれるであろう点は、私たちも同じだ」

「私たちは社会に新たな秩序と構造を築くために働いてます。指導者たるあなたが、個人的な情欲におぼれだしたら……」

別の男の声がいった。「騒々しいな。システムはうまくまわっとるんだろう。ならなんの問題もないじゃないか」

高齢の声の響きだった。亜樹凪は振りかえった。やはりスーツを纏《まと》っている。丸顔の六十代。テレビのニュースで観たことのある人物が歩み寄ってくる。

浜管武雄少子化対策担当大臣は、世間話のような口調で青柳にいった。「奥田君にプライベートの息抜きがまったくないのが、ずっと気になっとった。私生活のパートナーを得るのも悪くはあるまい」

青柳が反論した。「奥田先生の息抜きは……そのう、日々〝マリア〟との性行為に明け暮れることで果たされると、本人がおっしゃってたんですよ」

「それも日課の義務となればストレスにつながる。奥田君、そうじゃないのかね」

奥田は控えめに表情を和ませた。「おっしゃるとおりです」

浜管が亜樹凪に向き直った。「初めまして。お父様とは以前に顔を合わせたことがあってね。奥田君がきみをここに連れてきたからには、きみにも理解があったという証《あかし》だろう。これは戦争以上の危機を乗り切るための非常手段なんだ。政府にも多くの賛同者がいるし、私が代表的な立場にある。〝異次元の少子化対策〟のな」

少子化対策担当大臣までが絡んでいたのか。ならばこれは真剣に国家の行く末をとらえた、長期的かつ壮大な計画といえるだろう。奥田のいうとおり、うわべだけの法と倫理観を重視していたのでは、社会はいずれ崩壊する。政府の有力者らはそれをわかったうえで、秘密裏にことを進めてきたようだ。

先進国の出生率は低い。暮らしが豊かになり、自己の快適さや快楽を追求できるようになると、人は子を産み育てることを苦痛ととらえる。農家の子が働き手を継ぐ時代から、世の仕組みが根本的に変化したのだろう。子はあるていどの年齢になると独立してしまい、親の老後の世話すら、福祉や施設まかせにする。子を持つ意義や意味が薄れている。だから少子高齢化が加速する。

行き過ぎた自由と労働力の減少、経済の悪化による貧困、出産や子育て費用の不足。日本はずっと負のスパイラルに陥ってきた。批判する人々は誰ひとり抜本的な解決法を提示できていない。しかし政府はみずから動いた。しかもただ子供を増やすだけではない。量だけでなく質も重んじている。

亜樹凪はすなおな思いを口にした。「知能指数の高い子を必要なだけ生産するという考え方は、非常に理知的です」

「そうなんだよ！」浜管が興奮ぎみに顔面を紅潮させた。「雲英家のお嬢様はわかってらっしゃる。支援金をばら撒《ま》いて、貧乏子だくさんを増やすばかりじゃ、国力の衰退を招く。世界に冠たる経済大国としての地位を奪回し、さらに強固にすべきなんだ」

青柳はなおも不満顔だった。「ＥＬ《エル》累次体に報告し、全体の承認を得るべきでは？」

ふいに沈黙が降りてきた。奥田と浜管の表情が揃って曇りがちになる。

累次体。ＥＬとはなんだろう。亜樹凪はきいた。「ＥＬ累次体というのは……？」

浜管が苦い顔で応じた。「政府の表向きの政策によらず、こうした崇高な目的を果たすには、各分野の優秀な人材が結集する必要がある。ＥＬ累次体は国や企業の枠組みを超えたメンバーシップの集まりだ。人類のための真の未来を築く者たちだよ」

「ではここでおこなわれていることは、ＥＬ累次体の計画のひとつなんですか」

立場が軽んじられるのを危ぶんだらしい。奥田がすかさず告げてきた。「計画の実行責任者は私だ。恒星天球教から引き継いだ医学が、ＥＬ累次体に貢献すると認められたからね」

亜樹凪はなおも問いかけた。「権限は政府にあるわけじゃないんですか」

浜管が真顔で答えた。「さっきもいったとおり、政府の有力者の多くがＥＬ累次体の加盟者なんだよ。政治の力学や産業の利害関係にとらわれない、世界の明日《あした》を憂慮する知識人の宝庫だ」

「でも政府全体を抱きこんでいるわけじゃないんですよね？」

青柳が鼻を鳴らした。「腐敗分子はどこにでもいる。世のすべての人間が賛同する施策はない。だからＥＬ累次体は実力行使を主義とする」

「実力行使……」亜樹凪のなかに不安が生じた。「そうはおっしゃっても、廃校舎のほうに何者かの侵入を許したんですよね？」

浜管が苦笑した。「周辺に兵力を配置したんじゃ、かえって人目を引くからな。だがEL累次体はきみが思っとるより強大だよ。この廃病院もプロの軍事部隊に守られとる。ただしいざというときまで行動は起こさん。いわば眠れる獅子《しし》の城塞《じょうさい》だ」

奥田が余裕を漂わせた。「この殿堕棲が城主。しかもきょうから姫君を迎えるわけだ」

青柳は奥田の冗談めかした態度が気に食わなかったらしい。「そこが問題だといってるでしょう。ここで出産される子供は〝マリア〟の胎内で充分に加工される前提……」

「いや」奥田は硬い顔になった。「亜樹凪は検体や〝マリア〟とは異なる」

また三人が議論を始めた。目標の気高さに対し、この指導者らに垣間《かいま》見える俗っぽさは、彼らがEL累次体の下位団体にすぎないと知れば納得できる。それにしてもEL累次体とは謎めいている。魅力的な勢力だと亜樹凪は思った。

奥田が必死に抗弁するさまを、亜樹凪は内心冷やかに見守った。人形でなく意思を持った女子高生と交わった、その経験に至福の喜びを感じ、けっして手放したくないと心にきめている。それゆえ亜樹凪の目からすれば弱さがのぞく。女性経験の極端に不足した男が、十代女子の色香に迷ったいま、いかに聡明《そうめい》であろうと煩悩には容易に翻弄《ほんろう》される。この男は亜樹凪の手の上で転がせる。

なるほど、凛香のいったとおりだ。亜樹凪はひそかにそう思った。女子高生は最強かもしれない。社会を動かしうる。

32

瑠那はずっと仰角に座っていた。教室の前方から机と椅子を吊《つ》るロープは、ときおりぐらぐらと揺れる。柏舘由里と宮杜瑞穂はその都度、怯《おび》えたように机にしがみついたが、瑠那は怖がるフリもしなかった。

こんな茶番はもうご免だ、瑠那はそう思った。いますぐにでもすべてをぶっ潰《つぶ》してやりたい。だが教室の両端に十数人の迷彩服らが控えている。全員が拳銃《けんじゅう》を携帯していた。一斉発砲を受けたとしても、寸前に飛び下り滑落すれば生存できる可能性もある。しかしそれは瑠那にかぎってのことだ。由里と瑞穂はそのかぎりではない。見殺しにできない。

しかし信念に迷いも生じてくる。葵たちが傾斜を滑り落ちていったのに、由里と瑞穂は思いやるようすさえ見せなかった。仕方ないこととはいえ、どうしても受け容《い》れがたい。

人は冷酷になりうる。自分の出生を通じ、それは事実だと悟った。由里と瑞穂の性格が歪《ゆが》んでいないと、なぜ断言できる。友里佐知子と同じ穴の狢《むじな》ではないのか。将来の友里ではないのか。

式村がクリップボードを読みあげた。「この英文を受動態にしろ。〝She teaches us mathematics〟」

瑞穂は戸惑いがちに答えた。「〝We are taught mathematics by her〟」

「よろしい」式村がうなずいた。「柏舘、安藤。もうひとつは?」

由里が目を泳がせた。「あ、あの……。答えがもうひとつあるんでしょうか」

「ある。早く答えろ」

しばし由里は両手で頭を抱え、熟考する素振りをしめしたが、やがて泣きながら首を横に振った。「嫌。こんなのもう嫌。なにも思いつかない。考えられない」

「なら」式村が冷やかに言い放った。「失格だな」

「こんなのひどい!」由里は大粒の涙を滴らせた。「なんでわたしたちを玩《もてあそ》ぶんですか。わたしだけじゃないです。みんな怖がってたじゃないですか。蔦澤さんも門角さんも、桂藤さんも。どんな思いで落ちていったと思ってるんですか。どうしてこんな目に……。もう耐えられない」

瑞穂の潤んだ目が由里をとらえている。瑠那はひそかに衝撃を受けた。ふたりは無慈悲な性格ではなかった。ほかの女子生徒たちの死に心を痛めていたとわかる。

単純すぎた、瑠那はそう自覚した。わずかな時間でもふたりを疑ったのはまちがいだった。ものごとを短絡的にしかとらえられない。九歳の終わりまで、まともな教育を受けなかったせいで、幼少期の未成熟な感性をひきずっている、よく自分についてそう思う。

人はみな迷っている。そこに邪心があるとはかぎらない。歪んでいるのは瑠那自身だった。薄々はわかっていた。いつまでたっても真っ当な女子高生になれない。ふつうの生き方ができない。胎児のころから加工されてしまった。それ以前に、子を持つべきでない父親の血筋に生まれた。

式村の目が瑠那を向いた。「安藤。答えは?」

瑠那はため息をついた。仰角に傾斜した机と椅子。ゆっくり身体を起こし、背もたれに足を置き、その上に立った。式村が妙な顔で瑠那を見つめた。迷彩服らもざわめきだした。

決意は迷いを吹っ切る。瑠那はつぶやいた。「〝Mathematics is taught to us by……〟」

口をつぐんだ。静寂が教室にひろがった。迷彩服らもいっせいに沈黙した。

式村がうながした。「その先は？」

答える気はない。瑠那は由里を見つめた。由里の涙に濡《ぬ》れた顔が、茫然《ぼうぜん》と瑠那を見かえす。

もうわかっただろう。あとはherをつけるだけで正解になる。由里は瑞穂とともに脱落を免れる。

ふたりのうちひとりが、あるいはふたりともが生存し、〝生命の畑〟に送られても、けっして見捨てやしない。いまはただ少し命をつないでくれればいい。瑠那が再会するまで生きていてくれれば。

瑠那はゆっくりと重心を後ろに反らした。体勢を立て直せる範囲を超えてのけぞった。足が椅子を離れ、瑠那の身体は宙に投げだされた。斜面に叩《たた》きつけられ、軽く何度か跳ねた。由里の悲痛な嘆きがきこえる。瑞穂も泣きだしていた。

幸せなことだと瑠那は思った。知り合って間もないのに、涙を流してくれる人がいる。ずっと望んでいたことだ。学校では果たされなかった夢だ。

この教室における斜面は、想像していたよりずっと急に思えた。滑落する身体はどんどん加速していき、静止するすべはなくなった。

教室から見下ろす無数の目が遠ざかる。瑠那は果てしない暗闇のなかに呑《の》まれていった。

33

凜香たちは傾斜した床の下端、滑り台の放出口となる穴の脇から、いっこうに動けずにいた。網がなくては這《は》い上るのは危険きわまりない。

穴の両端では声が届く。おかげで情報はあてていど得られた。穴の反対側の脇で、蓮實や坂東と一緒にいるふたりは、堂徳女子高校の門角美波と追栄学園の蔦澤玲子。拉致《らち》されたのち、それぞれ何日も檻《おり》に監禁され、無菌服姿による観察を受けた。それが終わると傾斜した教室に集められ、くだらない試験を受けさせられた。解答をまちがうと滑落の憂き目に遭うらしい。試験にはいまも三人の女子生徒が居残っているようだ。

「優莉」蓮實が呼びかけてきた。「杠葉瑠那はどこへ行ったんだろうな」

敵勢に発見されていれば撃たれる。銃声がここまで届くはずだ。いまのところは静寂が保たれている。

「あのう」近くで葵がささやいた。「優莉さん。日暮里高校の安藤瑛茉さんって、お知り合いですか」

「さあ。そういう名前の二年生が攫《さら》われたって話はきいたけど」

「とてもやさしくて親切な人なんです。いま教室に残っている三人のうちのひとりで……。その人のおかげで、あるていどの問題を答えられました」

結局は答えをまちがってしまったのだろう、脱落してここに来ている。けれども幸いなことにちがいない。女子生徒たちの証言する〝生命の畑〟とは、ようするに種付けの材料にされ、胎児をいじくりまわされる地獄でしかない。

「優莉」蓮實が鋭くいった。「なにかきこえるぞ」

風の音のなかに異音が交ざっている。滑落の音だと気づいた。凜香は斜面の上方に目を向けた。

今度は悲鳴をともなわない。机や椅子の脚がこすれる音もしない。ただ女子生徒ひとりが滑り落ちてくる。エンジとグレーのツートンカラーの制服、長い黒髪に華奢《きゃしゃ》な身体つきだった。

葵が驚愕《きょうがく》の声を発した。「瑛茉さん!?」
ちがう。凜香は気づいた。滑落してくるのは瑠那だ。ここでは瑛茉になりすまして
いたのだろう。
坂東が叫んだ。「落ちるぞ!」
瑠那の身体は一見無防備に滑り落ちている。じきに滑り台の放出口に達しようとし
ている。凜香は反射的に駆けだした。全力疾走で斜面を斜めに遡《さかのぼ》っていく。
蓮實の声が響き渡った。「無茶をするな、優莉! 一緒に落ちてしまうぞ」
滑落してくる女子生徒が、なんの対処もしていなければ、たしかにそうなるだろう。
凜香が飛びつき静止させようとしても、滑落の勢いが勝り、ふたりとも空中に放りだ
される。しかし瑠那は通常と異なる体勢をとっていた。仰向《あおむ》けになり膝《ひざ》を立てている。
さっきの蓮實と同じく靴裏でブレーキをかけていた。あるていど勢いを殺している。
とはいえかなりの速度がでていた。ひとりだけでは静止できない。それでもふたりな
ら。
凜香は跳躍し、瑠那に覆い被《かぶ》さるように伏せた。ふたりは絡み合った状態で、横回
転しながら滑降したが、徐々に勢いは弱まった。滑り台の終点、放出口が迫る。凜香
は靴の爪先《つまさき》を床に押しつけた。わずかな摩擦抵抗が減速につながる。校舎から投げだ

される寸前、凜香と瑠那の身体は静止に至った。ぎりぎりで難を逃れた。

ゆっくりと上半身を起こす。凜香は瑠那を見つめた。瑠那も凜香を見かえした。潤みがちな目は前と変わらない。けれども瞳《ひとみ》の奥底に宿る光は異なって見えた。

瑠那は咳《せ》きこみだした。激しくむせながら、襟の下から錠剤をとりだす。そんなところに薬を隠していたことを、凜香はいま初めて知った。

蓮實が穴の脇から動けずにいる。それでも心配そうに声をかけてきた。「杠葉。だいじょうぶか」

咳《せき》がなかなかおさまらない瑠那を、凜香はただ黙って眺めた。なんとなく冷やかな気分に浸りきる。発作は演技ではない。だが心にはあるていど余裕があるはずだ。難病の治療法を獲得するのに、あと一歩のところまで来ている。少なくとも瑠那はそれを求め、研究の拠点を探しつづけてきた。

凜香はため息まじりにいった。「瑠那。さっさと立てよ。あっちに行くぞ」

「おい」坂東が穴の脇で苦言を呈した。「そんな言い方があるか。彼女は病気じゃないか。もっといたわれ」

「あ?」凜香は顔をしかめてみせた。「ったく、おっさんたちはいつもそれだな。黒髪で色白の薄幸そうな女子高生って、見た目だけで判断しちゃいけねえぜ?　じつはこういう子こそ内心、馬鹿な中高年なんか死ねと思ってんだよ」

坂東の眉間《みけん》に皺《しわ》が寄った。「それはおまえだろ」

「瑠那はちがうってのか？　わたしとおんなじ父親だってのは公安からきいてるよな？」

「その子が印旛沼のほとりで、おまえと同じ所業に及ぶとは思えん」

「おい坂東さんよ。あんた清純派アイドルが男とつきあわねえって信じるクチか。捜査一課長になるまでに、ヤク中の小娘を大勢見てきたろ？　なかには人殺しもいただろが」

瑠那の咳はおさまっていた。憂いに満ちたまなざしを凛香に向けてくる。瑠那がささやくようにいった。「凛香お姉ちゃん。わたしは父を知りません。どんな人だったんですか」

「……知らなくていいよ。どうせろくな教育もない。ここから床を這い上がる方法だって教わってねえし」

「それでしたらなんとかなります」

蓮實が眉《まゆ》をひそめた。「なに？　本当か」

穴の反対側の脇から、葵が戸惑いのささやきを発した。「瑠那さんって……？　安藤瑛茉さんじゃなかったの?」

瑠那は申しわけなさそうな顔を葵に向けた。「ごめんね……。でもあなたには怖い目に遭ってほしくなかった」

凜香のなかに当惑が生じた。瑠那は葵を気遣っているように見える。この思いやりは演技だろうか。やさしさで人の心をとらえるすべは、凜香の母である市村凜に似ている。しかし瑠那の言葉に嘘があるようには思えない。

油断なく凜香は瑠那に問いかけた。「ここから脱する方法があるのかよ」

すると瑠那はこぶしで周りの床を叩き始めた。音いろの変化に耳を傾けている。瑠那の顔つきが変わった。ふいに伸びあがると、床の一か所に肘《ひじ》を打ち下ろした。唖然《あぜん》とする一同の前で、瑠那は何度となく身体をしならせては、勢いよく床に肘打ちを浴びせた。全体重を肘に乗せるように、徐々に威力を増していく。

驚いたことに、頑丈そうに見えるタイル張りの床が割れた。木造の板張りのように砕けだした。亀裂《きれつ》はどんどん大きくなっていく。瑠那は破片を手で引きちぎり、さらに裂け目を大きくしていった。床下には梁《はり》や支柱、配管が走っていた。そちらも斜めになっているものの、あらゆる部材による凹凸がある。床下に潜れば滑落の心配はなさそうだ。

凜香は思わず呆気《あっけ》にとられた。「なんで……?」

瑠那が平然といった。「むかしの文部省が遮音性を重視して、校舎の床下を全面コンクリート敷にしたのは昭和五十二年です。この校舎はそれより前に建ったので」

結衣姉みたいな蘊蓄《うんちく》を披露しやがる。凜香はきいた。「床下は潰《つぶ》れてねえのか?」

「わたしが露払いを務めます。凜香お姉ちゃん、葵さんをお願いします」瑠那の細い身体が、裂け目のなかにするりと入りこんでいった。まるで蛇のような柔軟さだった。

凜香は顔をあげた。蓮實や坂東と視線が合う。大人たちも目を瞠《みは》っていた。しかし途方に暮れてばかりもいられない。凜香は慎重に立ちあがると、穴の縁へと向かい、葵の手をとった。怖がる葵をゆっくりと誘導する。蓮實が美波を、坂東が玲子を連れ、ふらふらと歩いてきた。

床下に潜りこんだ瑠那が仰向けになり、裂け目の周辺を蹴《け》りあげた。破片が粉々に舞い散り、大人でも入れるぐらいの開口部になった。瑠那は床下を這《は》って進みながらいった。「どうぞ」

また全員が困惑顔を見合わせる。凜香は葵を開口部にいざない、すぐあとにつづいた。残る四人も次々に入りこんでくる。

狭い床下だった。四つん這いになって進むしかない。真っ暗で見えづらいが、瑠那は迷うようすもなく前進していった。やがてダクトのなかに侵入し、そこを抜けると、コンクリート壁に囲まれた室内に降り立った。

窓のない部屋だったが、瑠那がスイッチをいれると明かりが灯《とも》った。床は斜めに傾いたままだ。本来は地下室だったようだが、いまも貯蔵室として使用されていた。棚には拳銃《けんじゅう》と迷彩服が並んでいる。警備らの装備品にちがいない。拳銃はベレッタM9A3だった。弾丸とマガジンも豊富にある。

坂東があんぐりと口を開けた。「なんでこんな場所のことを……」

瑠那は無表情で応じた。「別の貯蔵室に見取り図がありました。いちばん深い場所に武器を隠すのは戦場のセオリーどおりです」

「戦場だ？　瑠那さん。優莉凜香と数日つきあって、悪い影響を受けたかもしれんが……」

「ハーディ政権派もフーシ派も軍事基地はそういう構造でした」

「……なに？　ハーディ政権派にフーシ派？」

蓮實が真顔になった。「イエメン内戦か」

凜香は衝撃を受けた。「まさか……。ひょっとして小さな英雄《アルバタル・サギール》ってのは……」

瑠那はにこりともしなかった。「まだ七歳ぐらいだったし、土管の奥にも潜りこめました」

「軍用爆弾を解除……できたのかよ」

「物心ついたときにはサウジアラビアとの国境付近に住んでたんです。フーシ派が報復攻撃を仕掛けてて、ずっと戦争状態でした。生き延びるためにいろんなことを学びました」

唖然とせざるをえない。不勉強の凜香は中東情勢に詳しくなかったが、瑠那が尋常でない修羅場で育ったことはわかる。しかも瑠那は学習力も半端なかっただろう。ステロイドで筋肉の発育も促進された。文字どおりの戦場で生存できたのはそのおかげか。

おそらく三歳以前に、瑠那は外国にいた。優莉匡太の子として生まれ、六本木オズヴァルドで怪しい取引を目撃してきた凜香には、さほど突拍子もない話に思えなかった。半グレ同盟のクロッセスは、ホステスが産んだ乳児を、海外に売る商売をしていた。手広くやっていたというより、国内の顧客に売ったのでは足がつきやすいから、ただそれだけの理由だった。友里佐知子は貴重な実験材料を手もとに置きたがっただろうが、半グレ同盟はかならずしも匡太の信奉者ばかりではなかった。匡太と反目するクロッセスの幹部が、事情を知らず瑠那を攫《さら》い、流通に乗せた可能性はありうる。

凜香はきいた。「どうやって日本に帰ってきた？」

だが瑠那は言葉を濁した。「話せば長くなる……」

「記憶が飛んでたわけじゃないんだな」

瑠那が視線を逸《そ》らした。「ごめんなさい」

醒《さ》めた気分で凜香は問いかけた。「ほかになにか知ってることがあるなら教えろよ」

「廃校舎は検体の最終試験場と、倉庫としてのみ使われてます。ここにあるのも簡易的な武装。拠点になってる廃病院の守りは、たぶんずっと厳重」瑠那は拳銃一丁を蓮實に差しだした。「使い方はご存じですよね？」

蓮實が戸惑いのいろを浮かべた。「防衛大出身者が銃を撃てるとはかぎらない」

「いえ。最初からわかってました。いじめっ子たちを懲らしめたとき、特殊作戦群の訓練に特有の動作が、随所に見受けられましたから」

「こんな物はよせ」蓮實は瑠那の差しだす拳銃を払いのけた。「きみも持っちゃ駄目だ」

坂東が同調した。「拳銃の不法所持は犯罪だ。いま棚に戻すなら、なにも見なかったことにする」

瑠那の澄まし顔は、ある意味で優莉結衣より冷酷に見えた。「足手まといになる前に武器を持ってください。それが嫌ならさっさと自決してください。音は立てないように」

三人の女子生徒は、信じられないという顔ですくみあがるばかりだった。瑠那は拳銃一丁とマガジン二本をスカートベルトに挟み、もう一丁を右手に握ると、部屋のドアへと向かった。ドアをわずかに開け、廊下を確認する。真っ暗な廊下にゆっくりとでていく。

凜香も大急ぎでマガジンをブレザーの下に忍ばせ、拳銃を手に瑠那につづいた。廊下にでると、凜香は瑠那にささやきかけた。「お父さんを憎んでる？　その子供も」

瑠那が振りかえった。なんのいろも浮かべない顔で瑠那がたずねかえした。「なんでそんなことをきくんですか。凜香お姉ちゃん」

水晶にもガラス玉にも見える目が凜香をとらえる。凜香は絶句した。返事をまたず瑠那が暗がりを進みだした。拳銃を両手で目の高さに構えている。姿勢も歩調も本物の軍人さながらだった。

凜香は無言で瑠那につづいた。ひとつだけはっきりしたことがある。凜香や市村凜以上の嘘つきがこの世にいないなんて、まったく井のなかの蛙《かわず》でしかなかった。欺瞞《ぎまん》という分野においても天才にはかなわない。友里佐知子が手塩にかけた、彫刻芸術のような人工天才の脳には。

34

碕木高校二年の柏舘由里は、ただ心細さとともに震えていた。視野はずっと閉ざされている。また目隠しをされていた。猿ぐつわのせいで声もあげられない。屈強そうな男の腕に両脇を抱えられ、抵抗もできないままクルマに乗せられた。しばらく走行したクルマが停車し、ドアが開いたかと思うと、外気のなかをどこか別の建物のなかに連行される。今度の床は斜めでなく水平だった。由里は視界が閉ざされた状態のままふらふらと歩いた。目隠しの下では涙がとめどなく溢《あふ》れていた。

やがて空気が滞留した。どこかの部屋に入ったような感覚があった。ふいに両脇が解放され、由里の両手は自由になった。突然のことに茫然《ぼうぜん》とたたずんだのち、由里は目隠しをむしりとるように引き下ろした。

狭く薄暗い室内だった。古びたコンクリート壁に囲まれている点は廃校舎と変わりない。檻《おり》のなかにいた部屋と同じ建物かもしれないが、フロアは異なるようだ。

すぐ近くに桃薗高校の宮杜瑞穂が立っていた。あの奇妙な試験で最後まで生存したふたりだ。瑞穂の左右にいた迷彩服らも離れていった。当惑の素振りをしめしつつ、瑞穂がみずからの手で目隠しを取り払った。

瑞穂は由里を見ると嗚咽《おえつ》を漏らした。由里も泣きながら瑞穂の名を呼ぼうとしたが、やはり呻《うめ》くような発声にしかならなかった。猿ぐつわのせいだった。ふたりはそれぞれ必死に猿ぐつわをほどこうと躍起になった。互いに手を貸しつつ、なんとか固い結び目を緩め、猿ぐつわをかなぐり捨てた。

大粒の涙を滴らせた瑞穂が、由里に抱きついてきた。「ここはどこ?」身体が尋常でないほど震えている。激しくうろたえる声で瑞穂がきいた。

「わからない……」由里はつぶやいた。それしか答えようがなかった。ふたりはただ強く抱き合った。

物音がした。由里は息を呑《の》んだ。瑞穂もびくっとし呼吸をとめた。ふたりの視線がさまよう。近くに迷彩服らが控えているが、怖くて目を合わせられない。

ふいに奥の壁がぼんやりと光りだした。全面ガラス張りだとわかった。ガラスの向こうの広い部屋に、弱い照明が灯《とも》っている。最初はガラスに由里と瑞穂の怯《おび》える姿だけが映っていた。やがて室内のようすが徐々にあきらかになってきた。

複数の無菌服が動きまわっている。異様な光景だった。青白い地肌のいろがフロアの大半を占め、無菌服はその隙間を往来する。なんらかの有機的な工場、それが第一印象だった。

瑞穂のほうはもっと早く認識できたらしい。いっそう取り乱し瑞穂は叫びだした。

「嫌！　なにあれ!?」

緊張が目に映るものを明瞭《めいりょう》にさせた。縦横に整然と並ぶのは診療用ベッド、いや分《ぶん》娩《べん》台型ベッドだった。全裸の少女らが横たわっている。年齢は由里や瑞穂とほぼ同じぐらいに思えた。列ごとに腹の膨らみが大きくなっていく。いちばん端は臨月に達していた。

由里の体内を衝撃が駆け抜けた。女子高生の連続失踪《しっそう》暴行致死事件。自分が被害者のひとりだと気づいてはいた。いま悪夢のような事実を眼前に突きつけられた。これが〝生命の畑〟だというのか。

瑞穂は錯乱したように絶叫していた。耳障りに感じないのは、由里も同じように叫んでいるからかもしれない。ふたりとも果てしなく動揺し、なにも考えられなくなった。由里は瑞穂と抱き合いながら、身を翻し逃走を図ろうとした。だが迷彩服の男たちが冷やかな目で行く手を阻む。

部屋にはほかにもスーツを着た大人たちがいた。生真面目で神経質そうな五十代がじっと見つめてくる。興奮したように瞳孔《どうこう》が開いていた。

もうひとり、七三分けで目つきの鋭い中年が近くに立つ。その中年が咎《とが》めるようにいった。「奥田先生。検体から〝マリア〟への昇格時には、もう意識を喪失させておく決まりでしょう」

「殷堕棲《インダス》と呼べ。杓子《しやくし》定規に規則ばかり持ちだすな」奥田と呼ばれた五十代の男は、由里と瑞穂をかわるがわる見た。「子供のころは刺身が苦手だった。火を通していない生魚を食べるなんて虫唾《むしず》が走った。しかしひと口味わえば考えも変わった」

目つきの鋭い中年男が軽蔑《けいべつ》の態度をしめした。「覚醒《かくせい》状態の女子高生とヤって、生娘に興味を持ったんですか？　アキナは下心があって、気にいられるように振る舞ってたんでしょう。本当の素人娘は暴れ馬と一緒ですよ」

アキナ。誰のことだろう。由里にはまったく想像もつかなかった。

奥田は半笑いで由里に詰め寄ってきた。「こっちのほうが活《い》きがよさそうだ。別室に運んでくれないか」

不穏な空気が揺るぎない恐怖へと変わっていった。由里は死にものぐるいで抵抗した。「やだ！　触らないで」

ところが迷彩服らが左右から由里の腕をつかんだ。全力で暴れても逃れられない。悪寒が肌を駆けめぐった。体温が根こそぎ奪われていくかのようだ。

瑞穂が涙ながらに迷彩服らを制止にかかった。「やめて」

だが別の迷彩服ふたりが瑞穂の身柄を拘束した。瑞穂は甲高い叫び声とともに身をよじった。ふたりとも強烈な握力から脱することは不可能だった。由里は通路に連れだされそうになった。必死に脚をばたつかせても、身体ごと持ちあげられ、力ずくで運ばれてしまう。

部屋をでる寸前、なぜか奥田があわてぎみにまわりこんできた。迷彩服らが足をとめた。間近から由里の顔を切実に見つめ、奥田が問いただした。「まさかいまのは純粋な生理的嫌悪か？　私と交わるのがそんなに嫌か」

七三分けの中年男がせせら笑った。「奥田先生。そろそろ自分の勘ちがいに気づきなよ」

左右の迷彩服らまでが、同時にくぐもった笑い声を発した。奥田は侮辱と受けとったらしい。むきになったように由里の胸倉をつかんだ。「私には喜びを感じるはずだ。さっきもアキナに絶頂を味わわせてやったんだからな。意識のない人形になる前に体感しろ。私という存在を全身で受けとめろ！」

激しく揺さぶられながら由里は悲鳴をあげた。首を左右に振り拒絶した。「やめて！　放して。うちに帰らせて！」

突然の閃光《せんこう》が二度つづけざまに走った。同時に骨の髄まで振動させるほどの轟音《ごうおん》が、やはり二回反響した。由里の両側で爆発が起きた。迷彩服ふたりの頭部が破裂したとわかった。肉片と脳髄、血液が飛散し、顔に降りかかる。身柄を拘束する握力は失《う》せ、ふたりはその場にばったりと倒れた。

由里は茫然と立ち尽くした。奥田は目を瞠《みは》り全身を硬直させている。七三分けも愕《がく》然《ぜん》とたたずんでいた。

瑞穂が絶叫に近い悲鳴を発した。由里も気づけば同じ反応をしていた。しかしふたりは揃って黙りこんだ。部屋の外、通路に立つ人影に気づいたからだ。

火薬のにおいが濃厚に漂う。エンジとグレーのツートンカラー。長い黒髪、色白の小顔。猫のように大きな虹彩《こうさい》の、わずかに吊《つ》りあがった目。華奢《きゃしゃ》で病弱そうだが、いまは線の細さがなぜか逆に逞《たくま》しさを感じさせる。試験で一緒だった日暮里高校の安藤瑛茉が、瞬《まばた》きひとつしない冷静さとともに、右手に握った拳銃《けんじゅう》をこちらに向けていた。発砲直後の銃口からひとすじの煙が立ち昇っていた。

35

凜香はまずいと思った。せっかく慎重に侵入したというのに、瑠那は通路に仁王立ちで、ブースの出入口を銃撃してしまった。二発でふたりの迷彩服の額を撃ち抜いても、まだほかに敵がいる。女子生徒が連れ去られそうになっていたとはいえ、身を隠そうともせずにその所業はありえない。

すぐさま凜香は通路の角から飛びだし、瑠那のバックアップに入ろうとした。ブース内には公安の青柳がいた。驚愕《きょうがく》の顔をこちらに向けている。ほかにスーツがもうひとり、なんと東京警察病院の隔離施設にいた奥田医師だった。この男が首謀者だったか。迷彩服もふたり生き残っている。返り血を浴びた女子生徒も二名。全員が揃って目を瞠り、ブースのなかに茫然《ぼうぜん》と立ち尽くす。

しかしそれが見えたのは一瞬だった。通路とブースのあいだの出入口に、分厚いガラスが瞬時に下がった。縁を密閉するエアロックの音が鋭く短く響く。凜香と瑠那は同時に拳銃を発砲した。つづけざまに何度もトリガーを引いた。両手のなかのベレッタM9A3が反動に暴れ、次々と薬莢《やっきょう》を放出する。だが目の前の防弾強化ガラスには、ろくに亀裂《きれつ》も入らない。ほどなくガラス全体が白く曇りだし、向こう側に立つ六人の姿が、フェードアウトするように見えなくなった。

合わせガラスの中間層にスモーク機能が仕込んであった。いまやただの白い壁になった。六人がその場に留《とど》まっているはずはない。どちらへどのように退避したか知るよしもない。なるほど最新の防衛システムだった。予算もろくに割り当てられていなかった廃校舎とは根本的にちがう。

警報が鳴り響いた。通路の果てにいくつものドアが開く。逃げ惑う無菌服らの向こうから、別の人影が群れをなし押し寄せてくる。

一見して奇妙な体形だとわかった。全身をプロテクターで覆うボディアーマーの一種だが、ずんぐりとはしておらず、むしろ筋肉のように五体に馴染《なじ》んでいる。いろは黒いものの、フォルムはあたかも全裸のマッチョのようだ。頭部だけはやや大きいが、それは首までガードする特殊なフルフェイスヘルメットのせいだった。携えるアサルトライフルは最新式にちがいない。まだ遠方だが、ヘルメットのゴーグル部分には奇妙にも、かすかなLEDの点滅が見てとれた。ヘッドアップディスプレイ付きか。機能は情報伝達か、マップ表示か、それとも武器の照準か。

距離があるというのに、敵勢はフルオート掃射を開始した。落雷のようにけたたたましい銃声が通路に響き渡る。遠いうちは単発で狙撃《そげき》するほうが効果的のはずが、そんなやり方をとらない。しかも凜香からごく近い壁に跳弾の火花が散った。一発のまぐれ当たりではない、着弾によるコンクリートの小爆発はどんどん近づいてくる。

やばい。凜香は拳銃を連射しつつ壁際の柱の陰に退避した。背後の角から蓮實と坂東が飛びだしてくる。坂東は迫り来る敵勢に拳銃を発砲していたが、蓮實は丸腰のはずだ。しかしその蓮實が、近くにあったロッカーを横倒しにした。遮蔽《しゃへい》物になるバリケードを作った。幸いだと凜香は思った。坂東とともに床に伏せながら、横たわったロッカーの陰に隠れた。蓮實もすぐわきに這《は》った。

ところがふいに凜香の襟首がつかみあげられた。なんと瑠那が片腕一本で、凜香を遮蔽物の陰から浮上させる。

なにすんだよ、そう怒鳴るより早く、瑠那は凜香を後方に投げ飛ばした。凜香は床を滑り、さっきまで隠れていた通路の角に転がった。

瑠那は蓮實と坂東にいった。「意味がない。角まで退却してください」

有無をいわさぬ物言いに、ふたりの大人ものっぴきならないものを感じたらしい。揃って跳ね起きると、凜香のいる角まで小走りに駆け戻ってきた。瑠那も敵勢を銃撃しつつ下がってくる。黒ずくめの敵兵らはノーダメージのようだ。

直後、ロッカーは蜂の巣になった。無数の穴が開いたばかりではない、側面から圧力が加わったかのように潰《つぶ》れ、うつろな音とともに床に転がった。

凛香はぞっとした。なんという破壊力だ。遠くからの狙い撃ちも異常に正確だった。あのままロッカーを遮蔽物にしていたら、いまごろ全員の命がなかった。

四人はいったん通路の角を折れ、そこに身を潜めた。蓮實が苦りきった顔でつぶやいた。「あれはポリカーボネート樹脂の最新型ウォースーツだ」

坂東が所感を口にした。「まるで運動神経が卓越したマネキンだな」

「ひとりずつの体形を型取りして作るから、身体にフィットしてて動きやすいし、薄くて頑丈なんです。見てのとおり機敏で」

こちらが角に隠れたからだろう、敵勢の駆けてくる足音が途絶えた。いったん静止し、慎重に接近を試みようとしている。

凛香は蓮實にきいた。「ゴーグルのヘッドアップディスプレイは？　照準がアサルトライフルと連動してんのか？」

「いや。どんな銃を持とうが、データをヘルメット内蔵ＡＩが取得し、照準を表示する」

なんてことだ。一発必中とされるスマートライフルの比ですらない。拾った銃を構えたとしても電子照準が表示されるのか。凜香は泡を食った。「勝ち目はねえじゃねえか！」

通路の角を構成する壁面が唐突に粉砕された。着弾ごとに大きく抉《えぐ》れていく。ウォースーツの群れが銃撃を再開した。敵勢が迫り来るのは時間の問題だった。

蓮實が両手で耳を押さえ、目をつむっている。凜香は腹を立てた。「拳銃ぐらい持ってこいってんだよ！」

「馬鹿いえ」蓮實が怒鳴りかえした。「そんな物がいまなんの役に立つ。あのウォースーツは貫通できないぞ」

瑠那が静かにいった。「撤退して」

「なに？」蓮實が瑠那を見つめた。「ここから引きかえせば、さっき侵入した場所だぞ。たぶんもう閉鎖されてる。奴らに追い詰められる」

「いいから三十メートルほど後退」

「きけ。この角が最後の防衛線になる。たしかに防ぐ手立てはないが、突破を許したら袋小路……」

あわただしい靴音が無数に迫る。ウォースーツの集団がついに角を折れてきた。敵勢がこちらに向き直るより早く、凜香は坂東の胸倉をつかみ、引っぱりながら駆けだした。瑠那にいわれたとおり撤退する。蓮實のほうはひとりで退避するべきだ、元特殊作戦群なのだから。

瑠那は敵勢に拳銃《けんじゅう》で威嚇発砲しつつ、なぜか壁際に飛びついた。内線電話の受話器を外し、数字のボタンをいくつか押す。だがその場に留まったせいで、ウォースーツの群れは角を折れてすぐの場所に陣取り、瑠那をいっせいに狙い澄ました。凜香は総毛立つ恐怖を味わった。瑠那のもとに駆け戻ろうとしてももう遅い。

ところがいきなり、サイズ不明の砲弾が横殴りに敵陣を襲った。ミサイルのように凄《すさ》まじい威力だった。たちまち大半のウォースーツを貫き、しかもみなまっぷたつになるか、粉々に消し飛ぶかだった。断末魔に似た喚《わめ》き声が一瞬だけこだまし、すぐにフェードアウトした。代わりに大地を揺さぶるような轟音《ごうおん》が建物全体を揺るがす。爆発は起きない。しかし気づけば敵兵の肉体の破片が、ポリカーボネート樹脂に覆われたまま、ばらばらに床に降ってくる。

瑠那が猛然と前進していく。ほぼ総崩れの敵勢にもまだ生存者が少なからずいる。ただし誰もが重傷を負ったうえ、激しく動揺しているようだ。手前で起きあがりかけた敵兵ふたり、それぞれ胸と腹のプロテクターが剝《は》がれた箇所を、瑠那は正確にすばやく銃撃した。血飛沫《ちしぶき》があがり、敵兵は突っ伏した。瑠那は撃ち尽くした拳銃を投げ捨て、アサルトライフルを蹴《け》りあげると、両手でそれをキャッチした。目につく瀕死《ひんし》の敵兵をたちまち一掃していく。

凜香も駆け寄った。血の海からアサルトライフルを拾いあげる。わりと古典的なカービン銃の形状に近いが、随所に次世代っぽいメカニズムが使われている。軽量化は考慮されていないのか、ずしりと重かった。装弾込みで十キロというところか。取りまわしに骨が折れそうだ。

通路の角を折れた先にも、ウォースーツの壊れた敵兵が、累々と横たわる。瑠那が悠然と歩いていく。敵兵が起きあがるたび、目ざとく装甲の破損箇所を見つけ、そこに数発の銃弾を撃ちこむ。瑠那は畑仕事を片付けるがごとく、散歩がてらのような歩調で、次から次へと敵兵を絶命させていった。

無慈悲な奴。凜香は複雑な思いで瑠那を見守った。そんな凜香のすぐ近くでも敵兵が伸びあがった。最期の力を振り絞り、アサルトライフルで凜香を狙撃せんとする。凜香は片手でアサルトライフルを差し向けた。敵兵のヘルメットとスーツの付け根、首筋に銃口をねじこみ、トリガーを引いた。肉体はウォースーツのなかで弾《はじ》けた。返り血を浴びずに済むのはありがたかった。

敵勢の第一波どもの息の根をとめた。蓮實と坂東が通路の角から姿を現した。どちらも信じられないという顔をしている。

蓮實が目を丸くした。「なにがあった？」

凜香は壁に開いた大穴を眺めた。砲弾は外から撃ちこまれ、まっすぐに通路を飛び、敵の群れを薙《な》ぎ倒した。穴の向こうでは木々が燃えている。

ため息とともに凜香は瑠那に目を戻した。「あっちに無人受変電設備があったんだな」

この施設の電力を確保するための設備。近くに存在して当然だった。結衣が作ったのと同じ即席超電磁砲《レールガン》だ。設備内の鉄製の梁《はり》を砲身がわりに利用した。射出したのはスパナかなにかだったかもしれない。いっさいの摩擦なしに撃ちだされるため、ただの金属片でも絶大な破壊力を発揮する。敵側が設備に設置した内線電話があり、瑠那は前もって電源をその銅線につないだのだろう。その内線番号にかけることで発射が可能だった。

瑠那は平然とした面持ちで、なおも通路をうろつきまわっている。横たわるウォースーツの死体の山を、ときおり足で蹴り、息があるかどうかたしかめていた。凜香の目には、もう生存者などいるはずもない、そんな凄惨《せいさん》な光景が映っていた。

蓮實の声は震えていた。「宅地造成地から廃校舎まで走るうちに……。受変電設備を見つけて仕掛けを施したのか？」

振りかえった瑠那がアサルトライフルを投げつけた。蓮實はびくつきながら両手で抱きとめた。

「XM5」瑠那がいった。「米陸軍の現行装備、ガス圧式のアサルトライフルです。特殊作戦群にいたならプロトタイプを撃たせてもらったでしょう」

表情を険しくした蓮實が、XM5アサルトライフルを床に投げ捨てた。「こんな物……」

凜香は風圧を感じた。瑠那の突進だと気づいた。一瞬にして距離を詰めた瑠那が、床を蹴って宙を舞い、蓮實の顎《あご》にしたたかな膝蹴《ひざげ》りを浴びせた。どんな殴打にもびくともしなそうな蓮實の巨体が、あっさり仰向《あおむ》けに倒れこんだ。床に浅くひろがった敵勢の血が飛び散る。瑠那は後方に宙返りし、身軽に着地した。

坂東が目を剝《む》いた。「なにをするんだ」

蓮實は手で顎を押さえつつ、さも痛そうに身体を起きあがらせた。「先生は体罰なんかしないぞ」

「教育です」瑠那は表情を変えなかった。「人を撃ちたくなくても威嚇発砲ぐらいはできるでしょう。丸腰よりましなのはわかりますよね」

通路は静まりかえっている。敵勢の第二波はまだ姿を見せない。それが不気味だった。瑠那は背を向けると、アサルトライフルを構えなおし、通路の奥へとじりじりと進んでいった。まるで隙のない、戦闘の申し子のような体勢だった。

坂東が神妙な面持ちで蓮實に歩み寄り、立ちあがるのに手を貸す。坂東が目でうながした。蓮實は渋々といったようすでXM5をつかみとった。

廃校舎から救出した女子生徒たち、それに本物の安藤瑛茉は、近くの森林に避難させている。しかしあまり長くほうってはおけない。迷彩服のみならず、ウォースーツらの索敵があればひとたまりもないだろう。

凛香はアサルトライフルを携え、小走りに瑠那に近づいた。「前にいってたな。あの神社の近所では戦争みたいなことが起きなかったって」

瑠那は進行方向から目を逸《そ》らさなかった。「それがなんですか」

「シビック政変じゃ、下町は被害を免れたところもあったけど、阿宗神社は江東区だろ。そんなに田舎でもない」凛香はため息まじりにささやいた。「あのへんが無傷だったのは、誰かが侵攻を撃退したからだよな?」

「義父母《ふぼ》の神社を燃やすわけにいきません。町内の人たちはみんな親切でしたし、氏子のみなさんも多くお住まいですし」瑠那はちらと凛香を見た。「シビックはエストバ解放戦線の二部隊を送りこんできました。全員が隅田川と旧中川に沈んでます」

凜香は唖然《あぜん》とし、思わず足をとめた。瑠那はかまわず前進しつづける。しばしその背を眺めた。

瑠那が鼻歌を口ずさんだ。マーチの旋律だが、途中にどこか哀愁を帯びたメロディーを含む。

半ば呆《あき》れながら凜香は問いかけた。「〝ジョニーが凱旋《がいせん》するとき〟だよな」

「〝ジョニー、あなただとわからなかった〟です」瑠那は振り向きもせず、ただ静かに告げてきた。「メロディーは同じでも、そのつもりでした」

36

瑠那は重力線を意識しながら走った。戦場ではなによりたいせつな要素だからだ。

真下とは地球の中心になる。そこに向かう線を正確に思い描けることが、生存の鍵《かぎ》だと幼少期に知った。アサルトライフルを水平に構えるとき、両目を結ぶ線は重力線に対し垂直でなければならない。頭を傾けざるをえない場合は、何度ずれているのかを、常に自覚できるようにしておく。

行く手のドアを警備するウォースーツ三人に、瑠那は急接近しつつフルオート掃射を浴びせた。277シグ・フューリー弾が、ウォースーツを貫通するのはわかっていた。防弾ベストよりは大幅にダメージが軽減されるものの、一秒ほど戦闘不能に陥らせればいい。瑠那は猛然と距離を詰めていった。飛来する敵弾の空気を切り裂く音をとらえ、狙いが定まるまでの時間を推し量る。あと〇・五秒。しかし瑠那のほうは〇・三秒で敵の懐に飛びこめる。

ひとりの敵兵の陰にまわりながら、うなじに銃口を押し当て、即座にトリガーを引いた。残るふたりは、いま撃たれた敵兵が邪魔になり、瑠那を狙撃《そげき》できない。矛と盾だと瑠那は思った。XM5による銃撃はウォースーツの装甲を破るが、人体を経て逆側の装甲まで貫通する威力はない。瑠那は死体と化したウォースーツを肘《ひじ》で突き飛ばし、別のひとりの銃撃を遮ると、もうひとりの胸部を至近距離から撃ち抜いた。最後のひとりが死体を脇にどかし、焦りぎみにアサルトライフルを構えなおしたとき、瑠那はもう深く沈み床に仰向けになっていた。敵の銃口が真下を向くまでのあいだに、瑠那はウォースーツの膝頭を撃ち抜いた。フルフェイスヘルメットが覆う下の顔が絶叫を響かせ、敵兵はひざまずいた。瑠那は敵の脳天に銃口を当て、セミオートで数発の銃弾を叩《たた》きこんだ。

瑠那は起きあがり片膝をついた。周りに三体の死体が転がる。図体《ずうたい》のでかさといい、いまの叫び声といい、西洋人のように思える。傭兵《ようへい》部隊よりは訓練に金をかけた私設軍隊だろう。日本での活動はむろん非合法となるが、権力者の後ろ盾があるとしか思えない。ウォースーツの上腕にチェスの駒をあしらった階級章がある。ポーンが二本、三本、ナイト一本。この三人のリーダー格はナイトだろう。そのウォースーツのグローブを外しにかかる。

通路を新たに敵兵が四人、あわただしく駆けつけるのを靴音にきいた。しかし瑠那は背を向けたまま、グローブの留め金をいじるのに忙しかった。敵の四人なら、いま倒し方を知った凜香が、瞬時に始末してくれるはずだ。

瑠那がいっこうに動じないうちに、セミオートの銃撃音が断続的に四回鳴り響いた。敵兵らがばたばた突っ伏す音がきこえた。

凜香が近づいてきて、瑠那のわきにしゃがんだ。「なにをしてる?」

敵兵のてのひらが露出された。それをドアの傍らにある掌紋センサーに押し当てようとする。しかし敵の倒れた位置はわずかに遠く、しかも横たわった体勢が、てのひらをセンサーに密着させるのに向いていない。

なんのためらいもなく、瑠那は死体の肘の関節に銃口を押しつけ、トリガーを引き絞った。凛香が顔をしかめ、返り血から身を退かせた。銃撃とともに敵の前腕がもぎとれた。これで難なく敵兵のてのひらをセンサーに載せられる。ドアのロックが解除される音がした。予想どおり警備兵のなかでリーダー格の掌紋は確実に登録されていた。瑠那は死体の前腕を放りだし、両手でアサルトライフルを構え、ドアを蹴り開けた。視野の隅々にまで警戒を怠らず、油断なく突入していく。

光量を抑えた白色灯が照らす空間だった。広い室内は吹き抜けで、無数の太い四角柱が天井を支える。老朽化したコンクリート壁と対照的に、床を埋め尽くす医療設備は最先端に思えた。

小さな診療ベッドのひとつずつが、おぼろな光に照らされる。すべてに新生児が横たわっていた。手前が生まれたばかりの赤ん坊で、奥に行くにつれ、産後の日数を経ているとわかる。むずかったり泣いたりする声はきこえない。薬品で強制的に睡眠状態に置かれているからだ。医学の常識に照らし合わせれば、新生児への対処としては不適切だろう。けれども常識が通用しないのがこの施設だった。瑠那の出生そのものでもある。

凛香が表情をひきつらせた。「こんなに大勢生まれてたのかよ……」

眠りこける新生児の皺《しわ》だらけの顔が、どこか哀しげに見えてくる。これからの人生の苦悩を予期しうる知性が、すでに備わっている気がしてならない。自分の過去を振りかえれば、ありえない話ではないと思える。瑠那が砂漠で戦乱の炎を目にした幼児期、まるで前世でも同じ経験をしたかのように、すべてがわかっていたように感じられた。あの感覚は加工された脳に生じる幻想なのか。

吹き抜けを仰ぎ見た凜香が、はっとしてアサルトライフルを上に向けた。「やべえ！　あんなとこに」

キャットウォークから身を乗りだすウォースーツが一体いる。俯角《ふかく》にフルオート掃射する構えを見せていた。新生児らが巻き添えになる。

だがそれは敵にトリガーを引く余裕があればだ。瑠那は冷やかな気分で見守った。銃声が轟《とどろ》いた。XM5によるセミオートの銃撃だとわかった。ウォースーツが火花を散らしながら被弾し、キャットウォーク上で仰向《あおむ》けに倒れた。

キャットウォークへの階段を巨体が駆け上る。いま銃撃したのは蓮實だった。蓮實は怒声を発し、キャットウォークを全力疾走すると、起きあがろうとする敵兵を蹴《け》り飛ばした。蓮實がわめくようにいった。「子供を傷つけるな！」

敵兵は蓮實の足もとをすくった。転倒した蓮實に敵兵が襲いかかる。凜香は下方から敵兵を狙撃しようとするが、蓮實と絡みあっているため、発射を躊躇《ちゅうちょ》している。

だが瑠那は凜香に歩み寄り、手でアサルトライフルを下げさせた。凜香が妙な顔で瑠那を見た。瑠那は小さくうなずいた。狙撃できる隙をうかがう必要はない。勝負はすぐにつく。

蓮實の殴打はウォースーツになんらダメージをあたえない。逆に蓮實がこぶしに激痛をおぼえたらしく、大仰に顔をしかめている。ウォースーツは蓮實にアサルトライフルを突きつけた。しかし距離が詰まりすぎている。怒りに燃える蓮實の動作は素早かった。瞬時にのけぞるや、みずからのアサルトライフルを水平に振り、敵のアサルトライフルを弾《はじ》き飛ばした。防御ががら空きになった一瞬を突き、蓮實はウォースーツの顔面にフルオート掃射を浴びせた。撃ちながら蓮實は敵に馬乗りになった。激しく憤った蓮實が叫んだ。「子供を殺すなといってるだろ!」

敵兵の頭部はヘルメットごと粉々に砕け散った。銃撃がやんだ。煙が漂うキャットウォーク上で、首から上を失ったウォースーツの死骸《しがい》を、蓮實が茫然《ぼうぜん》と見下ろしている。

静寂が戻った。凜香が瑠那を見つめてきた。「結果がこうなるとわかってたんか?」

瑠那は黙っていた。正直に答えてもたぶん理屈は伝わらない。

坂東の声が反響した。「こりゃ外線電話か？　だとしたら応援が呼べる」後方を振りかえった。坂東はなおも拳銃《けんじゅう》のみを武器にしている。捜査一課長の手にアサルトライフルは馴染《なじ》まないのだろう。コンソールデスクの前に立った坂東が受話器を取りあげる。

凛香が辺りを警戒しながら坂東に歩み寄った。「やけに敵が少ねえ。警報も鳴らねえなんてどうかしてる」

坂東は電話をプッシュしつつ鼻息荒くいった。「幸いなことだ。優莉、あらかじめ警告しとく。警察の応援が到着したらすみやかに投降しろ」

「まだそんなこといってやがんのかよ。いまはたぶんシビック政変と同じぐらいの非常時……」

いきなりふたりに近い柱の側面が開いた。古びた表層に見せかけてあったが、じつはダミーの柱だった。空洞のなかにウォースーツ一体が隠れていた。飛びだしたウォースーツは坂東を羽交い締めにした。

瑠那はアサルトライフルを水平に構え、坂東のもとに駆けていった。一瞬でも坂東の陰からウォースーツが部分的にのぞいたら、確実に狙撃する。しかしいまのところチャンスは訪れなかった。背後で蓮實が階段を駆け下りてくる音がする。ウォースーッにしてみれば多勢に無勢のはずだが、巧みに坂東を盾にしつづける。利口な敵兵だった。アサルトライフルではなく拳銃を坂東に突きつけようとする。人質をとるなら片手で扱えるハンドガンが圧倒的に有利となる。

だが最も間近にいた凜香が、果敢にウォースーツの腕に飛びついた。凜香が絡みついたおかげで、ウォースーツは拳銃を坂東に向けきれずにいる。業を煮やしたウォースーツが、凜香を振りほどこうと肘鉄《ひじてつ》を食らわせる。顔面に命中したため凜香は鼻血を噴いた。さらに何度も肘打ちを浴びるたび凜香は呻《うめ》くが、なおもウォースーツの腕を放そうとしない。坂東が愕然《がくぜん》とした面持ちで凜香を眺める。

ついにウォースーツが満身の力をこめ凜香を突き飛ばした。凜香は人形のように飛び、離れた床に叩きつけられた。しかしそれはウォースーツの拳銃が、坂東から大きく逸《そ》れたことを意味する。坂東はウォースーツにバックエルボーを食らわせた。当然ながら坂東の肘のほうがダメージを受けた。痛みに歯を食いしばる坂東が、コンソールデスクに突っ伏した。それでもウォースーツはいまの一撃で、まだのけぞった体勢にある。一秒後にはふたたび坂東に覆いかぶさるだろう。だがそれだけの時間があれば充分だった。

瑠那は一瞬の隙を突き、ウォースーツの頭部をセミオートで狙撃《そげき》した。弾をもろに食らったヘルメットの額が陥没し、ウォースーツは後方に飛んだ。強く背を叩《たた》きつけたのは、今度こそ本物の柱だとわかる。柱に跳ねかえったウォースーツが勢いよく前のめりに倒れた。

距離があったせいで、まだ脳天を撃ち抜くには至っていない。瑠那が歩み寄ると、ウォースーツは上半身を起こそうとした。

弾がもったいない。瑠那は両手でアサルトライフルを逆さに持ち、大きく振りかざした。全体重を乗せ、銃床を敵兵のヘルメットめがけ、一気に振り下ろす。

直前まではこの敵兵も、華奢《きゃしゃ》な女子高生の細い腕では、怪我ひとつ増えないと侮っていただろう。だが瑠那の腕はただ細いだけではなかった。充分に引き締まった密度の高い筋肉ばかりを内包する。振り下ろした銃床の直撃を受け、ヘルメットがひしゃげた。平らと呼べるほどに潰《つぶ》れた頭部が床面に衝突する。死体と化した敵兵が大の字に伸びた。

坂東が慌てぎみに凛香を助け起こそうとする。「なんてことだ。優莉。無茶な」

「あ?」凛香は尻餅《しりもち》をついた姿勢で、袖《そで》で鼻血を拭《ぬぐ》いつつ坂東を見かえした。「あんたのためじゃねえ。奥さんと娘さんには悪いことをしたからな」

唖然《あぜん》とした表情の坂東だったが、どこか感慨深げに凛香を見つめた。なおもひねくれた態度をしめしながら坂東はいった。「警察の取り調べでは、ちゃんと情状酌量をうったえてやる」

「冗談じゃねえよ」凜香はふらつきつつもコンソールデスクに手をつき、ゆっくりと立ちあがった。「おっさんにワッパかけられたんじゃ優莉家の恥だろ」

鼻を鳴らした坂東が、受話器を耳に当て、ボタンをプッシュする。ほどなく坂東の顔が輝きだした。「通じた！　こちら捜査一課長の坂東。至急至急……」

「あれ？」凜香が目を瞬《しばたた》かせた。「こいつはパソコンじゃね？」

凜香はデスクの表面に目を向けている。坂東が応援を要請する声が響くなか、瑠那はデスクに歩み寄った。鏡面にぼうっとキーボードが透過して見えている。凜香がキーに触れると、その上部に十インチほどのモニター映像が表示された。

半透過性のマジックミラーだったらしい。その下にあるタッチパネルは操作可能のようだ。しかし凜香が戸惑いをしめした。「何語だよこれ。なにをどうすりゃ……」

〝قائمة العمليات〟とある。アラビア語入力だった。瑠那はいった。「読めます」

「マジか」凜香が場所を譲った。「このミミズののたくったようなのが？」

「わたしにはひらがなが最初そう思えました」瑠那はキーを叩いた。データベースにアクセスする。情報を求め、メニューに表示されたアイコンを、次から次へとクリックしていく。

蓮實がアサルトライフルを携え、周囲に視線を配りつつ歩いてきた。「敵が見えない理由を知るべきだ」

モニターにおびただしい量の化学式と、3Dの分子構造模型が表示された。一見複雑だが、瑠那は興味を惹《ひ》かれた。さらに下の階層のデータを開く。表示内容はいっそう細かくなった。

凜香が急《せ》かした。「瑠那。敵はどこにいるかわかる?」

そちらも重要だ。瑠那はメニュー画面に戻り、文字のないアイコンをクリックした。

モニターに秒読みが大写しになった。〝09:14:33〟。分と秒、それに〇・〇一秒という区分だった。〇・〇一秒のふた桁《けた》はせわしなく踊る。あと九分十三秒、九分十二秒、九分十一秒……。カウントダウンが進行していく。

瑠那のなかに緊張が走った。「この施設は自爆する」

「なに⁉」坂東がモニターを凝視した。「奴らが一斉退避したのはそのためか」

蓮實が唇を嚙《か》んだ。「ここにいるのは新生児だけじゃない。大勢の十代女子が……」

凜香は焦躁《しょうそう》をあらわにした。「なんで吹っ飛ばそうとするんだよ?」

キーを叩きながら瑠那は応じた。「事件は優莉匡太半グレ同盟の残党らによるものと報じられてきました。警察の嘱託医あたりの司法解剖に基づくんでしょう。敵は早々に作戦を失敗と判断し、十代女子らや新生児らをまとめて爆死させ、証拠隠滅を図るつもりです。すべてを優莉の子に押しつけられるから」

「わたしか？」凜香がきいた。

「わたしもです」瑠那は凜香を見た。「公安は本当の六女の存在を世間に明かすでしょう。わたしと凜香お姉ちゃんはどちらも、この時間のアリバイはありません。死んで犯人に仕立てられます」

「高一女子ふたりの犯行なわけねえだろ。世間も信じやしねえ」

「残党の大人たちが、優莉の四女と六女のもとに集結してたとか……。どうせそんな物語がでっちあげられます」

坂東が応援の要請を終えた。受話器を叩きつけながら坂東がいった。「女子高生らの遺体にあるのはタバコの火傷《やけど》だとか、優莉匡太のときと同じと証言したのは、嘱託医の奥田だ」

さっきブースのなかにいた。ここで実施されていたことを考慮すれば、素性はあきらかだった。恒星天球教の元幹部だ。

坂東は語気を強めた。「間もなく応援が来る。きみらの身柄を拘束するが、連続失《しっ》踪《そう》暴行致死の主犯格でないことは、私が証言する」

「おっさん」凛香が苛立《いらだ》ちをしめした。「そうさせないように敵が建物ごと吹っ飛ばそうとしてるんだろが。あんたもこのままじゃ生きて帰れねえんだぜ？　瑠那、なんとかならねえのかよ」

どのキーも操作を受けつけない。しかし誰かがコマンドを入力しつづけている。瑠那はいった。「コントロールがリモートに移管されてる」

「なら奥田あたりがデバイスを持ちだしてんのか？」

クルマのエンジン音がきこえた。全員がこわばった顔を見合わせた。振り向く方角も揃っている。さっきウォースーツが飛びだしてきたダミーの柱だった。

瑠那はそこに駆け寄った。隠し扉は開いたままになっている。柱に見せかけた空洞内部の床に、人がひとり降りられるていどの竪穴《たてあな》が掘られていた。内壁の一方に鉄梯《ばし》子《ご》が装着してある。エンジン音は地下からこだましてくる。

竪穴に梯子で下降するのは、戦場で最も危険な行為とされるひとつだ。いつ敵が下から撃ってくるかわからない。このように狭い竪穴では、ひとりずつ降りるしかない。味方の援護も不可能になる。

すなわち一番手は犠牲になる可能性が高い。だからこそほかには譲れない。瑠那はアサルトライフルのストラップを肩にかけ、柱のなかに身を躍らせた。「わたしが先に行きます」

凜香があわてたようにいった。「瑠那！　気をつけろ」

鉄梯子を下るのはほんの数段だった。下方に見えている床は三メートルほど下でしかない、そう気づいたとき、竪穴の真下に人影がきた。公安の青柳がこちらを仰ぎ見ている。はっとしたようすで拳銃《けんじゅう》を仰角にかまえようとする。

瑠那は梯子から手足を外し、一気に垂直落下した。青柳に真上から蹴《け》りを浴びせる。コンクリートの床に青柳が激しく横倒しになった。馬乗りになった瑠那は、すばやく辺りを見まわした。さっきよりは広い地下通路、壁に配管が走り、プロパンガスのボンベに連結されている。ほかに誰もいないが、直角に折れる角の先から、エンジン音がさかんに響いてくる。

仰向《あおむ》けになった青柳だが、まだ拳銃を握っていた。しかし銃口が向けられた瞬間、瑠那は青柳の手首近く、長母指外転筋をしたたかに打った。青柳は苦痛の叫びとともに、拳銃を宙に投げだした。すかさず瑠那はキャッチし、銃口を青柳の首筋に突きつけた。

青柳がもがいた。「俺を殺す気か。なんの罪でだ」

　そのとき竪穴から凜香が飛び下りてきた。着地した凜香が醒《さ》めた声でいった。「女子高生のスカートのなかを真下からのぞいた罪じゃね？」

「ふざけろガキ。貴様らはもうすぐ死ぬ」

「時限爆弾のことなら知ってんだよ。おまえがリモートデバイスを持ってるとは思えねえ。誰のもとにある？　奥田か？」

「知るか。殺人鬼の小娘が」

　凜香が表情を険しくした。「おい青柳。わたしが瑠那に会った日にさっそく現れたよな。わたしと瑠那を接触させたくなかったんか？」

　青柳は黙りこんだ。だが瑠那が銃口を強く押しつけると、青柳の目に怯《おび》えのいろが浮かんだ。

　うわずった声で青柳がいった。「瑠那の出生を知られたんじゃ計画が危ぶまれるからだ。人工的に天才児を作りだす、その生きた見本が瑠那だと判明したら……」

　凜香が茶化した。「お巡りに捕まるって？　公安のあんたが」

「馬鹿いえ。警察なんか問題じゃない。迷惑なのは優莉のガキらだ。特に結衣と凜香。シビックの二の舞になるわけにはいかねえ」

　竪穴から蓮實が飛び下りた。坂東も梯子の最下段にぶら下がり、落下距離を縮めたのち、床に着地した。しんどそうに立ちあがった坂東が青柳を睨《にら》みつけた。

「青柳」坂東が苦々しげにきいた。「シビックの二の舞？　おまえらはいったいなんだ。公安以外のなにに忠誠を誓ってる？」

すると青柳はなぜか誇らしげに微笑した。「EL累次体……」

「なに？　EL……」

視界の端に黒い影が複数、せわしなく駆けこんできた。瑠那はとっさに飛び退いた。蓮實も反射的に動き、すばやく壁際に退避した。だが青柳の顔をのぞきこんでいた凜香は、接近者たちに気づいていない。

瑠那が凜香を救うより早く、坂東が怒鳴った。「優莉！」

はっとした凜香が顔をあげる。坂東は凜香の背後から抱きつき、床に転がりながら青柳から遠ざかった。

けたたましい銃撃音が響き渡った。絶叫とともに青柳が蜂の巣にされていく。ウォースーツの集団が、アサルトライフルをフルオート掃射しつつ押し寄せてくる。

蓮實が壁からプロパンガスのボンベを引き剝《は》がした。助走をつけ、片手で大きく水平に振りながら、ボンベを敵陣に投げた。

訓練を積んだ部隊なのだろう、ボンベを見るや全員が発砲を控えた。反射神経は悪くない。放物線を描いて飛ぶボンベが、ウォースーツらの眼前に迫る。すかさず瑠那はアサルトライフルでボンベを狙撃《そげき》した。

爆発の火球が膨れあがった。熱風とともに地下通路が真っ赤に照らしだされる。ウォースーツの群れはいっせいに踊りだすような素振りをみせたが、それも一瞬にすぎなかった。全員が炎に呑《の》まれ、姿が見えなくなった。瑠那たちは爆風を避けるべく身を伏せた。

急速に通路の温度は低下した。瑠那は顔をあげた。焦げくさいにおいが充満する。くすぶる通路にウォースーツの死体が累々と横たわる。どの装甲もボンベの破片に貫かれていた。

凜香は坂東に半ば抱かれたまま、ふたり揃って茫然《ぼうぜん》と爆発の起きた方向を眺めていた。はっとした凜香が坂東から身を引く。目を丸くしながらまじまじと坂東を見つめる。

煤《すす》だらけの顔の坂東が、鼻の頭に皺《しわ》を寄せた。「借りはかえした」

つぶやきに似た声がくぐもってきこえる。と同時に爆発音で鈍りがちな聴覚が、もう戻りつつあるのがわかる。エンジン音が耳に届いた。瑠那は立ちあがり、アサルトライフルを行く手に向け、前進を開始した。凜香や蓮實、坂東がつづく。

通路の角を折れた。その先は急に開けていた。本来は病院の地下駐車場として建設されたのだろう。いまも多くの軍用トラックが続々とスロープを上っていく。幌《ほろ》のない荷台はウォースーツらでいっぱいだった。だが待機中の車両の大半は、ただのクルマではなかった。

戦車が大半を占める。形状はM1エイブラムスに似ているが、わりと旧式のようだ。搭載兵器類のみ新しい。兵装を外した展示用車両を、ふたたび実戦配備可能な状態に戻した形跡がある。

瑠那は体内時計で時間を推し量っていた。もう残り五分を切っているはずだ。なのにこの状況は、いま退避が始まったばかりに思える。敵がなぜぐずぐずしているのか、理由は遠目に見てとれた。

スロープに近い場所に停車する二台の大型4WDは、ハマーに似ているが国産のメガクルーザーだった。トヨタ製でごつい車体を誇る。そのわきに立つふたりの男が、ウォースーツらに猛抗議している。まるで大勢の警官に囲まれ職質を受ける、不審者二名の様相を呈する。

ひとりは奥田医師だった。血相を変え必死にまくしたてる声が、地下駐車場に反響した。「こんな馬鹿なことがあるか！　私の血と汗の結晶、人生そのものだぞ。成功したじゃないか！　目標達成の寸前だったたじゃないか！」

もうひとりはもっと高齢の丸顔だった。奥田とともに怒鳴り声を張りあげる。「こんな横暴は許されん！　どれだけの損害になると思っとるんだ」

坂東が驚きながらささやいた。「浜管大臣⁉」

小声にはちがいない。だがわずかにトーンが高かったのだろう。ウォースーツらは耳栓と通信機を兼ねたイヤホンをしている。近場のウォースーツが息を吞むような反応をしめし、こちらに目をとめたとき、遠くの敵兵らもいっせいに同じ素振りをした。たちまち銃撃の嵐が襲った。瑠那たちは分散し、それぞれが柱の陰に隠れた。ウォースーツらの手もとに銃火が閃《ひらめ》く向こうで、奥田と浜管があわてたようすで、メガクルーザーのキャビンに乗りこむ。あちこちで車体が動きだした。メガクルーザー二台がスロープに向かいだした、それだけではない。戦車の大半がばらばらに駆動を開始した。

瑠那は片膝《かたひざ》をつき、アサルトライフルを水平に構えた。突進してくるウォースーツらに応戦しようとした。ところがいきなり咳《せき》がこみあげてきた。抑制がきかず、瑠那は激しくむせた。吐血が近くの柱に飛び散るのを、瑠那はみずからまのあたりにした。敵兵の群れが迫る。アサルトライフルを構えなおせない。

至近に銃撃音が鳴り響いた。凜香が割って入り、敵兵を次々と撃ち倒していく。最後のウォースーツは目と鼻の先に迫ったが、もとより距離が縮まらないと装甲は貫けない。凜香は敵の胸部にフルオート掃射を浴びせた。敵は両膝をつき突っ伏した。

瑠那は咳《せ》きこみながら襟の下の錠剤を食いちぎった。最後の錠剤だった。めまいが鎮まるまで目を閉じたいが、いまはそうもいかない。呼吸が落ち着くのもまってはいられない。強引に息遣いを調整にかかる。

凜香が撃ち尽くしたアサルトライフルを捨て、死んだ敵の同じ武器を拾った。横たわるウォースーツのバンドから、予備のマガジンを引き抜き、瑠那に手渡してくる。

勘がいいと瑠那は思った。ちょうどマガジンがからになったばかりだ。咳を堪《こら》えつつマガジンを交換する。

身を寄せてきた凜香が心配そうにきいた。「だいじょうぶかよ」

「平気です」瑠那は斜め前方に顎《あご》をしゃくった。「あの戦車まで行きます」

「戦車?」凜香は狐につままれたような顔になった。「どうするんだよ、おい!」

「ついてきてください」瑠那は姿勢を低くし駆けだした。

周りに襲い来るウォースーツを銃撃しながら走り抜ける。蓮實が柱の陰から援護射撃をしてくれている。至近に迫る敵は数を減らしていた。一体のウォースーツに懐に飛びこまれたが、瑠那は敵の下腹部に膝蹴《ひざげ》りを浴びせ、首をホールドしながら投げ技を放った。蹴り自体はダメージをあたえられない。しかし重心を見極めることで、ウォースーツを着た大の男でも投げ飛ばせる。足もとに倒れた敵の胸部に、アサルトライフルの掃射を浴びせた。

巨大な戦車の一台がまだ動かずにいる。瑠那はそこに迫った。全長は十メートル近く、幅も四メートルほどもある。迷彩柄で走行用に二本のキャタピラー、車体に匹敵するサイズの砲塔、そこからまっすぐ伸びる太い砲身を備える。車体前方の円形のハッチが開いていた。瑠那はそのなかに身を躍りこませた。

内部に搭乗者はいなかった。ひどく狭く、無数の機器類に囲まれた操縦席におさまる。凜香の脚が入ってきた。まだ上半身を外にだしたまま、周りをアサルトライフルで掃射したのち、凜香は身をかがめた。操縦席のわきの隙間に縮こまると、凜香は動揺をしめした。

「瑠那」凜香がきいた。「こんなの乗っちまって意味あんのかよ」

「まかせてください」瑠那はスイッチをいれた。パネルやモニターに次々と明かりが灯《とも》っていく。モニターに車外のようすが映しだされた。振動が全身に伝わってくる。エンジンがかかった。

両手でそれぞれ一本ずつ、T型の操向ハンドルを握る。バイクと同じグリップアクセルがついていた。足のペダルはブレーキだが、通常あまり使わない。キャタピラー走行である以上、駆動力が断たれれば自然に停まるからだ。

操向ハンドルを二本とも前方に倒す。縦揺れが一回、戦車は前方へと走りだした。

「マジか！」凜香が驚嘆の声を発した。「戦車に乗れるのかよ」

イエメン内戦ではマニュアルの戦車も多かった。重機と同じ三本のレバーで操縦するといっても、車種によりやり方が異なり、それなりに難儀させられる。だがこの戦車はオートマチックだ。前進五段、後進二段の自動変速ギア。T字ステアリングもグリップアクセルも、油圧により軽やかに作動する。腕力が必要な機構はどこにもない。

瑠那はいった。「凜香さん。左のそれ、重機関銃です。使い方、なんとなくわかりませんか？」

凜香がミニコンソールに飛びついた。パネルに目を走らせ、セーフティレバーを外した。「あー。なんとなくわかった」

銃床には縦に二本並ぶ握りがある。凜香が両手で握った。車体側面の細いスリットから、銃身が外に突きだしている。凜香がトリガーを引いた。騒々しい掃射音とともに、給弾ベルトがたちまち吸いこまれていく。十二・七ミリの銃弾による弾幕の威力は凄《すさ》まじく、押し寄せるウォースーツらを粉砕していった。敵戦車群との重機関銃の撃ち合いは互角だった。どちらも装甲を貫けずに駆けまわる。

瑠那は左右のT型操向ハンドルを前後させ、蛇行しながら敵戦車の突進を躱《かわ》していった。左のキャタピラーの駆動を切れば、右のみが前進駆動するため左折する。右折時は逆の操作をおこなう。ウォースーツの群れを見かけるたび、戦車自体の向きを変え、凜香の重機関銃に狙わせた。敵兵の一部が対戦車砲を肩に掲げる。発射する隙をあたえず、絶えず先制攻撃で蹴散らしていく。

スロープに敵戦車が一台居座っている。砲塔が回転を開始し、砲身がこちらに向けられようとしている。瑠那は操向ハンドルを二本とも前に倒し、本来は砲手が受け持つU型の制御レバーをつかんだ。砲塔を回転させ砲身を上下させる。

敵味方同じ車種だった。敵の砲塔も回転している。ひと回りに全速力で十五秒ほど、戦車としてはふつうだった。砲身の上下角の調整にはもう少しかかる。敵戦車がしだいに狙いをさだめつつある。

だが向こうは操縦者と砲手が分かれているにちがいない。よって停車状態の戦車のなかで、砲手ひとりが照準を合わせようとしている。瑠那は本来ふたりの作業を同時におこなう。よって調整が早い。砲塔が回るのが遅ければ車体の進路を先に傾ける。

仰角が足りないと知るや、適当な障害物に乗り上げ、車体自体の前方を上昇させる。

モニター内の照準に敵戦車をとらえた。瑠那は発射ボタンを押した。

車体が大きく揺るがされた。一瞬のみ前進が押しとどめられるほどの、戦車の推力を超えた強烈な反動が生じる。前方の窓が真っ赤に染まり、次いで敵戦車が火柱を噴きあげた。爆発の渦とともに車体がまっぷたつに割れ、大小の破片を高々と舞いあがらせる。

瑠那は二本の操向ハンドルを、前方へいっぱいに倒した。戦車は全速力でスロープを上った。斜めになった敵戦車の残骸《ざんがい》に衝突、進路を切り拓《ひら》くと、さらに坂道を上りつづける。

真っ暗な森林のなかにでた。木立の十時方向に敵戦車がいた。すでに砲身を水平にしている。敵の砲口が火を噴く直前、瑠那はフットブレーキも併用し、戦車を急減速させた。発射された砲弾が目の前を横切り、逆側面の木に命中、一瞬の閃光《せんこう》が白昼のように辺りを照らす。轟音《ごうおん》とともに戦車が揺さぶられ、大量の土砂が車体に降りかかる。瑠那は戦車をふたたび加速、敵を引き離しにかかった。

後方視界モニターを観る。スロープから続々と敵戦車が出現、瑠那の戦車を追ってくる。瑠那は前進したまま砲塔を真後ろに回転させ、つづけざまに主砲を見舞った。

照準は常に手早く合わせた。敵戦車群を狙い撃ちにしていく。同じ車種なら爆発の仕方も似通っている。どの敵戦車も放射状に火炎を噴出し、走行不能のスクラップと化していく。

森のなかにもウォースーツが潜んでいた。手榴弾《しゅりゅうだん》を投げようとする敵兵を凜香が重機関銃で一掃する。凜香が声を張った。「瑠那」

「なんですか」

「同じ日暮里高校に通うことになったの、偶然じゃないよな？」

「……なぜそう思うんですか」

「理由を知りたいのはこっち。どうしてわたしを巻きこんだ？」

「同じ父親だから、悩みの半分は共通してると思って……。噂はきいてました。力を合わせられるんじゃないかと」

「噂？」

「そう。長男の架禱斗が率いるシビックに抗《あらが》ったって」

「なら結衣姉も味方につけたかったかよ」

「それは……。はい」

「なんだよ。なんかはっきりしねえな」

「噂どおりの人だとしたら、尊敬はしています。でも複雑な思いがあるので……」

凜香がちらと振りかえった。真顔で凜香はつぶやいた。「わかるよ」

最初の出会いを思いだす。瑠那は境内をホウキで掃いていた。優莉姓を選ぶかどうかをたずねるため、凜香が神社に現れた。友里を彷彿《ほうふつ》させる優莉なる苗字《みょうじ》。そもそもアルファベット表記が同じになることを前提とした同音異字。瑠那はユウリなる音の響きを忌み嫌ってきた。

それでも凜香は予想と異なる存在だった。無謀で無鉄砲で、多分に性格異常者の傾向があるときいていたが、本人に会ってみるとそうでもなかった。むしろ妹への思慮がのぞいた。意外な心の交流があった。あのとき瑠那は確信した。別々に離れて育った、同い年で母のちがう姉であっても、きっと力を貸してくれると。

砲塔を一気に回転させ、砲身をまた正面に向ける。森のあちこちに火災が発生している。敵戦車はほぼ片付いただろうか。

モニターのなかに別の動きをとらえた。二時の方向。二台のメガクルーザーが道なき道を疾走していく。

瑠那は二台の行く手に照準を合わせた。発射から着弾までのタイムラグを計算にいれる。砲弾を車体に直撃させないよう、砲身をわずかに下げる。すかさず発射ボタンを押した。

闇のなかに噴火に似た爆発が起きた。木々の梢《こずえ》が大きくしなる。メガクルーザーは二台とも爆風に煽《あお》られ横転した。一台が完全にひっくりかえり、車体の腹を晒《さら》している。

凜香が声を弾ませた。「やったぜ。前進」

戦車の速度を上昇させる。メガクルーザー二台の事故現場がみるみるうちに迫った。まだ人影は現れない。乗員はどんな状況にあるのだろう。

ふいに喉《のど》もとを締めつけられた気がした。胸に強烈な痛みをおぼえる。また発作が生じた。めまいがひどい。急速に意識が遠のきかける。瑠那は咳《せ》きこんだ。パネルに吐血が飛び散った。

「お、おい。瑠那」凜香があわてたように肩を抱いてきた。

ところがそのとき、モニターに敵戦車が映しだされた。近い。三時の方角から砲口が火を噴く。

鼓膜の破れそうな轟音とともに、戦車が垂直方向に浮きあがった。操縦席の周りに亀裂《きれつ》が走り、パネルに火花が散った。地面に落下した戦車は、斜めに土にめりこんだ。戦車は傾いたまま静止した。密閉された空間に黒煙が充満しだしている。

痺《しび》れるような激痛が全身を包む。瑠那は操向ハンドルを前に倒した。だが唸《うな》るばかりでキャタピラーが作動しない。身動きがとれなくなった。映像が乱れがちなモニターに、敵戦車の正面が大写しになっている。至近距離から砲身をまっすぐこちらに向けた。砲口が正円を描く。凛香も凍りついた顔でモニターを見つめている。

凄《すさ》まじい爆発の振動から庇《かば》うべく、瑠那は凛香を抱き締めた。車体側面の装甲が破壊され、爆風に晒される事態に備える。

ところが爆風はなかった。振動もさっき砲弾を受けたときほど大きくはない。凛香が茫然《ぼうぜん》としている。瑠那はモニターに目を向けた。

近くで敵戦車が炎上していた。蓋《ふた》の吹き飛んだハッチから火柱が立ち上る。劣化ウラン弾を撃ちこまれたのか、装甲に大穴が開いていた。

スピーカーから蓮實の声がきこえてきた。「杠葉！　林間学校では事故が多発しがちだ。気を抜くな」

思わず凛香と顔を見合わせる。互いに苦笑が漏れた。モニターを映像通信に切り替える。巨体を操縦席に押しこんだ蓮實と、その横で不快そうに身を小さくする坂東が、並んで映っていた。

瑠那はハッチを開け、車外に顔をのぞかせた。半ば山火事になりかけているからか、森林はぼんやりと明るかった。

戦車から降り立ち、瑠那と凜香はそれぞれアサルトライフルを構えた。枯れ葉を踏みしめつつ、木立のなかをゆっくりと前進する。走行不能になった二台のメガクルーザーに近づいていく。

かなり距離が詰まった。ひっくりかえった車体のサイドウィンドウのなか、血まみれになった浜管大臣の横顔が見えた。シートベルトを締めているからだろう、逆さになっても落下しない。ただし白目を剝《む》いたまま、舌は重力方向にだらりと垂れ下がっていた。絶命は疑う余地がなかった。

運転席や助手席のウォースーツは、ヘルメットを脱いでいたが、おかげで死んでいるとわかった。あえて直撃を避けたものの、主砲の威力は強烈だったらしい。

そう思ったとき、車体の向こう側のサイドドアが開いた。ぼろぼろになったスーツを纏《まと》った奥田が、ふらつきながら仰向《あおむ》けのシャーシに寄りかかる。煤《すす》と泥だらけの顔で苦しげに息をする。だが瑠那と凜香に気づいたらしく、驚きに全身を痙攣《けいれん》させた。恐怖のまなざしが瑠那をとらえる。

瑠那はアサルトライフルの銃口を向け、慎重に奥田に近づいた。「自爆の秒読みをとめるリモートデバイスは？　どこですか」

「そんな物持ってない」奥田は泣きそうな表情になった。「軍事部隊のクイーンが持ってる。私がいじれるはずがない」

クイーン。チェス駒でいうキングの次、ナンバーツーか。瑠那はきいた。「どれがクイーンですか」

「破壊者の小娘ども。こんなことをして、ただで済むと思うなよ」

凛香が鼻を鳴らした。「どう済まないわけ?」

奥田は瑠那を睨《にら》みつけた。「おまえは撃てない。私を殺せない。友里佐知子の右腕だったんだからな。ああ、子供たちの延命には成功したよ。天才児になったうえ、しっかり大人になり、その後も無事に歳を重ねていく。治療法を知るのは私だけだ。だから撃てない」

憤然とした凛香が奥田に詰め寄った。凛香は焦燥とともにアサルトライフルを突きつけた。「なめた口を叩《たた》くな。瑠那の治療法をさっさと吐かねえと……」

瑠那は凛香を手で制した。奥田を見つめながら瑠那は静かにいった。「治療法ならわかりました」

「なんだと? ふざけた冗談を……」

「硫酸ストレプトマイシンの多めの注射。抗凝固薬のワルファリンに、インサルジンとナブサトスンを併用」

奥田がぎょっとした顔になった。「なぜそれを……」

「さっきモニターで化学式を見ました。グラゾプレビル水和物による血中濃度上昇を利用することまではわかっていたけど、心臓を休ませるβ遮断薬と力づける強心薬の混合なんて、本当に天才的な思いつきです。よほど多くの人体実験を重ねたんでしょう」

「な」奥田は激しくうろたえだした。「なんでそこまで……。概要を理解するだけでも十何年もかかるはずだ。いや、まて、そうか……。天才の脳だからか」

「これで大人になれます」瑠那は淡々と告げた。「人から見れば奇行ばかりで、きっと今後も薄気味悪がられるでしょうけど、生きてさえいれば」

「よせ！」奥田は涙目になっていた。「撃つな。ことの重要性はわかるだろう。この国は先細りしていく。抜本的改革が必要なんだよ！　法の枠に縛られない超国家的なエリート集団が未来を作っていく」

「ＥＬ累次体がどういう人たちか知りませんが、先生。見放されましたね。あなたは利己的な行動が多すぎ、しかも研究施設を危険に晒したため、切り捨てられたんです」

「彼らは理解できてない！　ものごとを表層しかとらえてないんだ！　才能ある人材を使い捨てにする。きみという作品も私たちの努力の成果だ」

「先生」瑠那の胸は冷えきるばかりだった。「夢を絶たれた十代女子たちの苦しみや無念、わかりますか。彼女たちはなんの罪も犯していなかった。これから希望あふれる将来がまってたはずなんです。なんで犠牲にならなきゃいけないんですか。あなたみたいな薄汚い中年の性欲のために」

奥田の顔は鬼面のようになっていた。「やめてくれ。撃つな。撃つな！」

瑠那はためらわずアサルトライフルのトリガーを引いた。セミオートの発射により、まとまった弾数が一瞬に撃ちだされる。反動は銃床から肩に感じた。薬莢《やっきょう》がばら撒《ま》かれた。全弾が奥田の腹部を貫通した。

頭や胸を撃たなかったのは、即死させないためだった。奥田は両膝《りょうひざ》をついた。両目を剝き、死にかけの魚のように口を開閉させる。おびただしい量の出血は、手で押さえたところで、いまさらとめられるものではない。奥田は怯《おび》えきった表情のまま凍りつき、前のめりに倒れた。地面に俯《うつぶ》せたきり動かなくなった。

草むらのなかを駆けてくる音がする。蓮實と坂東が息を切らし走り寄ってきた。坂東が切羽詰まった顔できいた。「自爆の解除は？」

ひっくりかえった車体をのぞいたものの、リモートデバイスらしきものは目につかない。ウォースーツの上腕にある階級章は、ルークやビショップ。それぞれに描かれた駒の本数がちがうがクイーンはない。

もう一台の横倒しになった車体に近づく。サンルーフが外れかけている。車内が見えた。後部座席でぐったりしているのは日暮里高校の制服だった。雲英亜樹凪だとわかる。

「雲英！」蓮實がサンルーフを引き剝《は》がしにかかった。

運転席と助手席でウォースーツが死んでいる。どちらもクイーンではない。

サンルーフが遠くに投げだされた。坂東が車内に潜りこむ。亜樹凪のシートベルトを外しにかかった。「雲英さん。お嬢さん、しっかりなさってください」

凜香が呼びかけた。「瑠那！　見てよ、これ」

身をかがめた凜香が、車内の隅から小型のノートパソコンを拾った。開いてみると、あの秒読みが現れた。00:06:26。あと六秒。凜香が立ちすくんだ。

瑠那はキーボードに手を伸ばした。カーソルを移動させる。数多くの項目のなかから〝إلغاء العد التنازلي〟を選んだ。ほとんどの日本人には、このアイコンの意味がわからないだろう。

秒読みがフリーズした。00:00:08。

木立の向こうに廃病院のシルエットが見えている。なんの反応も起きない。燃え盛るのは森林のそこかしこだけだ。野鳥の鳴き声がさかんにこだまする。夜明けが近いのかもしれない。

蓮實はひざまずき、失神状態の亜樹凪を抱きかかえた。軽く揺すりながら蓮實が呼びかけた。「雲英。起きろ、雲英」

ほどなく呻《うめ》き声を発し、亜樹凪の目が開いた。茫然《ぼうぜん》とした面持ちで虚空を見つめる。

坂東も片膝をついた。心底ほっとしたようなため息を坂東が漏らした。「よかった。怪我はないか」

亜樹凪が喉《のど》に絡む声でささやいた。「わたし……。誰かに連れ去られたみたいです。なにかとても怖いところに……。ここはどこですか」

蓮實がうっすらと涙を浮かべながらいった。「もういい。喋《しゃべ》るな。無事でなによりだ」

凛香は真顔を瑠那に向けてきた。なんの表情も浮かばない凛香に、瑠那は思いを同じくした。どうとらえていいのかわからない。

ふと車内に小さな異物を見てとった。瑠那はそっと手を伸ばし、それを拾いあげた。チェスの駒。階級章のワッペンではない。立体的な木彫り、本物の駒だった。しかも黒のクイーン。車内にはほかに駒も盤もない。なぜか黒のクイーンだけが転がっていた。

蓮實は亜樹凪を横抱きにした。いわゆるお姫様だっこだった。上機嫌そうに蓮實が森を歩きだした。「さて。廃校近辺に隠れてる女子生徒らを迎えにいかないと」

坂東の声も明るかった。「じきに応援が到着する。山中を走れるクルマも来るぞ。生き延びた！」

瑠那は立ち去る蓮實の背を振りかえった。運ばれていく亜樹凪の全身が力なく揺れている。目はいちども合わなかった。

37

報道は状況を簡略化させる。いつもそうだと凜香は感じた。これまでに七十六名もの十代女子の死亡が確認された、それらをまとめてひとつの事件のように報じる。本当は殺人事件が七十六件も起きた、ただ犯人が同一だったというだけだ。

少子化対策担当大臣と、警察の嘱託医が裏で手を結び、あまりに大規模かつ猟奇的な犯行に及んだ。テレビや新聞はそう糾弾した。ごく一部の権力者による暴走が発端だったと結論づけられた。

そんなわけがあるかと凜香は思った。いかに放棄分譲地だからといって、あんなに好き勝手に使えるはずがない。数十もの戦車はどこから調達したというのだろう。受変電設備からの電気の分岐も、行政になんらかの力学が加わらないかぎり、こっそりおこないうるものではない。国際闇金組織のシビックなきいま、誰が巨額の資金を工面できたというのか。

闇は深い。しかも犯罪はいつも社会に傷跡を残す。新生児たちは厚生労働省の観察下に置かれた。この先どんなふうに育つのか、どう扱われるのか、まだ誰にもわからない。妊娠中の十代女子らはすみやかに医療措置を受けた。武蔵小杉高校事変の〝慰安所〟のときと同じく、生き延びた者がみな苛酷《かこく》な日々を過ごさねばならない。政府は全力の支援を約束したが、矢幡前総理の行方もわからないいま、どこまで果たされるか疑問だった。

凜香はいつ警察から迎えが来てもいいように、施設にある荷物をまとめておいた。それ銃器類は別の場所に埋めて隠した。奥多摩で坂東は凜香の逮捕を命じなかった。それでも去り際にささやいた。罪の裁きは免れないと覚悟しとけ、坂東は低い声でそういった。

しかし日数を経ても、捜査一課や所轄の刑事は現れなかった。鏡に映る顔の傷がめだたなくなったころ、凜香はぼんやりと思った。あのおっさんもどうすべきかさんざん悩んだのだろう。マスコミは優莉凜香や杠葉瑠那の名を、いちどたりとも報じなかった。関与も知られていない。山中に警察の応援が駆けつけたとき、ふたりとも姿を消していたからだ。

蓮實もそうだった。傷だらけの教師はホームルームで開口一番、自転車で転んだと打ち明けた。生徒らはみな笑った。凜香は蓮實と目を合わせないようにした。こっそり机の下でスマホをいじった。毎日のように〝EL累次体〟を検索している。きょうも検索結果は0件。

若松医師が歓《よろこ》びと驚きを同時にあらわすさまは、凜香が事前に想像したとおりだった。診療室の椅子に座る瑠那はきょとんとしている。驚異的な嘘つきだと凜香は思った。じつは別の医療機関から、大量の医薬品が瑠那の手で盗みだされていた。事情がわかったうえでも演技にしらじらしさを感じさせない。ふだん凜香が接する瑠那は、果たして本心なのだろうか、ふとそんな不安に駆られる。

難病が奇跡的に治った。瑠那は健康そのものと診断された。杠葉夫妻は感涙にむせび泣いた。むろんあのふたりは、瑠那が姿を消した数日のことを、いまでも訝《いぶか》しく思っているだろう。あの晩に神社を訪ねた凜香が、あわてて外に飛びだしていった理由を、ふたりはたずねようとしない。真実を知るのを怖がっているような気配もある。

優莉匡太の子供たちは、未成年のうちは互いに会えない。けれどもいくつかの例外がある。同じ学校に通っているとき。あるいは兄弟姉妹の誰かが不特定多数の前に立ち、芸能などを披露するとき。偶然に見物客として加わってしまったことが批判されたりはしない。

よく晴れた祝日、阿宗神社の境内には大勢の人々が集まっていた。凜香は群衆の後方に立った。瑠那は紅白の巫女《みこ》装束を纏《まと》い、長い黒髪をまとめ、前天冠を戴《いただ》く姿で舞いを披露した。斎服姿の杠葉夫妻も控えている。

瑠那は清純そのものに見える。美しさと可愛らしさの織り交ざった、内気な少女が終始優雅な動作で、神事神楽《かぐら》の四方拝を披露する。多くのスマホカメラが向けられていた。このところ瑠那の動画は少しずつ拡散され、徐々に大衆人気を獲得しつつある。公安はまだ瑠那が優莉匡太の子と公表していない。世間がそれを知ったとき、いったいどんな反応がまつのだろう。

いつまでも元死刑囚の子として生きねばならない。なにより自身が人殺しの凶悪犯になっている。世のなかから疎外され、けっして輪のなかに加われない。瑠那をそんなふうにしたくない、当初はそう思った。しかしそれは偏見にすぎなかった。とうに瑠那は苛酷な人生を歩んできていた。ふつうの女子高生になりたいと願う心も、どうやら凜香と大差がなかった。

結衣とはずっと会っていない。それでもときどき、警察に傍受されにくい手段でメッセージを送ると、ぶっきらぼうな返答がある。どうせきょうも大学の学食でボッチ飯だろう。矢幡前総理について手がかりを得たかどうか、凜香は結衣に問いかけなかった。非常時でなければ無駄なやりとりはしない。なにかあればきっと連絡を寄越《よこ》すはずだ。あいかわらず角が立ち、会えば辛辣《しんらつ》な言葉の応酬になるばかりでも、いまは多少なりとも互いを頼りにしているのだから。

38

六十五歳の梅沢和哉は、岡山出身の官僚の次男だった。海外赴任した父の事情で、小学生のころロンドンに留学。三年次を修了し帰国した。日本の名門私立小学校に編入したのち、エスカレーター式に高校まであがり、東大受験に合格を果たした。

父が省庁を退官後、梅沢は衆議院議員に初当選した。まだ二十五歳だった。父も議員になっていたため、その秘書になった。

さまざまな党内派閥を渡り歩き、外務大臣から防衛大臣、政調会長を歴任。矢幡前内閣の解散にともない総理に就任した。当初は臨時代行だったが、いまは正式に一国のリーダーの立場にある。

総理官邸の執務室で、梅沢は総理専用の大きなデスクにつき、ボールペンをもてあそんでいた。

EL累次体はすぐれたメンバーシップの集まりだが、早急に新たな手を打つ必要がある。少子化解消と富国を同時に果たすはずだった、長期的計画の頓挫《とんざ》は手痛い。海外からは日本が女子高生を興味本位に扱う風潮があったせいで、こんな犯罪を招いたと非難されている。浅い見識は万国共通だった。しかし継続すべき改革を停滞させるわけにいかない。

このところ世界は乱れている。増加しすぎた人口が、地球全体の二酸化炭素濃度を上昇させ、限られた食糧や資源を奪いあう。人類はみずからの手で歯止めをかけねばならない。滅亡に向かうのを知りつつ、なんの対策もとらないのは愚行にほかならない。

　ノックの音がきこえた。梅沢は応じた。「どうぞ」

　ドアが開き、政務秘書官が頭をさげた。「お電話です」

　卓上の電話機のランプが点灯している。梅沢は受話器をとった。政務秘書官が引き下がる。電話の相手はたずねるまでもなかった。梅沢は盟友にいった。「EL累次体にとって〝異次元の少子化対策〟は試行錯誤のひとつにすぎない」

「そうか？」盟友が怪訝《けげん》な声を響かせた。「私の貴重な経験を参考にするよう忠告したはずだが、現場が優莉の血筋を侮りすぎた」

　苦い気分を押し殺し、梅沢は淡々とした口調を心がけた。「せっかく総理の役職から解放されて、自由を満喫できてるんだ。あれこれ気を病むことなく、私に一任してもらいたいもんだね」

　前総理こと矢幡嘉寿郎のくぐもった笑いが耳に届いた。「梅沢、EL累次体は速度を好む。ルノワールもいっていただろう。人生には不愉快なことが溢《あふ》れている。ゆえにこれ以上不愉快なものを作る必要はないと」

39

気象庁はまだ梅雨いりを宣言していない。それでもこのところ空の晴れ間を目にしない。けさも都内は弱い雨が降っていた。

瑠那は傘をさし、日暮里高校への通学路を歩いていった。住宅街の道路にいろとりどりの傘が開き、みな同じ方向をめざす。エンジとグレーのツートンカラーの制服が映えていた。談笑する声もきこえてくる。事件の報道が社会に暗い影を落としたものの、安藤瑛茉が無事に帰ってきたことで、学校にも平穏が戻っていた。

こうして歩くうち、瑠那に声をかけるクラスメイトには出会わない。めだたない生徒だからだ。それでいいと瑠那は思った。願わくはふつうの女子高生になりたい。非力で、世界情勢を知らず、学力のなさを担任に嘆かれても、親から愛され、友達と一緒に遊びにでかけられる、どこにでもいる女子高生に。

校門に近づいたとき、凜香が十字路を折れてきた。登校時にはときどきでくわす。凜香が無表情に、おはようといった。瑠那もおはようと応じた。ふたりは歩調を合わせた。凜香もほかに言葉を交わす相手がいないようだ。いつもこんな感じだった。ふだんとなにも変わらない。

ふと凜香がつぶやいた。「本当の瑠那を知ったら、世間はどういうだろ」

「優莉結衣さんにくらべて、なにもかもできすぎてつまらない……。そう評されるんじゃないかと」瑠那は苦笑とともに視線を落とした。「ほんとはそうじゃないのに」

「いわせときゃいいんじゃね？　そういいたい人たちはよ。瑠那がどんな悩みを抱えてるか、共感する奴らが友達になってくれるって」

生活指導の蓮實が校門のわきに立っていた。ジャージ姿で傘をさし、生徒らにおはようと声をかける。理想的な教師として振る舞いたがるものの、どこか空回りしているせいで、ぎこちなさに拍車がかかっている。生徒にも見透かされていた。女子生徒ら三人に対し、通学カバンに貼りつけたロゴステッカー〝Hype Boy〟を見て、蓮實はさも理解がありそうにうなずいた。「ブルージーンズか。K‐POPのなかでも、あの子たちを応援するのはいい趣味だ」

女子生徒たちが顔を見合わせる。校門を通過したのちくすくすと笑った。蓮實はまったく意に介さない。

それを見て瑠那は思わずささやいた。「ブルージーンズって……」

「ああ」凜香もしらけた表情になった。「ニュージーンズっていいたいんだろうよ」

瑠那と凜香は校門に差しかかった。蓮實のおはようという声が、少しばかり低くなる。瑠那は控えめにおはようございますとかえした。凜香のほうは沈黙したまま素通りしようとする。

「おい優莉」蓮實が呼びとめた。「挨拶《あいさつ》は一日の始まりだぞ」

凜香が厄介そうに足をとめた。瑠那も立ちどまった。振りかえった凜香が蓮實に顔をしかめた。「馬鹿正直も馬鹿の始まりだって。先生。さっきの女どもの嘲笑《ちょうしょう》に気づかねえのかよ」

蓮實がむっとして距離を詰めてきた。「どう思われようが正しいおこないをする。それが教師の……」

「はいはい、教師の務めね。わかったわかった」

「優莉。国語と数学の課題が未提出だろ。先生がたから苦情が入ってる。英語の授業もふまじめな態度はよせ」

「あの先生ってさ、発音が酷《ひど》いうえに、教科書を読みあげるのも遅すぎるんだよ」

「批判をするな。杠葉を見習え。成績がずば抜けて優秀で、素行態度もすぐれてる」

「あー」凜香が真顔になり、横目に瑠那を一瞥《いちべつ》した。「見習うとこは多々ある。撃ち方とか走り方とかいろいろと」

蓮實の表情がいっそう険しくなった。声をひそめ蓮實がいった。「坂東課長から伝言があった。今度という今度こそ見逃すのは最後だと」

凛香が鼻を鳴らした。「寛容さは褒めてやれる。先生もそうだといいけど」

「舐《な》められる教師になるつもりはない」蓮實の視線が瑠那に移ってきた。「杠葉。その後はどうだ。ぐあいは……？」

瑠那はおじぎをした。「おかげさまで元気です」

「そうか。すべてを忘れろとまではいえないが、もう真っ当な道だけを歩んでいけばいい。相談があればいつでも乗るぞ」

「相談って」凛香が茶化した。「瑠那に教育を受けた分際で」

蓮實が目を怒らせた。「なかったことにされてるだけありがたく思え。それとも事実をPTAに伝えてほしいか？」

「そっくりそのままの言葉をかえすぜ、先生」凛香は食ってかかったものの、ふいに微笑を浮かべた。「身を挺《てい》して生徒を守るって意味じゃ、文字どおりあんたは有言実行の先生だよ。そこんとこは立派だよな」

しばし沈黙があった。蓮實の表情はわずかに和んだように見えた。けれどもそれは数秒にすぎず、校門に引きかえしつつ、蓮實はそっけなくいった。「早く教室へ行け」

凜香が歩きだした。瑠那も横に並んだが、校舎の昇降口に至る前に、ふたりとも足をとめた。

傘をさした女子生徒が前を歩いている。視線を感じたかのように振りかえった。亜樹凪は無言でじっと見つめてきた。いつもこんなふうに目が合う。けれども言葉は交わさない。いまも亜樹凪はふたたび背を向け、昇降口へと立ち去っていった。

遠雷が轟《とどろ》く。雨脚が強くなった。傘の奏でるノイズは耳障りでしかない。霧のように辺りが薄らいで見える。まるで日没寸前の暗さだった。瑠那は亜樹凪の後ろ姿を見送った。傘がひとつだけ異なる存在感を放つ。

凜香がつぶやいた。「結衣姉の高校事変が、じつはどっか羨《うらや》ましかった。でもほどなく経験できそう」

歩きだした凜香が先に昇降口へ向かう。瑠那はしばし足をとめていた。凜香が気にしたように瑠那を振りかえる。瑠那はまたゆっくりと歩を踏みだした。

雷鳴が低く厳かに大地を揺さぶる。戦いの幕開けを告げる太鼓のようだ。実際に暗雲が垂れこめだしているのだろう。思いもよらないところに戦火がひろがる、それが世界というものだった。この国の大人たちはまだ、本当の戦争を知らない。

【ニュース】コミックス『高校事変Ⅴ』発売！　映像化企画が進行中

永《なが》村《むら》信《しん》（映画ライター）

二月三日（金）にコミックス『高校事変Ⅴ』（松岡圭祐：原作、オオイシヒロト：漫画／KADOKAWA）が発売になった。原作小説は昨年二〇二二年三月に刊行された12巻で大団円を迎えていたが、今年三月に『高校事変 13』として新章がスタートする予定だ。再始動を意識してか、巻数表記がこれまでのローマ数字からアラビア数字に変わっている。

原作10巻で映像化オファー殺到と告知されたこの「高校事変」シリーズであるが、国内配給大手の映画会社が三年間検討したのち、現在は別の国内配給大手が製作を検討しているとのこと。海外の映画会社からも問い合わせが相次いだようだ。ファンからはアニメ化の要望も多々寄せられている。なかなか実現しないのは、最初の国内配給大手でも脚本の吟味が重ねられたこと、よりよい作品を目指すことなどが理由にある。

誰が優莉結衣《ゆうりゆい》を演じるのか？　乞うご期待である。

＊本稿は二〇二三年二月三日にウェブサイト「ダ・ヴィンチWeb」および「コミックウォーカー」に掲載された記事を再録したものです。

本書は書き下ろしです。

高《こう》校《こう》事《じ》変《へん》13

松《まつ》岡《おか》圭《けい》祐《すけ》

令和5年 3月25日　初版発行

発行者●山下直久

発行●株式会社KADOKAWA
〒102-8177　東京都千代田区富士見2-13-3
電話　0570-002-301（ナビダイヤル）

角川文庫 23583

印刷所●株式会社暁印刷
製本所●本間製本株式会社

表紙画●和田三造

●お問い合わせ
https://www.kadokawa.co.jp/（「お問い合わせ」へお進みください）
※内容によっては、お答えできない場合があります。
※サポートは日本国内のみとさせていただきます。
※Japanese text only

ISBN 978-4-04-113574-7　C0193

◇◇◇

角川文庫発刊に際して

角川源義

第二次世界大戦の敗北は、軍事力の敗北であった以上に、私たちの若い文化力の敗退であった。私たちの文化が戦争に対して如何に無力であり、単なるあだ花に過ぎなかったかを、私たちは身を以て体験し痛感した。西洋近代文化の摂取にとって、明治以後八十年の歳月は決して短かすぎたとは言えない。にもかかわらず、近代文化の伝統を確立し、自由な批判と柔軟な良識に富む文化層として自らを形成することに私たちは失敗して来た。そしてこれは、各層への文化の普及滲透を任務とする出版人の責任でもあった。

一九四五年以来、私たちは再び振出しに戻り、第一歩から踏み出すことを余儀なくされた。これは大きな不幸ではあるが、反面、これまでの混沌・未熟・歪曲の中にあった我が国の文化に秩序と確たる基礎を齎らすためには絶好の機会でもある。角川書店は、このような祖国の文化的危機にあたり、微力をも顧みず再建の礎石たるべき抱負と決意とをもって出発したが、ここに創立以来の念願を果すべく角川文庫を発刊する。これまで刊行されたあらゆる全集叢書文庫類の長所と短所とを検討し、古今東西の不朽の典籍を、良心的編集のもとに、廉価に、そして書架にふさわしい美本として、多くのひとびとに提供しようとする。しかし私たちは徒らに百科全書的な知識のジレッタントを作ることを目的とせず、あくまで祖国の文化に秩序と再建への道を示し、この文庫を角川書店の栄ある事業として、今後永久に継続発展せしめ、学芸と教養との殿堂として大成せんことを期したい。多くの読書子の愛情ある忠言と支持とによって、この希望と抱負とを完遂せしめられんことを願う。

一九四九年五月三日

魔の体育祭――
瑠《る》那《な》最大の危機！

『高校事変14』

松岡圭祐

2023年5月25日発売予定
発売日は予告なく変更されることがあります。

角川文庫